屠岸译文集

英国历代诗歌选

（下）

［英］托马斯·胡德等 —— 著

屠　岸 —— 译

北方文艺出版社

图书在版编目（CIP）数据

英国历代诗歌选.下/（英）托马斯·胡德
(Thomas Hood) 等著；屠岸译. -- 哈尔滨：北方文艺
出版社，2019.5
（屠岸译文集）
ISBN 978-7-5317-4454-2

Ⅰ.①英… Ⅱ.①托…②屠… Ⅲ.①诗集－英国
Ⅳ.①I561.2

中国版本图书馆 CIP 数据核字 (2018) 第 279735 号

英国历代诗歌选（下）
Yingguo Lidai Shigexuan Xia

作　者 / ［英］托马斯·胡德等	译　者 / 屠　岸
责任编辑 / 王　爽　王丽华	封面设计 / 锦色书装
出版发行 / 北方文艺出版社	邮　编 / 150080
发行电话 /（0451）85951921 85951915	经　销 / 新华书店
地　址 / 哈尔滨市南岗区林兴街 3 号	网　址 / www.bfwy.com
印　刷 / 三河市龙大印装有限公司	开　本 / 880mm×1230mm　1/32
字　数 / 453 千	印　张 / 23
版　次 / 2019 年 5 月第 1 版	印　次 / 2019 年 5 月第 1 次印刷
书　号 / ISBN 978-7-5317-4454-2	定　价 / 78.00 元

2001年，屠岸先生在爱丁堡海略罗大街17号斯蒂文森故居

崇高的美在夜莺的歌声中永不凋零

——《屠岸译文集》（八卷本）序

> 冷色的牧歌！
> 等老年摧毁了我们这一代，那时，
> 你将仍然是人类的朋友，并且
> 会遇到另一些哀愁，你会对人说：
> "美即是真，真即是美。"——这就是
> 你们在世上所知道、该知道的一切。

这是英国浪漫主义杰出诗人济慈的著名颂诗《希腊古瓮颂》中的最后几行。诗人在诗中以极大的热情赞颂了希腊古瓮崇高的美，并将这永恒而崇高的美与人性的真、生活的真结合在一起，使得美与真达到统一，永不凋零，而这正是诗的译者，诗人、翻译家、我亲爱的父亲屠岸先生一生的追求。在莎士比亚十四行诗中，诗人感叹时间摧毁一切的力量，痛惜生命的短暂和无常。但同时，诗人用生命的繁衍和诗歌的艺术来与冷酷的时间抗衡，歌咏了诗之美与生命之美必然战胜世间一切假恶丑的崇高境界。父亲正是以他对永恒之美的追求跨越了生命界限，实现了他生命的终极价值。可以说，父亲从他所翻译的诗歌中获得了灵感和力量，他的灵魂与原作的精神达到了高度的契合，而他的翻译也同时赋予了这些诗作以新的生命，让它们在我们这个古老的东方国度焕发出不灭的璀璨异彩。

一

早在20世纪40年代，父亲就开始了诗歌翻译的历程。他未曾读过英文专业，对英语的兴趣源自他对英语诗歌的热衷。按他的说法："还没有学语法，就先学背英语诗歌。"那个时期，背诵、研读英语诗歌给他带来无尽的乐趣。太平洋战争爆发后，日本人进入上海英法租界，很多英美侨民被抓，他们家中的藏书流入旧书市场，父亲便常常去旧书市场"淘"原版书，英语诗歌作品成为他淘书的一大目标。惠特曼、莎士比亚、斯蒂文森的诗集便是他在旧书摊或旧书店中所获。

1940年，父亲完成了他人生中第一首英语诗歌的翻译，那是英国诗人斯蒂文森的《安魂诗》，他用了五言和七言的旧体诗形式进行翻译。虽然这首译作当时并未发表，但他此时的翻译却带给他信心，开启了他诗歌翻译的道路。1941年，父亲在上海的《中美日报》副刊《集纳》上发表了第一首译诗：美国诗人爱伦·坡的《安娜贝儿·俪》。1946年，他开始给上海的《文汇报》副刊《笔会》和《大公报》副刊《星期文艺》等报刊投稿，发表了他翻译的莎士比亚、彭斯、雪莱、惠特曼、里尔克、波德莱尔、普希金等多位诗人的作品。1948年11月，父亲在家人和友人的资助下自费出版了他的首部英诗汉译诗集——美国诗人惠特曼的《鼓声》。惠特曼是美国19世纪的大诗人，开创了美国的诗歌传统。《鼓声》中收入的52首诗作均为惠特曼在美国南北战争时期创作的诗篇。他在诗作中歌赞了林肯和他领导的北方军的胜利。这些诗作充满激昂而自由的格调，有一种豪放、洒脱的气质。那时的父亲风华正茂，极富朝气，一心向往自由和民主，惠特曼的正义与热情是与他当时的精神气质相呼应的。而出版惠特曼的《鼓声》，则是考虑到当时国内政治形势的需要。他原本打算出版自己的诗集，但这些诗篇中的所谓"小资情调"被朋友们认为不合当时的革命形势，于是他改变主意，出版了《鼓声》。他用惠特曼诗中所歌咏的北方喻指延安和西柏坡，南方喻指国民党南京政府。其中的政治寓意是隐晦的，但感情十分真诚。

惠特曼首创英语自由体诗，不讲究用韵，但并非没有节奏，且它的语言往往如汹涌的波涛，滚滚向前。父亲的翻译主要采用直译的方式，力求在诗句的气韵和节奏上体现原诗的风貌，语言自由洒脱、奔涌流泻。请看下面的诗句：

我们是两朵云，在上午也在下午，高高地追逐着；
我们是互相混合着的海洋——我们是那些快活的波浪中的两个，相互在身上滚转而过，又相互濡湿；

我们是大气，透明的，能容受的，可透过的，不可透过的；

　　我们是雪、雨、寒冷、黑暗——我们是地母的各种产物和感召；

　　我们周游而又周游，最后我们回到家里——我们两个；

　　我们已经离开了一切，除了自由，一切，除了我们自己的喜悦。

　　这是《我们两个——我们被愚弄了多久》一诗中最后的诗行。诗人歌咏了与世界、自然和万物合为一体的自我，有一种清新、洒脱、自由的精神。不受格律限制的自由诗的形式与诗中表达的内容是相融合的。译诗保留了原诗的句子和语势，语句时而简洁短促，令人感到轻松活泼；时而冗长松散，带有悠然自在之气。

　　1943年底，父亲从上海旧书店"古今书店"的年轻店主，后来成为他挚友的麦杆手中，获得了一本他非常喜爱的《莎士比亚十四行诗集》的英文原版书，这使得他后来翻译莎士比亚十四行诗的愿望得以实现。这本由夏洛蒂·斯托普斯编注的《莎士比亚十四行诗集》制作精美而小巧，注释详尽，由伦敦德拉莫尔出版社于1904年出版。父亲得到此书如获至宝。20世纪40年代中期，他开始翻译这本《莎士比亚十四行诗集》。父亲说："一开始翻译，就为这些十四行诗的艺术所征服。"但莎士比亚生活的年代是在16世纪末、17世纪初，那时的英语与现代英语仍有很多不同，翻译起来有不少语言上的困难。父亲找来其他注释本进行查阅比对，如克雷格编的牛津版《莎士比亚全集》一卷本（1926）。他还曾经写信求教于当时复旦大学的葛传椝教授，并得到他的指点。1948年《鼓声》出版时，莎士比亚十四行诗已经被翻译出了大部分。随着当时政治形势的发展，这部诗集的翻译工作停了下来。解放后，西方的作家作品被认为是资产阶级的文艺，不宜出版。直到1950年3月，父亲在一次登门向胡风先生约稿时被胡风先生问及现在正在做什么，父亲答曰，在翻译莎士比亚十四行诗，胡风先生说莎士比亚的诗是影响人类灵魂的，对今天和明天的读者都有用。胡风先生的话对父亲是巨大的鼓励，促使他译完了余下的全部诗稿。当年11月，中国第一部完整的《莎士比亚十四行诗集》由上海文化工作社出版。书中在每首十四行诗之后附有较详尽的译解，受到冯至先生的称赞。该译本在"文革"前多次再版。1964年，这个译本经全面修订之后给了上海文艺出版社（上海译文出版社前身），但未及出版，"文革"便开始了。"文革"期间，该译本以手抄本的形式在民间流传，很多人能够将其中的诗篇背诵出来。改革开放之后，上海译文出版社找到了这本莎翁十四行诗修订稿的原稿，经父亲再一次修订之后于1981年出版。此后，屠译《莎士比亚十四行诗集》又不断再版，形式也更加多样，有英汉对照版、插图版、线装版、手迹版等，累计印数达50余万册，成为名副其实的经典常销书，在读者中产生了广泛影响。

莎士比亚十四行诗与惠特曼的诗风完全不同，那是一种类似中国古典格律诗的英语格律体诗歌，共十四行，有严格的韵式和韵律。

父亲的翻译采用了卞之琳先生提出的"以顿代步，韵式依原诗""亦步亦趋"的原则。这里的"顿"指的是以汉语的二字组或三字组构成的汉语的自然节奏，"步"指的是英语诗歌中的"音步"。早在20世纪20年代，闻一多先生在探讨汉语新诗时提出了汉语节奏上的"音尺"概念，后来孙大雨先生又提出了"音组"。卞之琳先生将他们的概念发展了，提出用汉语的"顿"来代替英语诗歌中的"音步"，即"以顿代步"。他还提出了在翻译中要依原诗的韵式进行等行翻译，形成了完整的英语格律诗翻译原则。父亲对此非常认同，他曾与卞先生探讨"以顿代步"的翻译方法，并在其诗歌翻译中不遗余力地进行实践。请看十四行诗第18首的前两行：

Shall I / compare / thee to / a su / mmer's day?
Thou art / more love / ly and / more tem / perate.

译文为：

我能否／把你／比作／夏季的／一天？
你可是／更加／可爱／更加／温婉。

英语十四行诗中一行有五个音步，这里用斜杠画出，每个音步中包含一轻一重两个音节，译文每行也分为五顿，准确地传达出原诗的节奏和韵律。在韵式方面，译诗也严格按照原诗 ababcdcdefefgg

的韵式进行翻译，以求全面表现原诗在形式上的风貌。这样的翻译在一些人看来或许过于苛求，会导致为了形式而削弱诗的神韵。而父亲的翻译能够较为灵活地运用汉语，在形式上做到与原诗契合的同时，亦十分注重译文的通顺和意思的明晰，在选词上也尽量在意境上贴合原诗的神韵。在父亲看来，译诗要达到与原诗在精神上的契合必须做到形神兼备，尽量做到在形式和内容上与原作统一。这样的翻译原则为国内不少成功的译家所采纳，比如杨德豫先生、黄杲炘先生等。卞之琳先生在他的文章中认为，父亲的翻译和杨德豫先生、飞白先生的翻译标志着"译诗艺术的成年"。

二

"文革"期间，父亲的翻译工作停滞了。直至改革开放的春风吹来，父亲的诗歌创作和诗歌翻译又开始焕发出新的活力。自20世纪80年代直至父亲远行，他先后完成了《济慈诗选》《英国历代诗歌选（上、下册）》《一个孩子的诗园》《我知道他存在——狄金森诗选》《莎士比亚诗歌全编》等译作，为中国的英语诗歌汉译增添了缤纷的异彩。

父亲与英国诗人济慈的最初结缘也是在20世纪40年代。他那时非常喜欢济慈的诗作，百读不厌，很多诗都能背出。当时他还翻译过《夜莺颂》，但可惜的是，译稿早已丢失。之所以对济慈的诗作情有独钟，是因为他和济慈都在22岁的年纪得了肺病，济慈因病在25岁早逝，而父亲也认为，当时治疗肺病没有特效药,自己恐怕也会有济慈那样不幸的命运。更为重要的是,他在思想和精神上与济慈有相近之处,那就是他们都崇尚美,要用美来对抗丑。因而,他时常"把济慈当作异国异代的冥中知己,好像超越了时空在生命和诗情上相遇"。"文革"期间父亲被下放五七干校,在精神压抑和思想苦闷时他就默默背诵济慈的诗篇,这成为他缓解精神压力的途径,使得他苦闷的情绪得到缓解。可以说,济慈的诗成为他那时的精神依托。改革开放之后,父亲又开始陆续翻译济慈的诗篇。1997—2000 年,他用了三年的时间,完成了《济慈诗选》的翻译,了却了他一生的心愿。济慈的诗有多种体裁,要将这些不同体裁的诗作全部依原诗的形式进行翻译是需要极大功力的。比如,济慈的六大颂诗语言结构复杂,韵式变化多端,意象繁复而意境悠远。要将这样的诗篇以准确而畅达的语言译出,非得有深厚的英汉语言文化底蕴不可,而父亲的翻译则读来清新自然,全无生涩拗口之感,又兼有原诗的雅致与温润。请看《秋颂》的前几行:

> 雾霭的季节,果实圆熟的时令,
> 你跟催熟万类的太阳是密友;
> 同他合谋着怎样使藤蔓有幸
> 挂住累累果实绕茅檐攀走;
> 让苹果压弯农家苔绿的果树,
> 教每只水果都打心子里熟透。

平实自然的语言将秋天丰润的气息、诗人平和旷达的心态传达殆尽。该译本收入了济慈所有重要的诗篇,在当时和现在都是国内收入济慈诗篇最全的译本。在翻译的质量方面,该译著也得到了读者和翻译界的充分肯定,于2001年获得鲁迅文学奖翻译奖。

父亲在20世纪40年代除了翻译惠特曼和莎士比亚的诗作之外,还翻译了大量其他英语诗歌,尤其是英国诗歌,总共有四大本。但这些诗作一直未得出版的机会。"文革"中这些诗作在抄家时被抄走,父亲原以为这些凝结着他早年心血的译稿从此一去不返了。值得庆幸的是,这些诗稿经历了多年的磨难之后被退还给父亲。他欣喜若狂,开始考虑重新修订这些诗作,并将各个时期的英国诗歌补充完整。2001年,我去英国诺丁汉大学访学,父亲嘱咐我关注英国诗歌的情况,并协助他收集有关英国历代诗人和诗歌的资料。我受父亲嘱托,尽我所能收集相关资料,在以前较少受国内学界和译界关注的女性诗歌、非传统主流诗歌、现当代诗歌和经典诗歌的近期动向等方面,替父亲找到一些资料。2001年,我陪同父亲在欧洲游历期间,父亲也曾和我一起去诺丁汉大学的图书馆查阅资料。他得到这些资料之后即刻着手进行翻译。2007年,父亲翻译的《英国历代诗歌选(上、下册)》由译林出版社出版。该诗集共收入155位诗人的583首诗作,上启英国中世纪民谣,下至英国20世纪晚期诗歌,收入英国诗歌篇目之多,涵盖英国各个时期诗作之全,选篇角度之丰富,可以说在国内各家英国诗歌选本中是首屈一指的。而这两卷本的《英国历代诗歌选》是父亲凭一己之力,历经半个多世纪的艰辛独自完成的。这些诗中的大部分从20世纪40年代起就陪伴着他,真可谓历尽风雨和磨难。在他编译这部煌煌译著的后期,我参与到书的编译工作中,直接见证了父亲对诗歌翻译的巨大热情和孜孜不倦、认真细致的态度。

20世纪80年代初,母亲刚刚退休,又因病做了手术在家休养。父亲为了让母亲能在闲暇时精神有所寄托,便和母亲商量做一些力所能及的诗歌翻译工作。母亲也是诗歌爱好者,两人商量之后决定将斯蒂文森的《一个孩子的诗园》翻译成汉语。父亲初识《一个孩子的诗园》是在上海"孤岛"时期。有一天,他在旧书店见到这本英文版的洋装书,倾囊购得,爱不释手。诗中孩子天真而充满童趣的幻想和纯洁无瑕的美好情谊,使他与之产生了强烈的共鸣。从那时起,这本儿童诗就深深地印刻在他的脑海中。父亲一生对子女、对孩子倾注了无限的爱。他崇尚华兹华斯所说的"儿童乃是成人的父亲",直至老年还保有一颗纯质的童心。此次幸得与母亲共同翻译这本诗集的机会,父亲每日下班回来都兴致盎然地修改母亲在日间译得的初稿。对孩子的爱、对诗歌的情,使他们每晚在一起度过了最为快乐的时光。这本诗集于1982年由人民文学出版社出版之后,父亲又陆续编译出版了《英美儿童诗一百首》《著名英美少儿诗选(六卷本)》等多部儿童诗集。

20世纪90年代,方平先生主编《新莎士比亚全集》,他邀请父亲翻译其中的莎士比亚剧作《约翰王》和除《莎士比亚十四行诗集》《维纳斯与阿多尼》之外的其他莎士比亚诗作。《约翰王》由父亲独自完成，而莎士比亚的诗篇，父亲要我与他合作进行翻译，我翻译初稿，他来修改定稿。我珍惜这次难得的译诗机会。那时孩子刚刚出生，我就在孩子熟睡之后挑灯夜战。每周去看望父亲时就将这周翻译好的诗稿交给他，由他来进行修改和定稿。我译的初稿往往被父亲改得面目全非，不成样子。我惭愧不已，父亲却全然没有不满和失望，总是鼓励我继续译下去。就这样，经过近一年的努力，我们终于完成了译稿的任务。而就在我们这次合作翻译之后，父亲的心头又多了一个念想：将莎士比亚的诗歌全部翻译出来，将来出版莎翁诗全集。这个愿望在2016年得以实现。2015年，北方文艺出版社来向父亲约稿，父亲提出可出版莎士比亚诗全集，得到出版社的大力支持。当时，只差《维纳斯与阿多尼》一部长篇叙事诗未翻译出来。父亲提出，此次仍由我来翻译初稿。这时的父亲已经近93岁高龄，但他仍然兴致勃勃地为我修改审定译稿。译稿最终获得父亲的肯定，使我一颗悬着的心落了地。2016年，《莎士比亚诗歌全编（上、下卷）》由北方文艺出版社出版，完成了父亲晚年的一个心愿。

狄金森是与惠特曼齐名的美国诗人，但她的诗玄妙而晦涩，时而空灵俊秀，时而隐晦神秘，很多诗作至今读来仍如未解之谜。2013年，中央编译出版社约父亲翻译美国19世纪女诗人狄金森的诗歌。父亲答应了，并要我来翻译。我们经过第一次翻译感到有些问题尚未解决，译稿不尽如人意。于是我们又在第一次译稿完成之后，进行了第二次全面修改和校订。其间，父亲的兴头始终未减。60多年前,他翻译出版了美国19世纪大诗人惠特曼的诗集,如今我们又一起翻译出版了另一位美国19世纪重要诗人狄金森的诗集,我能感觉到,父亲心中是感到欣慰的。

三

对于翻译,父亲崇奉的是严复的"信、达、雅"三原则。而在这三项原则中,他认为"信"是中心,是第一要义,"达"和"雅"是两个侧面。"信"就是要忠实于原作的内容和精神;"达"就是要通顺、畅达,使读者能听懂、看懂;而"雅"指的是要在译作中体现原作的艺术风貌。没有"信"就谈不上"达""雅",不"达"、不"雅"也就说不上"信",因而,他主张全面求"信",这是他总的翻译原则。

那么,怎样才能做到忠实于原作呢?父亲认为,在翻译时首先要准确、深入、全面地理解原文,探入原作的内里,如形象、情感、意境、气质、语调等,去把握原作的精神。在翻译过程中要对原作做一些分析研究,以便更好地了解原作。因而,父亲在每次翻译之后,译者序、译后记以及一些随翻译而写出的论文也就应运而生了。其次,他主张用通晓、畅达的现代汉语将原诗的内容和意境表现出来,同时注意吸收古典文言文和民歌方面的有益之处,将其化入自然的口语中。虽然他并不反对运用文言文或其他语言形式(如元散曲)来翻译外国诗歌,但他认为那样的语言过于"归化",与原作的异域精神气质并不相合。他翻译的诗作大多语言自然晓畅，又不乏典雅含蓄之美。在译者方面，父亲借用了济慈的"客体感受力"这一诗歌创作美学概念来阐释译者与原作者的关系。"客体感受力"的英文原文是 negative capability，直译的话应该是"反面的能力"或"消极的能力"。而父亲认为，济慈所说的这个能力，是指诗人应该有一种把自己原有的一切抛开，全身心地投入他所吟咏的对象中去的能力，以此形成物我合一的状态来进入诗歌的创作实践。因而，他将这个术语译作"客体感受力"，并将这一诗歌创作美学创造性地运用到诗歌翻译当中，提出译者在翻译的过程中要处于"忘我"的状态，抛弃原有的思维定势，全身心沉浸到原作者的情绪和精神中去，感受原作者的一切，与他的灵魂相拥相抱。只有这样，译者的翻译才能把原作的精神实质用另一种语言传达出来。同时，要把原作的内容和精神传达出来，就要在诗歌的形式方面做到尽量忠实于原作，因为"信"必须体现在内容与形式的结合上。英语诗歌有多种形式和体裁，父亲在翻译时采用的是以汉语新格律诗译外国格律诗，以汉语自由诗译外国自由诗的策略。

父亲翻译的英语诗歌形式多样而富于变化。收入本译文集的诗篇仅在《济慈诗选》一册中就出现了颂诗、十四行诗、叙事诗、民谣、长篇故事诗等不同的体裁，而父亲的翻译无不依循原诗的格律和形式，同时又在此基础上对不同体裁和风格的诗作作灵活处理。19世纪中后期的英语诗歌逐渐走出了传统的格律形式，出现了自由体诗。现当代诗歌在形式方面则更为灵活多变，内容也比传统英语诗歌更为复杂、难解和隐晦。收入本套译文集的还专门有儿童诗一册，其中的诗篇大多充满天真的童趣，音韵节奏活泼灵动，适合儿童的口吻和心理，也适宜于儿童朗读。在处理这些不同形式和风格的作品时，父亲亦能应对自如，在翻译中尽可能做到与原作达到形式和气质风格方面的双重契合。在翻译儿童诗时，他十分注重儿童的心理和语言表达口吻，比如，将"Independence"（意思为"独立"）译为"谁也管不着"；把"Escape at Bedtime"译为"该睡的时候溜了"，一个"溜"字，把孩子的心情表达得极为生动，活灵活现。

　　诗歌翻译永远是留有遗憾的艺术，但父亲总是尽力将这种遗憾减少到最小。译作出版之后，只要有再版的机会，他总要对译作进行不断改进。《莎士比亚十四行诗集》就经过了大大小小数次修改。在父亲看来，翻译工作永无止境。他不仅多次修改自己的译作，绝不放过任何可能的错误，而且热情扶持年轻的译者，对他们的翻译提出意见和建议，甚至亲自为他们修改译稿。对于各种不同的翻译方法和翻译路径，他认为只要译者态度是认真严肃的，他就予以接纳，他的心态是开放而宽容的。

　　父亲做诗歌翻译大多出于兴趣，年轻的时候尤其如此，但后来他感到了肩负的使命，这种使命感到了晚年愈加强烈。近年来，他多次为翻译工作进行呼吁，在很多场合提出翻译对推进人类文明，对促进各国之间的文化交流，对丰富甚至建构本民族的文化具有重要意义：没有翻译，我们就永远不会认识但丁、莎士比亚、塞万提斯……西方就永远不会知道中国的屈原、陶渊明、李白、杜甫……没有翻译就没有人类的文化交流和沟通，那样，各民族的文化就会被封闭在黑暗之中。因此，翻译成为人类文明进程中不可或缺的一个重要元素。这样的信念支撑着父亲走过了70多年的翻译生涯，从20世纪40年代到父亲远行，他的生命中始终有翻译陪伴。他将济慈诗中夜莺的歌声带给了我们，带给了这个世界，夜莺也将载着他去往那永恒的美的世界，让他与他钟爱的诗歌，与他的冥中知己永远不离不弃。

本套译文集收入了父亲20世纪40年代以来翻译的诗歌作品，以及莎士比亚的剧作《约翰王》。为了统一全套书的体例，原《鼓声》中的诗篇收入《美国诗选》中，其中的五幅插图和封面木刻及社标图因体例原因忍痛割爱。《英美儿童诗选》中除《一个孩子的诗园》之外的其他诗作此次为首次面世。父亲在20世纪40年代发表的其他语种的诗歌翻译作品，以及他将中文诗歌作品译成英文的译作，未收入本套译文集中。此外，父亲在20世纪50年代还翻译出版过的《诗歌工作在苏联》、南斯拉夫剧作家努希奇的《大臣夫人》等，也未收入本套译文集中。

感谢北方文艺出版社对出版本套译文集的全力支持！2017年7月，当父亲和我表达出想编辑出版这部译文集时，北方文艺出版社即刻做出决定，表示同意出版，并派出了编辑着手开展工作，他们为此套译文集的出版付出了大量心血。在此，我们对宋玉成社长，王爽、王丽华等编辑表示衷心感谢！父亲生前已经确定本套译文集的编目和编辑体例,但他未及见到书的出版便离开了我们!现在,我们终于可以告慰他的在天之灵!

章 燕

2019年1月25日

目 录

托马斯·胡德（Thomas Hood, 1799—1845）

003　　衬衫之歌

008　　叹息之桥

014　　今　昔

016　　静　寂

017　　临　终

玛丽·霍威特（Mary Howitt, 1799—1888）

020　　春　歌

威廉·托姆（William Thom, 1799—1848）

022　　没有妈妈的孤儿

蕾蒂霞·伊丽莎白·兰顿

（Letitia Elizabeth Landon, 1802—1838）

025　　穷　人

026　　濒临死亡的孩子

029　　什么时候情郎该发誓？

休·米勒（Hugh Miller, 1802—1856）

032　　婴　儿

威廉·爱德华·希克森

（William Edward Hickson, 1803—1870）

034　　再试一次

罗伯特·霍柯（Robert Hawker, 1803—1875）

037　　西部男子汉之歌

伊丽莎白·巴瑞特·布朗宁

（Elizabeth Barrett Browning, 1806—1861）

040　　孩子们的哭声
048　　弗拉希——法乌努斯
049　　给弗拉希，我的狗
056　　我的小鸽子
058　　"我想到萧克立特斯曾怎样歌吟"
059　　"但只有三人在上帝的整个宇宙里"
060　　"咱俩不一样，啊，高贵的心灵！"
061　　"你曾经接受邀请，进入宫廷"
062　　"我庄严地捧起我的沉重的心脏"
063　　"离开我，去吧。但是我觉得从此"
064　　"我能回报你什么呢，啊，慷慨"

065	"可是,爱,只要是爱,就是美"
066	"这样子,爱情如果是应得的报偿"
067	"如果你一定要爱我,请为了爱情"
068	"请你再说一遍吧,一遍再一遍"
069	"咱俩的灵魂站起来,挺立,坚强"
070	"这可是真的?如果我死去,躺倒"
071	"我的信!全都是无声的苍白纸片!"
072	"今夜,含着泪,我见到你的面影"
073	"太阳升起,第一次把光芒射向"
074	"要是我给你一切,你可愿交换"
075	"第一回他亲我,他只是把亲吻印在"
076	"我怎样爱你?让我数方式种种"
077	"亲爱的,你给我送来过多少花卉"

加罗莱娜·伊丽莎白·莎拉·诺顿

(Carolina Elizabeth Sara Norton, 1808—1877)

079	我并不爱你

爱德华·菲茨杰拉德(Edward FitzGerald, 1809—1883)

082	奥马尔·哈亚姆的《柔巴依集》(节选)

阿尔弗雷德·丁尼生

(Alfred, Lord Tennyson, 1809—1892)

089	鹰:片断

003

090　　婴儿歌

091　　催眠歌

092　　撞碎,撞碎,撞碎

094　　渡沙洲

096　　墙缝里的花

097　　小　溪

100　　爱与忠实

安·霍克肖（Ann Hawkshaw, 1812—1885）

102　　小小的雨点

爱德华·里亚（Edward Lear, 1812—1888）

105　　猫头鹰和小猫咪

107　　胡诌歌五章

109　　乱糟糟的小人儿

罗伯特·布朗宁（Robert Browning, 1812—1889）

115　　海外思乡

117　　琵帕的歌

118　　夜　会

119　　晨　别

120　　前　瞻

122　　至高善

123　　《阿索兰多》的跋诗

125　　哈默林的花衣吹笛人

艾米莉·勃朗特（Emily Bronte, 1818—1848）

140　星

143　忆　念

145　夜　风

147　我最幸福的时刻

欧内斯特·琼斯（Earnest Jones, 1819—1869）

149　工资奴隶之歌

查尔斯·金斯利（Charles Kingsley, 1819—1875）

155　迪河的沙滩

157　爱丽·彼耿

158　丢失的洋娃娃

朵拉·格林维尔（Dora Greenwell, 1821—1882）

160　断裂的链

马修·阿诺德（Matthew Arnold, 1822—1888）

164　多佛尔海滩

166　安魂祈祷

167　莎士比亚

威廉·布莱蒂·兰兹

（William Brighty Rands, 1823—1882）

169　伟大、广阔、美丽、奇妙的世界

171　七棵橡树村里一个小姑娘的梦

005

考文垂·帕特莫尔（Coventry K.D.Patmore, 1823—1896）

173　　玩　具

阿德蕾德·安妮·普罗克特

（Adelaide Anne Procter, 1825—1864）

176　　失去的和音

但丁·加布里耶尔·罗塞蒂

（Dante Gabriel Rossetti, 1828—1882）

180　　论彭斯
181　　三重影
182　　登上天堂的女郎

乔治·梅瑞狄斯（George Meredith, 1828—1909）

192　　无歌者之歌

克里斯蒂娜·吉奥尔吉娜·罗塞蒂

（Christina Georgina Rossetti, 1830—1894）

194　　四月里孩子的话
197　　修道院门槛
204　　记　着
205　　生　日
206　　上　山
207　　小妖精集市

理查德·狄克逊（Richard Dixon, 1833—1900）

233　　十一月

威廉·莫理斯（William Morris, 1834—1896）

235　　那日子要来了

理查德·迦内特（Richard Garnett, 1835—1906）

240　　有人说

阿尔杰农·查尔斯·斯温本

（Algernon Charles Swinburne, 1837—1909）

242　　伊梯洛斯
246　　日落前
247　　耗尽的爱
248　　你好，再见了！
249　　白蝴蝶

奥斯丁·多布逊（Austin Dobson, 1840—1921）

251　　孩童乐手
252　　名誉是死人吃的食物

哈丽叶特·哈密尔顿·金

（Harriet Hamilton King, 1840—1920）

254　　梦幻少女
257　　失去的夏天

259 月光下的骋驰

托马斯·哈代（Thomas Hardy, 1840—1928）

264 偶　然

265 我朝镜子里望去

266 暗处的歌鸫

268 堕落的姑娘

270 啊，你在我坟上松土？

272 他从未奢望过

274 失　约

杰拉尔德·曼利·霍普金斯

（Gerard Manley Hopkins, 1844—1889）

277 花斑美

罗伯特·布里吉斯（Robert Bridges, 1844—1930）

280 我的欢喜和你的欢喜

麦克尔·斐尔德（Michael Field）

[凯瑟琳·布拉德蕾（Katherine Bradley, 1846—1914）和伊迪斯·库珀（Edith Cooper, 1862—1913）]

284 "在四月下旬"

285 仙客来

286 瑕　疵

287 字的威力

阿丽斯·梅内尔（Alice Meynell, 1847—1922）

289　　夜　间

威廉·埃内斯特·亨利

（William Earnest Henley, 1849—1903）

291　　不　屈

292　　致A.D.

293　　汪洋的大海滚荡澎湃

罗伯特·路易斯·斯蒂文森

（Rober Louis Stevenson, 1850—1894）

296　　安魂诗

弗兰西斯·威廉·波狄伦

（Francis William Bourdillon, 1852—1921）

298　　黑夜有千万只眼睛

奥斯卡·王尔德（Oscar Wilde, 1856—1900）

301　　安魂曲

303　　唉！

玛丽·弗·罗宾孙（Mary F.Robinson, 1857—1944）

305　　绿　洲

306　　威尼斯夜曲

307　　斯托内洛

威廉·瓦曾（William Watson, 1858—1935）

309 　　告　别

康斯坦丝·内登（Constance C.W.Naden, 1858—1889）

312 　　月光和煤气灯

314 　　爱情的镜子

316 　　爱情对学问

320 　　两位艺术家

阿尔弗雷德·爱德华·豪斯曼

（Alfred Edward Housman, 1859—1936）

323 　　我心中充满了悲哀

324 　　当时我二十一岁

325 　　最可爱的树

玛丽·伊丽莎白·柯尔律治

（Mary E.Coleridge, 1861—1907）

328 　　我并不羡慕安息的死者

329 　　镜子的另一面

331 　　一个聪明的女子

332 　　即　兴

斯蒂芬·菲力普斯（Stephen Phillips, 1864—1915）

334 　　梦

20 世纪

约瑟夫·鲁德亚德·吉卜林
（Joseph Rudyard Kipling, 1865—1936）

339　　战事墓志铭

威廉·巴特勒·叶芝（William Butler Yeats, 1865—1939）

351　　给一个迎风起舞的孩子

352　　摇篮曲

353　　杜尼的提琴手

355　　老母亲的歌

356　　他埋怨麻鹬

357　　湖中小岛茵尼斯弗里

358　　有一天你老了

359　　爱的悲哀

360　　在七座森林里

361　　受人安慰是蠢事

362　　决不要把心整个掏出来

363　　在爱贝剧院

364　　二次降临

366　　驶向拜占廷

369　　拜占廷

372　　一个疯狂的女孩

373　　甜美的舞女

乔治·威廉·拉塞尔

（George William Russell, 1867—1935）

375　　游　戏

夏洛蒂·玛丽·缪（Charlotte Mary Mew, 1869—1928）

377　　农夫的新娘

380　　林中的路

劳伦斯·宾宁（Laurence Binyon, 1869—1943）

385　　饥　饿

387　　世界啊，纯洁些吧

388　　约翰·温特

希拉里·贝洛克（Hilaire Belloc, 1870—1953）

394　　清　晨

395　　四　季

396　　在赠给孩子的书上题辞

398　　幻想故事小人书的题辞

威廉·亨利·戴维斯（William Henry Davies, 1871—1940）

400　　死神的恶作剧

401　　一　念

402　　闲　暇

拉尔夫·埃德温·霍奇森

（Ralph Edwin Hodgson, 1871—1962）

404　　愚人大街

沃尔特·德·拉·梅尔（Walter de la Mare, 1873—1956）

406　　稻草人
408　　种　子
409　　谛听者

爱德华·托马斯（Edward Thomas, 1878—1917）

413　　雨
414　　樱桃树

威尔弗里德·威尔逊·吉布森

（Wilfrid Wilson Gibson, 1878—1962）

416　　给路坡特·布鲁克
417　　回
418　　口　信

约翰·梅斯斐尔德（John Masefield, 1878—1967）

420　　航海热

哈罗德·蒙罗（Harold Monroe, 1879—1932）

422　　在咸水湖边偷听来的

约瑟夫·坎贝尔（Joseph Campbell, 1879—1944）

424　市场上的盲者

426　老　妇

帕特里克·皮埃斯（Patrick Pearse, 1879—1916）

428　理　想

罗宾·傅劳沃（Robin Flower, 1881—1946）

431　特洛伊

阿尔弗雷德·诺伊斯（Alfred Noyes, 1880—1958）

434　月亮上升

帕德里克·柯伦（Padraic Colum, 1881—1972）

437　路上老妇

埃莉诺·法杰恩（Eleanor Farjeon, 1881—1965）

440　瞭望塔上的月亮

441　花丛里的布蓉温

443　孩子的赞歌

艾伦·亚历山大·米尔恩（A.A.Milne, 1882—1956）

445　赶时髦

446　山上的风

448　皮毛熊

449　谁也管不着

450　　秋千歌

451　　镜　子

452　　黄水仙花

453　　睡　莲

詹姆斯·斯蒂芬斯（James Stephens，1882—1950）

457　　黛艾德

459　　雏　菊

460　　在荒芜的地方

462　　陷　阱

463　　人　马

464　　山羊小径

467　　托玛士在酒店里说的话

469　　贝　壳

471　　抑　止

472　　憎　恨

473　　守护者

475　　对　手

476　　丹娜的奶头

477　　修麦斯·贝格

安娜·维坎姆（Anna Wickam，1883—1947）

479　　火上的茶壶

托马斯·厄内斯特·休姆（T.E.Hulme, 1883—1917）

481　　秋

弗兰克·斯图尔特·弗林特（F.S.Flint, 1885—1960）

483　　树

戴维·赫伯特·劳伦斯（D.H.Lawrence, 1885—1930）

487　　钢　琴
488　　资产阶级可恶透了！

西格里夫·萨松（Siegfried Sassoon, 1886—1967）

492　　每个人都歌唱了
493　　妇女的光荣
494　　将　军

鲁伯特·布鲁克（Rupert Brooke, 1887—1915）

497　　死　者
498　　山
499　　云
500　　士　兵
501　　十四行诗
502　　忙碌的心

伊迪斯·西特维尔（Edith Sitwell, 1887—1964）

505　　雨还在下着

托马斯 · 斯特尔那斯 · 艾略特

（Thomas Stearns Eliot, 1888—1965）

510　　阿尔弗雷德 · 普鲁弗罗克的情歌

519　　早晨在窗前

理查德 · 奥尔丁顿（Richard Aldington, 1892—1962）

521　　两年以后

休 · 麦克迪亚密德（Hugh MacDiarmid, 1892—1978）

524　　在儿童医院里

525　　摇摇欲坠的石头

526　　天边彩虹的断片

威尔弗雷德 · 欧温（Wilfred Owen, 1893—1918）

528　　青年阵亡者的赞歌

罗伯特 · 格雷夫斯（Robert Graves, 1895—1985）

531　　一个爱情故事

533　　魔鬼对说故事人的忠告

535　　不抱希望的爱情

536　　辩护词：致男孩儿女孩儿们

537　　凉　网

丝蒂薇 · 斯密斯（Stevie Smith, 1902—1971）

540　　唱歌的猫

542	这是否明智?
543	我们的吧嘎是嘟嘟
545	新时代
547	不是在挥手而是在没顶

路易斯·麦克尼斯(Louis MacNeice, 1907—1963)

550	观星者
551	照临花园的阳光

威斯坦·休·奥顿(W.H.Auden, 1907—1973)

556	名人录
557	在这座岛上
559	"他效命于远离文化中心的野地"
560	小说家
561	"当新闻报道的所有工具全都"
562	我们的偏好
563	布鲁塞尔之冬

史蒂芬·哈罗德·斯本德

(Stephen Harold Spender, 1909—1995)

566	廊　柱

乔治·巴科(George Barker, 1913—1991)

569	十四行体悼诗

狄兰·托马斯（Dylan Thomas, 1914—1953）

573　公园里的驼子

576　不要温和地走进那个良夜

578　通过绿茎导火索催开花朵的力

580　拒绝哀悼一个被大火烧死在伦敦的女孩

582　羊齿山

阿伦·刘易斯（Alun Lewis, 1915—1944）

586　歌

588　再　见

查尔斯·考斯利（Charles Causley, 1917—2003）

591　在英国战士公墓，巴约

基思·道格拉斯（Keith Douglas, 1920—1944）

594　"勿忘我"

596　英勇行为

菲利普·拉金（Philip Larkin, 1922—1985）

600　爆　炸

602　高　窗

604　上教堂

608　一九一四

610　床上的谈话

611　　救护车

613　　我记得，我记得

616　　日　子

伊丽莎白·简宁斯（Elizabeth Jennings, 1926—2001）

618　　初秋之歌

620　　回　答

托姆·冈恩（Thom Gunn, 1929—2004）

623　　细看蜗牛

624　　城市地图

泰德·休斯（Ted Hughes, 1930—1998）

628　　我自己的真正的家族

630　　神　学

631　　蕨　类

632　　正月里的新月

634　　素食者

635　　满月和小弗丽达

636　　耗子的歌

安东尼·西蒙·史维特（Anthony Simon Thwaite, 1930—）

641　　星期天下午

艾伦·查尔斯·布朗琼（Alan Charles Brownjohn, 1931— ）

644　　火　车

杰弗里·希尔（Geoffrey Hill, 1932—2016）

648　　纪念简·弗雷瑟

650　　九月之歌

珍妮·约瑟夫（Jenny Joseph, 1932—2018）

653　　警　告

谢默斯·希尼（Seamus Heaney, 1939—2013）

657　　挖　掘

659　　铁匠铺

660　　惩　罚

克瑞格·瑞恩（Craig Raine, 1944— ）

665　　火星人寄一张明信片回家

668　　洋葱头，记忆

詹姆斯·芬顿（James Fenton, 1949— ）

672　　风

674　　德国式安魂曲

卡洛尔·安·达菲（Carol Ann Duffy, 1955— ）

680　　偷　窃

西蒙·阿米蒂奇（Simon Armitage，1963—）

683　　急遽增长！
685　　给他失去的情人

690　　后　记

托马斯·胡德

（Thomas Hood，1799—1845）

托马斯·胡德，英国诗人、幽默作家，年轻时当过小职员，做过雕刻家的学徒，后来成为有才能的雕刻家、漫画家、杂志编辑。他主编过《伦敦》《新月刊》等杂志。胡德一生生活贫困，这使他对劳动者和社会地位低下的人们产生同情。

1827年，胡德出版诗集《仲夏仙子的请求》，其中有些诗明显地受到约翰·济慈的影响。但在那个时期，严肃诗歌不时兴，加上胡德的另一部作品《对伟大人民的讲话和颂歌》（与雷诺尔兹合作撰写，1825年出版）获得成功，这促使他把余生献给了幽默作品的写作。胡德晚年的作品有《幽默年鉴》（1830—1839，1842）。

但胡德诗作中，产生广泛影响的恰恰是他的严肃诗歌，如《衬衫之歌》《叹息之桥》《劳动者之歌》等。这些诗对英国资本主义社会的不公正进行抗议。《衬衫之歌》写一个缝衣妇人终日劳动仍不得温饱，是胡德的代表作之一。《叹息之桥》写一个沉沦风尘的少女被社会逼得跳河自杀。这里的桥是伦敦的滑铁卢桥（建成于1817年，为纪念滑铁卢战役而命名）。在1878年之前，走过此桥要收费，所以过桥的行人较少，而从桥上投河自杀则较为方便。"叹息之桥"原是意大利威尼斯城帕格里亚河上一座桥的名称，是从威尼斯总督府通到监狱去的一条通道，囚犯通常走过此桥被押送到总督面前去接受死刑的宣判，所以这桥被称作"叹息之桥"。胡德在这首诗里对自杀的女子充满人道主义的同情，对不公正的社会加以控诉，感情真挚而深沉，韵律凄切动人。

衬衫之歌

手指酸疼而又麻木,
眼皮沉重,眼睛红肿,
缝衣的妇人,衣衫褴褛,
穿针引线,不息地劳动——
一针!一针!一针!
忍受着贫穷、污秽和饥饿,
依然用悲哀的嗓音,
她唱了这"衬衫之歌"!

"缝啊!缝啊!缝!
听雄鸡在远处高鸣,
缝啊——缝啊——缝,
看星光照过了屋顶!
这难道就是基督的恩赐?
哦,不如去野蛮的国土
做个异教徒的奴隶,在那儿
女人的灵魂无须超度!

"缝啊——缝啊——缝,
缝到脑子开始晕眩,
缝啊——缝啊——缝,
缝到眼睛沉重而昏暗!
一襟,一边,一领,
一领,一边,一襟,
我终于在纽扣上睡倒,
在梦里还继续缝纫!

"哦,你们有亲爱的姊妹,
有母亲和妻子的先生们!
你们穿旧的哪里是衬衫?
那真是活人的生命!
一针——一针——一针,
忍受着污秽、饥饿和苦难,
一针下去穿两条线啊,
缝一套尸衣和一件衬衫。

"为什么我又说到死啊,
那瘦骨嶙峋的幽灵?
我并不害怕他可怖的形状,
那很像我自己的身影——
那很像我自己的身影啊,

因为我常常是节食持斋；
上帝啊！面包竟那么昂贵，
而血肉却如此贱卖！

"缝啊——缝啊——缝！
我的劳作永无休憩；
而报酬呢？一床稻草，
一身褴褛——一块面包皮。
破屋顶——空空如也的地板——
一张桌子——一把断腿椅——
一面空墙，谢谢我影子
有时候在那里栖息！

"缝啊——缝啊——缝，
从累人的晨钟到晚钟，
缝啊——缝啊——缝，
如囚徒赎罪而做工！
一襟，一边，一领，
一领，一边，一襟，
干到胸口疼痛手麻木，
心力交瘁脑昏沉。

"缝啊——缝啊——缝，
在岁末，日光淡淡风凄凄，

缝啊——缝啊——缝,
到如今,风和日丽好天气——
就在那屋檐下面,
育雏的燕子相亲相爱,
把洒满阳光的羽翼给我看,
笑我不知道春已到来。

"哦,但愿能闻一闻
莲香花、樱草花醉人的香气!
脚下有绿草如茵啊,
头上有晴空万里;
只要短短的一小时啊,
像我从前那样去感受;
我如今感受了穷人的艰难哪,
散回步就把一顿饭夺走!

"只要短短的一小时啊!
哪怕是短暂的休憩!
不奢望爱情和憧憬的闲暇啊,
只要透口气的瞬息!
片时的哭泣也能舒舒心啊,
但是眼泪挡住了视线,
使我不能再缝啊,缝啊,
我只好把泪水向肚里吞咽!

"一领,一边,一襟,
一襟,一边,一领,
缝啊,缝啊,缝,
像蒸汽发动的引擎!
只是架铁木结构的机器啊,
为财主赚钱而昼夜劳动——
没有心思去思考、狂想啊,
没有心灵去感受——悲恸!"

手指酸疼而又麻木,
眼皮沉重,眼睛红肿,
缝衣的妇人,衣衫褴褛,
穿针引线,依然在劳动——
一针!一针!一针!
忍受着贫穷、污秽和饥饿,
依然用悲哀的嗓音,
(但愿这声音富人能倾听!)
她唱了这"衬衫之歌"!

叹息之桥

又一个人啊,不幸的,
厌倦了呼吸,
轻率而又任性地
走向灭寂!

轻轻地抬她上来,
小心地把她举起;
这样窈窕的身材,
又这样年轻,美丽!

瞧她的衣服
紧贴着身体像尸布;
而河水在不断地
从她的衣服上滴下;
该立刻把她抬起,
爱护她,不要嫌弃她。

不要轻蔑地碰到她；
应该悲切地念叨她，
温和地，有人性地；
别想到她的罪孽，
留在她身上的一切
现在都纯然是女性的。

不要去深究
她的叛逆而又
不守本分的行为：
洗去了一切羞耻，
在她的身上，死
留下的只有美。

不管她有多少过错，
她仍然是夏娃的后人——
请揩干她那可怜的
滴着黏水的嘴唇。

把她的鬈发扎起来，
那滑出梳子的鬈发；
美丽的褐色头发；
而惊奇的人们在猜：
哪儿是她的家？

谁是她的父亲?
她的母亲是谁?
她有没有弟兄?
她有没有姊妹?
她有没有一个人
比一切别人都更可亲,
都更可贵?

唉!基督的慈善
可真稀罕,
在太阳底下!
哦!这太可怜了:
全城都填满了,
她却没有家!

姊妹的、弟兄的、
父亲的、母亲的
感情都已经改变:
爱神,分明得可惊地,
已经从高位上被赶走;
仿佛连上帝的护佑
也已经离得远远。

远远地在河上
灯火闪动的地方,
散出多少光辉——
从窗楣和窗棂,
从地室到楼顶;
而她站着,迷乱又心惊,
夜深了,无家可归。

不是阴暗的桥拱,
也不是漆黑的河流,
而是三月的凄风
使她战栗震抖:
一生的遭际使她疯癫,
死的神秘引她狂欢,
迅速地纵身向前——
随便哪儿,随便哪儿,
只要离开这人间!

她勇敢地纵身,
不管有多么寒冷,
那汹涌的河流——
去河边桥头,
做一番想象,思索吧,
不道德的男人啊,然后,

用这河水洗澡、解渴吧,
要是你能够!

轻轻地抬她上来,
小心地把她举起;
这样窈窕的身材,
又这样年轻,美丽!

趁她的手脚还不曾
冷得太僵硬,
请合乎礼节地,和善地
把她的四肢舒展,放平;
请合拢她那茫然地
睁着的眼睛!

目光刺透了泥污,
严峻地,她睁着眼珠,
仿佛在绝望的时候,
用最后大胆的凝眸
向未来盯住。

悲惨地灭亡:
被迫于侮辱,
非人的冷酷

和燃烧的疯狂,
去奔赴安眠。
请把她的手谦逊地、
像做无言的祈祷似的
交叉在胸前!

承认她的弱点,
她的失检的行为,
然后,温和地让上天
来评判她的罪!

今　昔

我记得，我记得
那迎接我诞生的房子，
那早上有太阳
探进头来的小窗子；
太阳从来不闪耀着早到，
也不叫白天太长久；
但现在，我常常希望黑夜
会把我这口气带走。

我记得，我记得
那些红玫瑰、白玫瑰、
紫罗兰、铃兰花——
光芒幻成的花卉！
紫丁香枝头，知更鸟筑过巢，
我弟弟在他的诞辰
种下过一棵金链花树，
那树却至今尚存！

我记得,我记得
那地方,我常去荡秋千,
还以为清风
同样吹拂着飞燕;
我的灵魂,曾振翅飞翔,
现在却如此滞钝,
夏天清凉的池水也难以
消除我额上的热病。

我记得,我记得
那暗褐高耸的枞树群;
我想那细树梢
一定跟天空靠紧;
那想法只是孩提的无知,
但现在却极少欢乐;
现在我知道自己比儿时
更加远离了天国。

静　寂

有一种静寂，在没有声音的地方；
不会有声音的地方，有一种静寂；
在那冰冷的坟墓里，深沉的海底，
或者在没有生命的辽阔沙漠上——
这沙漠至今沉默，将继续酣眠；
没人声，也没有生物悄悄地行走，
只有云朵和云影在任意飘游，
永远缄口，浮过闲怠的地面。
但在苔绿的废墟上，断垣残壁内——
过去住过人类的、荒凉的古宫里，
虽然褐狐或凶残的鬣狗在叫唤，
猫头鹰也在不断地振翼疾飞，
高声啸鸣，低风在呜呜叹气，
真正的静寂在这里，自觉且孤单。

临　终①

我们守着她残喘整宿，
她呼吸多么微细，
在她的胸中，生命的波流
不断地往来喘息。

我们说话时声音很低，
走动时脚步慢而轻，
似乎给了她一半力气
来维持她的生命。

我们的希望掩盖了恐惧，
恐惧掩盖了希望——
她睡着，我们以为她死去，
她死去，以为她在睡乡。

---

① 此诗是作者为纪念他的姐姐安妮之死而作的，发表于1831年。诗选家帕尔格雷夫删去了中间两个诗节，理由是"太精巧，与悲怆的情调不合"。这里全译出，中间两诗节的心理刻画完全吻合亲人临终时的气氛。

凄清惨淡的早晨带着
阴冷的阵雨来临,
她安详的眼帘合拢——她有了
比我们更好的早晨。

玛丽·霍威特

（Mary Howitt，1799—1888）

玛丽·霍威特，英国作家、翻译家、编辑。她生于格罗切斯特郡，娘家名为玛丽·博森。父亲是贵格会教友派信徒。玛丽家中有四个兄弟姐妹。她从小在家中接受教育，阅读十分广泛，很小就开始写诗。1821年，她嫁给威廉·霍威特，夫妇两人开始共同进行文学创作。早期写作的多为诗歌作品，并为一些杂志和年鉴供稿。他们当时与不少著名作家有过交往，如狄更斯、盖斯凯尔、伊丽莎白·巴瑞特·布朗宁等。1837年，玛丽开始创作童话故事，获得成功。这一年，夫妇二人移居英国北部湖区，与华兹华斯兄妹成为邻居。1840年，玛丽曾居住在海德堡，接触到北欧文学，并将瑞典女作家布雷默尔的小说和安徒生的童话故事翻译成英文，介绍给英国读者。1843年之后他们搬至伦敦居住，与丁尼生成为近邻。

玛丽夫妇的作品在当时具有广泛影响。玛丽曾获得斯德哥尔摩文学院的银质奖章，1873年起获得每年100镑的王室转款作为奖励。《蜘蛛和苍蝇》（1829）是她最著名的儿童诗，流行甚广，至今受到孩子们的喜爱。

春　歌

瞧，黄色的柳絮已经缀满
所有纤长的柳树枝干；
在长满苔藓的绿色田埂
报春花涌现像无数星辰；
在报春的一簇簇叶子下面
长出了白紫两色的紫罗兰。

听，羊羔咩咩地细声叫喊，
乌鸦们群栖在榆树之颠，
不停地聒噪——喧闹的一伙；
鸟儿们全都在高声唱歌，
第一只蝴蝶一身白色
贴着太阳光一闪而过！

（方谷绣、屠岸译）

威廉·托姆

（William Thom，1799—1848）

威廉·托姆，苏格兰诗人。他出生于苏格兰的阿伯丁，是一位手摇纺织机织布工人，生活贫困而艰辛，最终死于肺病。托姆的诗篇多用苏格兰语写成。最著名的诗篇为《盲童的恶作剧》，1841年发表《手摇纺织机织工》。在乔治·道格拉斯1899年出版的《詹姆斯·霍格传》中有一篇关于威廉·托姆的传记。《没有妈妈的孤儿》是他的名篇。

没有妈妈的孤儿

孩子们都已经回家安静下来,
身边有姑妈,表姐,健壮的奶奶,
谁还孤零零站着,没有人关怀?
那是没妈妈的孤儿——可怜的傻小孩。

孤儿向他那清冷的床铺走来,
冷啊,身上没东西盖,头上没帽子戴;
小小的脚跟冻裂了,硬得像铁块,
窝里没温暖啊,这个没妈妈的小孩!

别粗声对他说话——他吓得抖起来,
他弯腰听吩咐,求你的笑容和蔼!
没心肝的人们痛苦时应该明白
是上帝在降灾,为了这没妈妈的小孩。

(方谷绣、屠岸译)

蕾蒂霞·伊丽莎白·兰顿

(Letitia Elizabeth Landon, 1802—1838)

蕾蒂霞·伊丽莎白·兰顿是19世纪很有才气也颇有成就的女诗人、小说家和编辑。她天资聪颖、早熟，有着强烈的求知欲，小小年纪便大量地阅读了各种文学书籍。

兰顿16岁时，她的诗才便引起当时《文学公报》杂志编辑威廉·哲丹的注意，她此时开始以"L.E.L."的笔名给该杂志投稿。由于在《文学公报》上发表的诗作已经给她创造了良好的声誉，1824年她的诗集《女即兴诗人及其他诗歌》一经出版便大获成功。此后她又接连出版了《行吟诗人》（1825）和《金紫罗兰》（1826），均获得广泛好评。兰顿是一位对写作近乎狂热的诗人，家庭经济状况的窘迫也迫使她不得不拼命写作。她短短的一生中创作了大量的作品。1821—1830年间她出版了六部诗集。

兰顿的诗歌受华兹华斯的影响较大，常表现出深沉的情感，但又不流于感伤的情调。

除诗歌作品外，兰顿还创作了不少小说作品，如《虚构与现实》（1831）、《弗切斯卡·卡拉拉》（1834），以及为孩子们写的故事集《早年的特性与考验》（1836）等。《伊瑟尔·彻奇尔，或两个新娘》（1837）是她最为成熟的小说作品。此外，兰顿还做过几本年鉴的编辑。

兰顿在事业上的成功和她较为开放的生活方式招致了当时人们的种种议论，作为孤身奋斗的女性和为迎合公众趣味不得不牺牲个性的女诗人，她无力保护自己。为避开各种流言蜚语，兰顿于1838年同乔治·麦克利恩结婚，婚后不久前往非洲。但她到达非洲仅两个月便突然死去，年仅36岁。她死时手中握有一瓶氢氰酸。究竟她是自杀、意外，还是谋杀，似乎已成为永久的谜团。

穷　人

除了穷人，谁同情穷人？
富人根本不清楚
缺少必需的休息和食粮
会是怎样的痛苦！

富人走一条丰盈的路，
甜睡在丝绒床上；
富人从没想到过苦力
会累到黯然死亡。

不知道多少苍白的小脸
盯视着半片面包；
阴冷的炉子里没有火星，
天地间大雪飞飘。

穷人从来不倚在窗边
观看快活人走过；
他们的眼神更加忧伤，
再一次去干累活。

濒临死亡的孩子

这女人处在绝望无助的悲痛中——赤贫而不断陷于耻辱——较好光景的唯一遗物。她退缩了,放弃争取孩子康复的一切努力,不再给药,诉说孩子的死仿佛在给她祝福。

上帝!是否一天天光阴
就这样因贫困而暗淡无光?

她的面颊因潮热而泛红,
小手在我的手中发烧;
可悲啊!她睡着也在受折磨?
说话吧!那呻吟我真受不了。

还是,睡吧,我不想再次
看到那失神眼睛的深处;
睡吧,沉沉垂下的睫毛
再不会抬起来展示美目。

救助,希望?——他们平静地
带走了医治病痛的药盏;
这可怜孩子的生命,生涯啊!
这样的生活非我所祈盼。

为什么她活着受苦,受累,
形销骨立,心碎神沮;
一直到生命离去,临终时,
带着对死的卑怯的恐惧!

我怎能看着她年纪轻轻
就面朝土地,凄苦地劳作?
苦难便逼迫灵魂去犯罪,
面临着堕落,天性也畏缩!

贫穷造成的极端痛苦,
使苦难雪上加霜地羞耻——
我思考已经懂得的生活,
我思考即将知道的遭际。

看街的那边——千万盏明灯
照耀着人们在痛饮狂欢——
你听!听那远处的笑声
夹杂着音乐在空中回旋。

富人安居着,不懂得匮乏;
讨厌困苦——难耐的困苦
在他们听来是陌生的声音——
为什么我没有同样的财富?

我可能犯了罪,为这种全然
无辜的罪孽,会招来惩罚;
让诅咒降到我头上来吧,
啊,可千万不要诅咒她!

睡吧,亲爱的!活着真累人;
不如美美地长眠在坟里!
也不用再拿空话来烦我,
你要维护的,有什么意义?

眼泪——眼泪——我羞于哭泣啊;
我想心已经给眼以勇气:
我应该感到欣慰,我会的,
孩子啊,我会躺下来,死去!

什么时候情郎该发誓?

什么时候情郎该发誓?
什么时候姑娘该听到?
这时候:露珠滴上树枝,
这时候:四旁无人静悄悄。
这时候:月光苍白寒冷,
这时候:小鸟安然睡去,
这时候:微风没一丝声音,
这时候:玫瑰花正在啜泣,
这时候:群星闪亮在高空,
像年轻恋人梦里的希望,
扫视天空的浮云飞动,
像忧思愁绪挡住了光芒。
头戴星光织成的花冠,
脸上现出最美的笑容。
午夜时分发一声喟叹,
双唇飘送出香气浓浓。
两颊上爱情的光泽温柔,

月光朗照时清晰可见，
有一些玫瑰寻求白昼，
夜里开的花一脸红艳。
啊，这时候：星月亮丽，
这时候：露珠晶光闪耀，
到这时，情郎才应该发誓，
到这时，姑娘才应该听到！

休·米勒

(Hugh Miller, 1802—1856)

休·米勒,自学成才的苏格兰地质学家、作家、民俗学家。他出生于苏格兰南部的海滨城市克罗默蒂。小时父亲出海未归,米勒成为孤儿。他17岁时曾跟一位石匠当学徒,做过采石工,开始学习地质学。1829年,他出版了一本诗集。后陷入与1832年改革法案相关的政治和宗教纷争之中。他还做过银行职员。1840年,他与教会人员创办了一份传播福音的报纸《见证者》,直至去世,他一直担任该报纸的编辑。1856年,米勒被诊断出患有精神性抑郁症。他担心自己会加害妻子和孩子,便选择了自杀。1856年12月圣诞节前夜,在完成了他撰写的有关苏格兰化石植物和脊椎动物的书稿的校对之后,他举枪对准了自己的胸口。死前,他写下诗作《奇特而真实》。

米勒的一生是短暂的,却留下了丰富的学术遗产,被认为是苏格兰第一位古生物地质学家。主要著作有《老红砂岩》(1841)、《造物主的足迹》(1850)和《岩石作证》(1857)等。

婴 儿

没鞋子套上她小小的脚趾，
她脚上没穿丝袜；
她两只柔软的脚踝雪白，
仿佛初开的鲜花。

她穿着粉红散点的便装，
两个笑窝，双下巴；
漂亮的小嘴，吮着嘴唇，
嘴里还没有一颗牙。

她的眼真像她母亲的眼啊，
那么柔和，水汪汪；
她的脸真像天使的脸啊——
幸亏她没有翅膀。

（方谷绣、屠岸译）

威廉·爱德华·希克森

（William Edward Hickson，1803—1870）

威廉·爱德华·希克森，英国教育家、作家。他的父亲是伦敦的一位制鞋商。希克森小时候在荷兰和德国的学校就读。1840 年，他开始致力于慈善事业，尤其是初级教育。他曾担任杂志《西敏寺评论》（1840—1852）的编辑，该杂志聚焦立法改革和普及教育。《再试一次》是他的一首广为流传的诗作。该类主题的作品还可追溯到托马斯·帕默（Thomas H. Palmer）写的《教师手册》和马亚特（Frederick Marryat）写的儿童小说《新森林的孩子们》（1847）。希克森还译有两卷本的宗教作品《时间与信仰》（1857）。

再试一次

这个道理你应该记牢,
再试一次;
假如一开始事情没做好,
再试一次;
这样你就会产生勇气,
因为你如果坚持到底,
就无所畏惧,会取得胜利,
再试一次。

尽管有两回你没能成功,
再试一次;
假如你希望最终获胜,
再试一次;
只要努力就没啥不光彩,
尽管这次输掉了比赛;
我们怎样做才不会失败?
再试一次。

要是你觉得这事难做,

再试一次;

时间会给你带来收获,

再试一次;

别人能做的种种事情,

你耐心去做,怎么会做不成?

只要记住这一条就行,

再试一次。

(屠笛、屠岸译)

罗伯特·霍柯

(Robert Hawker, 1803—1875)

罗伯特·霍柯生于德文郡,父亲是一位医生。他曾在牛津大学的朋布罗克学院学习。1834 年起他做了康沃尔郡一个教区的牧师。康沃尔郡的自然景色和那里的民间传说给他带来了丰富的诗的灵感。

霍柯精力充沛,思维敏捷,很有才智,但他时常行为古怪,相信迷信和超自然的力量。他十八岁就匿名发表了诗作。1826 年,他在当地的报纸上发表了著名的以康沃尔民谣为背景的诗作《西部男子汉之歌》,诗中的句子"难道崔洛尼非死不成?"为人们所熟知。此后他又出版了一系列诗作,包括《西海岸手记》(1832)、《诗集》(1836)、《教堂》(1841)、《随风而动的芦苇》(1843、1844)以及《康沃尔民谣》(1869)。1864 年出版的《桑格拉尔的疑问》是一首描写亚瑟王的素体长诗,人们认为它可以和丁尼生的《王者之歌》媲美。

西部男子汉之歌

锋利的宝剑,可靠的手!
胸中的良心,坚贞而豪迈!
国王詹姆士的臣僚该领受
我们康沃尔男子的厉害!

难道崔洛尼①非死不成?
在什么地方?什么时候?
这儿有两万个康沃尔男人,
要彻底弄清其中的理由!

首领是一名乐观的好汉,
勇敢又豪爽,他开口就讲:

---

① 崔洛尼,即乔纳生·崔洛尼爵士(Sir Janathan Trelawny),英国布里斯托尔大主教,于1688年与其他六位大主教一起拒绝宣读英王詹姆士二世颁布的第二次《信仰自由宣言》(其目的是使天主教与英国国教处于同等地位),七位主教被詹姆士二世关进伦敦塔(监狱)内。崔洛尼在英国西南部康沃尔郡享有盛名,康沃尔的千万矿工和农民徒步出发,到伦敦去营救。他们抵达埃克赛特(城市名)时听到崔洛尼被无罪释放,便转身回去。实际上他们没有到达伦敦。

"哪怕伦敦塔胜似迈克尔堡①，
我们也要把崔洛尼解放！

"我们要渡过泰马河②，跨郡州，
就到了塞汶河③，也不停留，
喊着'大家一条心'，手拉手，
谁敢阻挡我们往前走？

"我们来到了伦敦城墙下，
瞧那情景，把我们笑坏了，
出来啊，你们出来，没种的，
同样高贵的我们来了。

"崔洛尼，被你们关在牢里，
崔洛尼，可以由你们处死；
但我们要明白是什么道理，
我们两万个康沃尔勇士！"

---

① 迈克尔堡，筑在康沃尔郡的圣迈克尔山上。在康沃尔工农眼中，它是世界上最坚固的城堡。
② 泰马河，康沃尔郡和德文郡的界河。
③ 塞汶河，从康沃尔到伦敦本无须经过此河。因矿工们缺乏地理知识，才如此说。

伊丽莎白·巴瑞特·布朗宁

(Elizabeth Barrett Browning, 1806—1861)

伊丽莎白·巴瑞特·布朗宁是维多利亚时期的女诗人,诗人罗伯特·布朗宁之妻。她的诗作很受读者的欢迎。她小时天真、活泼、好动,15岁时坠马受伤,长期卧床。她自幼爱好诗歌,养病期间,她博览群书,写诗译诗。1844年,她出版了诗集,获得成功,成为当时著名的诗人。在罗伯特·布朗宁还是无名诗人时,她发现了他的才能,并赏识他、爱慕他,直至两人产生真挚的爱情,秘密结婚,后移居意大利。她的病也因爱情的力量而逐渐好起来。《葡萄牙人十四行诗》是她写给丈夫的爱情诗,真挚动人,语言优美,才华横溢。诗中也表达了她内心的痛苦。她关心社会,写过《孩子们的哭声》,对童工的苦难生活表示极大同情,对剥削童工的资本主义社会发出强烈抗议。

孩子们的哭声

一

你们听到孩子们在哭泣吗,我的兄弟?
他们还没到发愁的年岁!
他们把幼小的头儿靠在妈妈的怀里,
这也止不住他们流泪。
幼小的羔羊在草地上咩咩叫,
幼小的鸟雀在窝里叽叽唱,
幼小的鹿在跟影子嬉闹。
幼小的花朵正向西方开放——
可是幼小的,幼小的孩子们,我的兄弟啊,
他们正在苦苦地哭泣!
当别的孩子们游戏的时候他们哭泣啊,
在这个属于自由人的国度里。

二

你们可曾问问这些伤心的孩子
为什么这样地止不住流泪?

老人会为了自己的明天而哭泣——
他们的明天远不能追回；
老树在林子里失落了一身绿叶，
老迈的一年结束在漫天的冰雪，
老伤口受到触击疼得最剧烈，
老盼着的希望破灭了感到最痛切。
可是幼小的，幼小的孩子们，我的兄弟啊，
你们不问问他们为什么
在自己妈妈的怀里还这样苦苦地哭泣啊——
在我们这个幸福的祖国？

三

他们仰望着，双颊下陷，面色苍白，
那神态叫人看了悲伤，
因为成年人久积的痛苦已深深刻画在
他们童年的面颊之上。
他们说："你们这古老的大地非常阴暗，
我们幼小的脚啊非常虚弱！
我们只走了几步，就感到疲倦——
休息的墓地又太远，真难觅得。
去问老人为什么哭泣吧，别问孩子们；
坟墓外面的世界太冷酷；
我们孩子们站在墓外，困惑不明，
而坟墓只允许老人进入。"

四

孩子们说道:"真的,这完全可能,
时候没到我们就死亡;
小阿丽丝去年死了——她的坟堆成
一个雪球,蒙上了白霜。
我们探望过那准备埋她的土坑,
黏结的泥土里没干活的地方!
她躺下安睡了,没人再把她唤醒,
叫'天亮了,阿丽丝赶快起床!'
无论晴天雨天,如果在坟旁
你侧耳倾听,阿丽丝从不哭叫;
如果见到她,一定认不出她的模样,
因为她的眼睛里显出了微笑,
她过得挺愉快,裹着布,听教堂的钟声
给她安宁,为她唱催眠曲!"
孩子们这样说:"那将是一件好事情,
如果我们早早地死去。"

五

可悲啊,可叹,孩子们!他们在追寻
生中之死,当作最好的慰藉;
他们用坟墓里面的裹尸布裹紧
自己的心,免得心儿碎裂。
走出去,孩子们,走出矿井和城市吧,

唱起来，孩子们，像小画眉一样歌唱；
大把采摘草地上漂亮的樱草花吧，
大声笑，让樱草花从指缝里撒到地上！
可是他们回答说："你们草地上的樱草花
像不像我们矿井附近的野草？
让我们安静地待在煤层的阴影下吧，
哪管你们的欢乐有多么美好！"

六

"因为啊，"孩子们说，"我们已经太累，
没力气奔跑也不能蹦跳；
要是我们想着草地，那只是因为
可以在那里躺倒，睡觉。
我们弯腰，膝盖就酸疼发颤，
我们想走，却扑面摔倒在地上；
在我们沉重下垂的眼皮下面，
最红的花儿苍白得像霜雪一样；
因为，我们整天吃力地拖运重担，
穿过地下黑暗的煤矿巷道——
要不，我们就整天在厂房里运转
钢铁的轮子，转得没完没了。

七

"因为，铁轮整天转着，隆隆地叫——

卷起的风吹向我们的脸，

直到我们的心发慌，头发晕，脉搏燃烧，

四面的墙壁也在晃动打旋：

高窗外茫茫的天空在动荡摇摆，

射到墙上的长长的光线在摇曳，

天花板上爬着的黑苍蝇都转了起来，

一切都在转，整天转，我们和一切。

整天，铁轮子发出隆隆的响声，

有时候我们会这样祈祷：

'轮子啊！'（我们迸发出疯狂的悲鸣）

'停下！安静一天吧，至少！'"

八

是的，安静！让他们听见彼此呼吸，

哪怕一会儿，一口口气息相通！

让他们手触着手，在这少年时期，

纯洁温柔的人情水乳交融！

让他们感到这里钢铁的冷酷运转

并不是上帝塑造揭示的全部人生；

让他们活生生的灵魂表明否定这概念：

他们只是在轮子里、轮子下生存！

钢铁的轮子依然整天在滚动奔忙，

把生活碾得粉碎，落入底层；

孩子们的灵魂啊，尽管上帝召唤向太阳，

仍在黑暗中盲目地冲撞不停。

九

我的兄弟啊,请你们嘱咐可怜的孩子们
抬头看上帝,向他祈求;
慈悲的上帝既然降福给一切别的人,
也总会给他们降福保佑。
他们回答说:"上帝是谁?铁轮在滚转,
轰响,我们的话他听得出来?
我们高声哭诉,可人类从我们身边
走过,充耳不闻,根本不理睬。
我们听不见(因为铁轮在隆隆地响)
陌生人在门边说什么话语。
那么上帝,既然有天使围着他歌唱,
还能再听到我们的泣诉?

十

"祷词中只有两个字我们记得,
在午夜那个凶险的时刻,
'父亲',我们在房里轻轻地这样说,
像念咒语,我们向上望着。
除了'父亲',我们不知道说别的什么,
我们想,有时候天使们暂停歌颂,
上帝会摘取这两个字和温柔的沉默,

把两者握在他有力的右手掌中。
'父亲!'如果他听见了,他必定会应声
(因为人们说他慈祥和蔼)
带着纯真的微笑,俯视险峻的红尘:
'孩子,跟我一同休息吧,快来。'

十一

"但是,不!"孩子们说,哭得更厉害,
"上帝像石头一样不言不语;
有人告诉我们,上帝的形象实在
就是命令我们拼命干活的厂主。
算了吧!"孩子们说,"就是在天堂
也只能找到轮子般转动的黑云。
别嘲弄我们了;苦难使我们失去了信仰——
我们仰望上帝,却已经哭瞎了眼睛。"
哦,我的兄弟啊,你们可听见孩子们
在哭泣,在驳诘你们宣讲的教义?
上帝的博爱教人信奉上帝的万能,
这两者孩子们都不再深信不疑。

十二

在你们面前,孩子们哭泣,这很自然!
他们还没有奔跑就已经疲惫;
他们从没见过太阳光,更不曾看见

比太阳更加灿烂的天国光辉。
他们有成人的悲伤,缺乏成人的智力;
陷入成人的绝望,没有成人的镇静;
是奴隶,没有基督教世界的自由权利,
是殉难者,极度痛苦,却毫无荣名,
仿佛老人耗尽了精力,却无法回顾,
不能收获多少回忆的产物,
他们是被剥夺了尘世和天堂之爱的遗孤。
让他们啼哭吧!让他们啼哭!

十三

他们苍白而凹陷的面孔向上仰视,
那些脸都显出骇人的模样,
他们使你想起他们的守护天使
在天上抬眼向上帝凝望!
他们说:"残酷的国家啊,为了推动地球,
你将多久地踏在孩子的心上?
还将扼杀孩子的心跳,任铁蹄驰骤,
带你走向王座,在市场中央?
我们的鲜血迸溅着!堆积金元的人啊,
紫衣华衮表明了你们的道路!
但是静寂中孩子的哭泣却诅咒得深啊,
远远超过了壮汉的冲天暴怒。"

弗拉希——法乌努斯

你看见这只狗。就是在昨天,我
沉入冥想,忘记了他曾经出现,
直到思念加思念,叫泪珠一串串
湿遍了我的双颊,我倚枕而卧,
一个头从枕边突现,毛茸茸的家伙,
就像法乌努斯①,冲向我,那两只金眼
大而亮,叫我吃一惊——轻拍我的脸,
擦干我泪花的,是那只下垂的耳朵!
开头我吓一跳,像个阿卡狄②牧人,
见黄昏树丛里羊神的出现而惊绝;
但是,胡子脸幻影更贴近,触动
我泪泉,我认出是弗拉希③,于是我超越
惊奇和悲哀——感谢真诚的潘神,
凭林野动物,他引人到爱的高峰。

(屠岸、屠笛译)

---

① 法乌努斯,罗马神话中的森林和田野之神,牧群和牧人的保护者,相当于希腊神话中的潘(Pan)。
② 阿卡狄,古代希腊的一部分,常在牧歌中作为理想牧人生活的家乡而出现。
③ 弗拉希,本诗作者的爱犬。这个名字如果意译,就是"红脸儿"。

给弗拉希,我的狗

爱友啊,你是她的礼品,
通过你那卑微的天性,
流着她真诚的情谊,①
但愿能说出我的祝福,
我把手放上你的头颅,
你这温柔的小东西!

像一位女士的棕色鬈发,
你那丝质的耳朵垂挂,
乖乖地贴在两边,
你的胸脯穿着银衣裳,
你全身各部也都闪闪亮,
纯正的毛儿无瑕点。

你身上的毛儿本是深褐色,
可一旦阳光向你来照射,

---

① 这只狗是我亲爱的、可钦佩的朋友米特福德小姐赠给我的礼物。——作者原注

暗褐就变成金黄，
柔滑的鬈毛一绺又一绺，
全身都闪射黄金的光流，
擦过的光泽亮堂堂。

在我的手掌轻轻的抚摩下，
温柔的褐色眼睛被惊吓，
发亮而越睁越大，
充满着活力，你高高跃起，
欢蹦乱跳，还要耍淘气，
活像冲锋的战马。

跳啊！大尾巴划过一道光；
跳啊！细长的脚丫闪闪亮，
让缘缨如伞般盖住。
跳啊——你挂着流苏的两耳
奇异地扑动，漂亮又精致，
沿寸寸金色纹路。

但是，我可爱顽皮的小捣蛋，
你的气度真够不平凡，
我的赞扬可没完！
别的狗或许跟你能般配，
它们的耳朵也都往下垂，

它们也都光灿灿。

可是对于你，我要讲更多，
在床边，这只狗久久守卫着，
日日夜夜不疲倦，
守卫在拉上窗帘的房间内，
当阳光还没有冲破那包围
凄苦病人的黑暗。

瓶中采来的一朵朵玫瑰，
在这房间里很快就枯萎，
阳光和轻风来不了；
只有这只狗，始终陪伴，
它懂得尽管阳光变暗，
爱还会继续闪耀。

别的狗踏着百里香朝露，
追赶着野兔，飞跑奔逐
在阳光明媚的草原；
只有这只狗，匍匐又匍匐，
在我倦睡的面颊旁蹲伏，
跟我同享着幽暗。

别的狗带着忠诚的欢叫，

听到清脆的笛声嗯哨，
赶紧奔向树林边；
只有这只狗，紧守在身旁，
听有气无力的话语轻讲，
或一阵大声的哀叹。

假如有一两滴泪水灼热，
坠落到他那柔滑的耳朵，
或连续发出叹息声；
他就急急忙忙跳上来，
喘着气摇尾巴表示亲爱，
费着劲儿献殷勤。

这只狗感到满足，假如
一只苍白瘦手的爱抚
滑向他下垂的颈项，
他把鼻子伸向脖子下，
后来，又挤平他的下巴
在摊开手心的掌上。

假如有一个友好的声音
叫他去选择更多的欢欣，
别守着屋子不动窝，
"出来吧！"门口的声音在恳求，

他还像从前，赶紧回头，
跳上身来倚着我。

就因为这样，我对这只狗
从不轻视，只有温柔，
给以宠爱和赞扬！
所以我说出我的祝福，
我把手放上他的头颅，
永远也不会变样。

因为他爱我以这样的诚意，
远胜过他的同类们对于
男女主人的忠顺，
我就回报他更多的挚爱，
别的狗难以向人讨得来，
这样做凭我的"人性"。

我的小狗，让我祝福你，
精巧的项圈使你更美丽，
甜牛奶使你圆滚滚！
尾巴上摇摆着多少欢快，
双手的轻抚你永不躲开，
拍着你这小胖墩！

软枕头贴着你的脑袋，
丝绒的床单在身下铺开，
阳光照得你好睡觉！
苍蝇嗡嗡叫，你却更酣睡，
没有人打碎你的紫色杯，
让你从杯里喝个饱。

长胡子猫咪被逐远远逃，
坚实的瓶塞子塞得牢又牢，
科隆香水你沾不上；
坚果躺在小路上当石子儿，
节日宴会上才有的杏仁饼儿
成了你每天的食粮！

我笑话你，是祝你运道好？
泪水充盈在眼眶里，我感到
你处处受到限制，
给你的祝福实在也有限，
你很少欢乐，也许有一点，
你爱得伟大之至！

然而我还是祝福你能够
在你的天性里永远渗透
绝顶的善良和欣喜；

只愿你得到越界的爱心,
有爱心回报你一片真情,
你这可爱的小东西!

(屠岸、屠笛译)

我的小鸽子

我的小鸽子留下了一个巢
在一株印第安树上,
奇异的树叶从大海的波涛
摄取到宁静和动荡;
那地方总有海风在吹,
阳光下总有脚步来回。

热带的花儿昂头朝树望,
热带的星星低头瞧,
我的小鸽子曾坐在树上,
披着淡棕色羽毛,
目光闪闪,显示出有权利
享受大自然深沉的欢喜。

我的小鸽子被人从它们
快乐的巢中带走,
跨过大洋,听巨浪翻滚,

乌云在空中怒吼。
我的小鸽子不久前还见到
温煦碧蓝的天空和海涛。

如今,在城市牢狱中囚禁,
锁进了烟雾和寒冷,
忽然间,小鸽子昂头细听
昔日惬意的声音,
流水潺潺,微风飘香,
坚果从枝头落到地上。

(屠笛、屠岸译)

"我想到萧克立特斯曾怎样歌吟"
（葡萄牙人十四行诗第一首）

我想到萧克立特斯曾怎样歌吟①
人们渴望的、甜蜜可亲的年头
一个个来临，各自以慈悲的手
赠一件礼物给年老或年轻的世人：
正当我默想着诗人的古调幽韵，②
我含泪看见幻影渐现，里面有
甜蜜而悲伤的岁月，忧郁的年头，
那是我自己的年华，一年年的阴影
依次掠过我身边。我不禁哭起来，
立即发觉有神秘的幽灵正在
我背后活动，扯着我头发往后拽；
我挣扎，有声音得胜地说道："猜，
是谁在支配你？""死。"我说。但很快
响起了银铃的回答："不是死，是爱。"

---

①② 萧克立特斯，公元前3世纪希腊田园诗人，这里的"歌吟""古调"指萧克立特斯在《田园诗》第十五卷中所歌唱的："对世人来说，可爱的时辰来得太慢了，眼望欲穿，终于到来，总要给世人带来一些礼物。"

"但只有三人在上帝的整个宇宙里"
（葡萄牙人十四行诗第二首）

但只有三人在上帝的整个宇宙里
听见你说的这句话：上帝他老人家，①
说话的你，听话的我。我们仨
中间有一人回了话……那就是上帝
用诅咒遮暗我眼睑，罚我的眸子
再不能见到你；但即便我死了，躺下，
"压眼钱"②压上我眼睑，这也不能把
你我截然分隔开。上帝的呵斥——
"不行！"比谁都厉害，哦，朋友！
世俗的叫嚷绝不能拆散我们，
海浪和风暴也不能叫我们低头；
我们俩要握手，伸过那千山万岭：
当天空在你我中间滚动不休，
凭星星我们也起誓：要握得更紧。

---

① 这句话可能是指罗伯特·布朗宁向作者求婚。
② "压眼钱"（death-weight），放在死者眼睑上的一个重物，如硬币，两眼上各放一枚，以使死者眼睛闭合。这是旧时西方的一种习俗。

"咱俩不一样，啊，高贵的心灵！"
（葡萄牙人十四行诗第三首）

咱俩不一样，啊，高贵的心灵！
咱俩的作用和命运都不一样。
你的和我的司命天使互相
看到对方的惊愕，翅膀撞碰
在飞行途中。你想你是后妃们
座上的贵宾，在豪华的社交场上，
千百双亮眼敦促你领衔引吭——
我的眼即便挂着泪也不会变成
那样的亮眼。那你为什么还要从
华灯照耀的窗棂后投我以目光？
我是个可怜的歌手，吟唱在黑暗中，
流浪得乏了，我就倚靠在柏树①上。
你头上有圣油②，我头上有夜露凄清——
只有死，才能拉平这不同的一双。

---

① 柏树，西方以柏树枝作为哀悼的标志，柏枝与黑纱为同一字"cypress"。
② 圣油，帝王在加冕典礼上，先在头上搽圣油，然后加冕。

"你曾经接受邀请,进入宫廷"
(葡萄牙人十四行诗第四首)

你曾经接受邀请,进入宫廷,
高雅诗篇的歌者,翩翩风度!
人们会停下舞步,向你注目,
盼望你丰盈的歌唇再吐新声。
你却拔起我陋室的门闩,不问
配不配你的手?你竟然想到容许
你的音乐出其不意地进入,
让阵阵金声玉振飘过我房门?
你看看上面那扇被闯破的窗棂,
蝙蝠和夜枭筑了巢,在这屋顶!
蟋蟀唧唧,同你的曼陀林争鸣。
静!别激起回声来进一步证明
这里的凄凉!室内有一个声音
在饮泣(而你该歌唱),寂寞,伶仃。

"我庄严地捧起我的沉重的心脏"
（葡萄牙人十四行诗第五首）

我庄严地捧起我的沉重的心脏，

像当年伊莱克特拉① 捧尸灰一瓮；

注视着你的眼睛，我把灰烬

倒在你脚边。你看，有多少悲伤

积成一大堆，在我的内心埋藏，

惨白的灰烬里蹿出不驯的火星，

燃成暗红。你如果以不屑的神情

把火星踩灭，只留下黑暗茫茫，

那也许更好。但是，如果不这样，

你守在我身边等待清风吹起，

把死灰吹醒……那么，我爱，你头上

戴着的桂冠不会做屏障保护你

不让这一片火焰烤焦烧伤

你的头发。你站远些吧！去。

---

① 伊莱克特拉，希腊神话中阿迦门农王和克吕泰涅斯特拉的女儿。阿迦门农被其妻之情夫杀死。伊莱克特拉助其弟俄瑞斯特斯逃走，使其免遭毒手，并准备将来为父报仇。其弟长成后乔装归来，携一尸灰瓮，佯称其弟已死，以麻痹仇人。姐悲痛万分，弟乃告知：瓮中尸灰仍有生命。

"离开我,去吧。但是我觉得从此"
(葡萄牙人十四行诗第六首)

离开我,去吧。但是我觉得从此
我将一直站立在你的影子里。
此后我将永远无法再单独地
在我个人生活的门槛上控制
自己的灵魂,也不再能够一似
以往地把手向阳光安详地举起
而不感到我有过的感觉——那是你
抚我的手掌。地无垠,而命运取之
以隔开咱俩,留你心在我心头,
使我有双跳的脉搏。我所作所为
与所梦之中都有你的份,正如酒
必然有它自己的葡萄味。当我为
自己向上帝祈愿时,上帝就听见有
你的名字,看见我眼里有双人泪。

"我能回报你什么呢,啊,慷慨"
(葡萄牙人十四行诗第八首)

我能回报你什么呢,啊,慷慨
而且豪奢的解囊者?你把赤金
和尊荣从心里掏出,无瑕,纯净,
把它们悄悄地放在我的墙外,
任凭我取走——或者把它们留下来——
这出人意料的慷慨赠予。我可曾
冷漠,寡情,对这些无比丰盈、
贵重的礼物,没任何回报就走开?
不,不是冷漠,是过于寒酸。
你问上帝吧,他知道。泪水不断流,
已冲尽我生命的色彩,只剩下一片
死气沉沉的苍白,这空壳怎能够
充当枕头赠给你,伴着你安眠!
走开吧!它愿做供你踩踏的石头。

"可是,爱,只要是爱,就是美"
(葡萄牙人十四行诗第十首)

可是,爱,只要是爱,就是美,
就值得接受。无论烧的是庙堂,
还是麻杆,火总是一样明亮;
杉木,野草,会烧出同等的光辉。
而爱就是火。一旦我打开心扉,
说出"我爱你!"于是我的形象
在你的眼里变了样:荣耀,高尚,
且感到有容光新绽,从我的眼眉
射向你的脸。爱,无所谓卑下,
最最卑微的生灵也在爱:他们
爱上帝,上帝接受爱,泛爱天下。
透过我原有的弱质,我的热情
竟自迸射出光彩,从而表达
爱的杰作充实了造化天工。

"这样子,爱情如果是应得的报偿"
(葡萄牙人十四行诗第十一首)

这样子,爱情如果是应得的报偿,
我不是完全不配有。面颊苍白,
正如你见到的模样,颤抖的膝盖,
几乎已支撑不住沉重的心脏——
这疲惫的行吟生涯,曾经想登上
奥纳斯①山峰,却只奏出些悲哀,
怎能跟山谷里夜莺的歌声比赛——
用这忧伤的乐曲……我干吗要讲
这些事情呢?啊,亲爱的,不用说,
我高攀不上,不配挨在你身旁!
可是,因为我爱你,这就使得我
从爱情获得了证明我无辜的荣光,
我爱着,能继续活下去,哪怕没着落,
我为你祝福,尽管拒绝你在面上。

---

① 奥纳斯,亚洲的一座高山,一说在印度,一说在阿富汗。

"如果你一定要爱我,请为了爱情"
(葡萄牙人十四行诗第十四首)

如果你一定要爱我,请为了爱情
而爱我,不要为别的缘由。我爱,
别说"我爱她,为了她的笑,姿态,
她那温和的语调,还为了她能
想出恰合我意的巧思,这曾经
在那天给我带来舒心的愉快"——
我爱,这些甜头本身会更改,
或因你而变化;这样形成的爱情
会这样消失。也别爱我,只因为
怜悯我,替我拭干颊上的泪痕;
一个人长久得到了你的抚慰,
会忘记哭泣而失去你的爱心!
为爱的缘故而爱我吧,这样你就会
一心爱下去,贯彻爱情的永恒。

"请你再说一遍吧,一遍再一遍"
(葡萄牙人十四行诗第二十一首)

请你再说一遍吧,一遍再一遍
就说你爱我。虽然这话重复讲,
你认为像一支"布谷鸟之歌"那样,
请你记住:无论在高山或平原,
溪谷或森林,若没有布谷的歌赞,
春就不完美,哪怕她全身披绿装。
亲爱的,我在黑暗中,听见心声响,
音调有疑惧,我带着痛苦的不安,
高叫:"再说一遍你爱我!"谁嫌
星太多,哪怕颗颗在天上滚动,
花太多,哪怕朵朵给春天加冕?
就说你爱我,爱我,爱我——把银钟
一遍遍敲响!——亲爱的,请牢记心间:
还要用灵魂来爱我,在默默无语中。

"咱俩的灵魂站起来,挺立,坚强"
(葡萄牙人十四行诗第二十二首)

咱俩的灵魂站起来,挺立,坚强,
默默无语,愈来愈挨近,面对面,
伸展的翅膀在各自弧形的尖端
着了火,——那么,人间要我们品尝
怎样的苦汁,竟不让我们在世上
安心长住?你想想。再往高处攀,
天使们会向着我们压过来,会企盼
唱美妙歌声的金色星球坠向
我们亲密的沉默中。还是让我们
留在世上吧,亲爱的,——芸芸众生
在世间的扰攘纷争会向后退隐,
远离纯洁的灵魂,留出方寸
容我们立足,相爱,爱一个时辰,
尽管黑暗和死亡在四周逡巡。

"这可是真的？如果我死去，躺倒"
（葡萄牙人十四行诗第二十三首）

这可是真的？如果我死去，躺倒，
你会因为失去我而失魄丧魂？
如果阴湿的墓穴盖在我头顶，
你会觉得阳光下也寒冷，萧条？
读到你信上这样的想头，我感到
意外的激动，亲爱的。我是你的人，
但……就这样贵重？我两手颤动，
能为你斟酒？这样，我的心就丢掉
死亡的梦想，重新同生命融合。
亲爱的，爱我，看着我，呵我，用热气！
聪明的小姐为了爱而舍弃财货，
降低身份，不认为悖理；为了你，
我也把坟墓放弃，把我对天国
美妙的想象换成载你的大地！

"我的信！全都是无声的苍白纸片！"
（葡萄牙人十四行诗第二十八首）

我的信！全都是无声的苍白纸片！
可它们仿佛有生命，颤动不止，
我用发抖的双手，松开了绳丝，
这些信散落到我的膝上，在今晚。
这封说，他希望有机会跟我见面，
作为朋友：这封信约定个春日，
他来访，要和我握手……平常的事，
可是我哭了！这封信，非常简短，
说，"亲爱的，我爱你"；我退缩，惶恐，
像上帝的未来在轰击我的过去。
这封说，"我属于你"，信上的墨迹浓，
因贴紧我猛跳的心，已褪色，模糊。
而这封……亲爱的，你的话起什么作用，
假如我终于敢重复这信里的话语。

"今夜,含着泪,我见到你的面影"
(葡萄牙人十四行诗第三十首)

今夜,含着泪,我见到你的面影,
可今天我还含笑见过你,这到底
是由于什么缘故?——亲爱的,是你
还是我,促使我哀伤的?教堂里侍僧
潜心于欢乐的歌祷,感恩的崇奉,
会晕倒,额头苍白,知觉消失,
伏在圣坛下。我听见你亲口盟誓,
见不到你了,我就惶惑,不安定,
像侍僧,耳朵里鸣响着歌声"阿门"。
亲爱的,你真的爱我?我真的曾见着
梦想的荣耀?强光真的曾来临,
为我的内心照亮梦想的目标,
而使我眩晕?泪水啊,又热又真,
涌来了,光啊,会不会也再度涌到?

"太阳升起,第一次把光芒射向"
(葡萄牙人十四行诗第三十二首)

太阳升起,第一次把光芒射向
你爱的盟誓,我就期待月亮
松开这情结:要爱情地久天长,
这情结似乎打得太急,太匆忙。
我想,爱得容易,也容易失望;
我看看自己,总觉得自己不像
值得你爱慕的人;倒更像一张
破旧而走调的提琴,实在配不上
优美的金嗓子;这琴,被匆匆拿起,
一发出沙哑的声响,就又被搁置。
这样说,我不是贬了自己,恰恰是
冤了你。因为大师的手指能使
破琴流出的乐曲完美无疵,
非凡的心灵会同时爱得猛、爱得痴。

"要是我给你一切,你可愿交换"
(葡萄牙人十四行诗第三十五首)

要是我给你一切,你可愿交换,
把你的一切给我?我能否永享
交谈,祝福,互吻,这种种家常,
让这些交替出现,觉得挺自然——
这时我抬头打量,意外地发现
一个新家,新的地板,新的墙?
还有,死心眼不懂得改变衷肠,
来填补我身旁这心眼的空位,你可愿?
这太难。征服爱,已经艰苦备尝,
那么,征服愁,要遭更多的灾;
因为愁就是爱,再把新的愁加上。
唉,我愁过,所以不轻易地爱。
依然爱我吧,你可愿?请敞开心房,
把你湿透了双翅的鸽子抱在怀!

"第一回他亲我,他只是把亲吻印在"
(葡萄牙人十四行诗第三十八首)

第一回他亲我,他只是把亲吻印在
我常用来写诗的这手的指头上;
从此,这手就越来越洁白,莹亮,
拙于跟世人打招呼,敏于说:"快来,
听天使说话!"紫水晶指环巧戴
在这手指上,对我的眼睛来讲,
初吻比指环更清晰。第二吻升向
较高的地方,到前额,可一半偏歪,
一半落在发丝上。无上的酬报!
是爱神抹的圣油,香气散开,
带来圣洁,比爱神的王冠先到。
第三吻完美无瑕,以高贵的仪态
恰好印在嘴唇上;经过这一遭,
我无比骄傲,说:"我的亲,我的爱!"

"我怎样爱你?让我数方式种种"
(葡萄牙人十四行诗第四十三首)

我怎样爱你?让我数方式种种。
我爱你,爱情的深广和高度没尽头,
只要我灵魂能达到,像放眼探究
生存的极致和理想之美的巅峰。
我爱你,正如沐浴在阳光和烛明中
我有无须表白的日常需求。
我爱你,自由如战士为正义而奋斗;
我爱你,纯洁如他们避开赞颂。
我爱你,用我满腔的热情,强烈如
我昔日的悲辛;用我童年的信誓。
我爱你,用随着消逝的圣徒而似乎
消逝了的爱慕;我爱你,用毕生的呼吸、
微笑和泪水!只要是上帝的意图,
那么,在死后我只会更加热爱你。

"亲爱的,你给我送来过多少花卉"
（葡萄牙人十四行诗第四十四首）

亲爱的,你给我送来过多少花卉,
采自园圃,经过长长的夏天
和冬天,这些花在这紧闭的房间
似乎还在长,不缺少阳光和雨水。
那么,以我们爱的名义,这回
请收下这些在这儿披露的想念,
那是我不分寒暑,从我的心田
撷取的情思。在我的花坛周围,
的确长遍了种种莠草和苦果,
等你来芟除;但这里也有蔷薇,
也有常春藤!——收下这些吧,正如我
常收受你的花;你别让它们凋萎,
教眼睛经常见到它们的本色,
告诉你灵魂:它们扎根在我心内。

加罗莱娜·伊丽莎白·莎拉·诺顿

（Carolina Elizabeth Sara Norton，1808—1877）

加罗莱娜·伊丽莎白·莎拉·诺顿是 17 世纪剧作家谢立丹的孙女，诗人、小说家、编辑和政治家。1827 年她同乔治·诺顿结婚，但婚后的生活并不美满。

诺顿 1829 年即发表了诗作《罗萨利的悲伤》，此后她接连创作了《不朽的人及其他诗》（1830）以及小说《妻子与女人的奖赏》（1835），均获得很大成功。1836 年，她陷入一桩不名誉的离婚案中，尽管她丈夫的指控最终败诉，但她与丈夫的关系终于破裂。她为孩子的监护权问题和修订已婚妇女财产法而进行了不懈的努力。婚姻的失败促使她更加勤奋地写作，以此来维持她和孩子的生活。她曾编辑出版了拜伦的诗集，主编了《妇女集》和《英国年鉴》，并就女权问题写了大量的小册子，很有影响。同时她继续创作并发表诗作，其中重要的有《来自工厂的声音》（1836）和《加拉耶夫人》（1863）。此外她还写有一系列小说作品，并有一部剧作问世。

诺顿容貌美丽，天资聪慧，性格刚毅果断，这些都使她成为人们关注的焦点，既引来人们带有偏见的抨击，又得到人们的赞美。诗《我并不爱你》是她的传世名作。

我并不爱你

我并不爱你！——确实，我并不爱你！
可是你不在我身旁，我感到悲哀；
甚至妒忌你头上明朗的青天，
它宁静的星眼可以看到你而欢快。

我并不爱你！——可是不知道为什么，
你一言一行，我看来总那么美好：
我时常独自一个人叹息着说道，
我爱的那些人并不胜过你多少！

我并不爱你！——但是，你去了以后，
我恨那话音，尽管说话人挺可爱，
把你在我的耳朵里留下的余音，
那音乐一样的声波，一一破坏。

我并不爱你！——可是你能言的眼睛，
以深沉亮丽、最能达意的蓝色，

屡屡在我和午夜的天空间升起,
盖过我认识的任何眼睛的光泽。

我知道我并不爱你!可是,唉!
人们不相信我的坦白真诚:
我时常见到人们微笑着走过去,
他们看见我凝视你,目不转睛。

爱德华·菲茨杰拉德

（Edward FitzGerald，1809—1883）

爱德华·菲茨杰拉德，英国 19 世纪诗人，出生于萨福克郡，早年就读于剑桥大学三一学院。一生没有从事任何职业，也没有出门远行，在布尔格自家庄园里住了 16 年，生命中的后 23 年定居在伍德布里奇。1849 年他出版诗人巴登的传记。巴登的女儿后来成为他的妻子，但二人很快就分手。他翻译出版过西班牙的卡尔德隆、古希腊的埃斯库罗斯和索福克勒斯的剧本。他还是一位丰产的书信作家。但他最有名的作品是他所译的波斯 12 世纪诗人奥马尔·哈亚姆的长篇组诗《柔巴依集》（一译《鲁拜集》）。他的翻译比较自由，近似创作，但保持了"柔巴依"形式，即每诗四行，第一、二、四行押脚韵（像中国旧体诗中的绝句，与维吾尔族的"柔巴依"同）。许多英国诗选把《柔巴依集》作为菲茨杰拉德的作品选入，或者把奥马尔·哈亚姆和菲茨杰拉德作为《柔巴依集》的共同作者，称之为诗界双星。这部诗集在英国文学史上也占有一席位置。此书最初出版时未署译者名字，出版后默默无闻。直到 1860 年诗人罗塞蒂和斯温本在书摊上发现它，大为赞赏，此书的影响才逐渐扩大，直至在全世界不胫而走。诗中所透露的人生无常、"行乐须及春"的思想，依凭优美抑扬的韵律而一度广泛传播。这里选译其中一部分（18 首），按英国人所选的英国诗选惯例收入。

奥马尔·哈亚姆的《柔巴依集》(节选)

一

醒来啊!太阳升起了,把满天星斗
从黑夜广阔的领域里一一赶走,
叫黑夜追随星星也退出天穹,
朝阳的金箭已射中苏丹的塔楼。

十二

这儿在树荫底下,有一卷诗章,
一壶酒,一块面包,还有你——姑娘,
在我身边,在这荒原上唱歌,
啊,这荒原就是真正的天堂!

二十四

啊,趁现在还能够,快尽量享受,
我们同样有埋进泥土的时候,
那时候,泥土归泥土,躺在泥土下,
没酒,没歌,没歌手,而且——没尽头!

二十七

我年轻时候常常热心于访问
博士与圣贤,去聆听宏伟的高论
评说生与死;但是每次我总是
走了出来,就从我进去的那扇门。

二十八

跟他们一同,我撒下智慧的籽种,
又把它灌溉培养,凭双手劳动,
可我获得的全部收成是什么——
那只是"我来如流水,去似轻风"。

三十六

这只陶杯的答话我听不分明,
但我想,它也曾一度拥有生命,
饮过酒,啊!我吻的杯唇接受过
多少亲吻啊,又给过人多少亲吻!

四十三

一天,那天使带着黑色的醇酒
终于把你寻找到,在大河滩头,
她递上酒杯,再邀请你的灵魂
到你的唇边来痛饮——你不要退后。

五十五

你知道,我的朋友,我怎样在家里
大张筵宴,欢庆我新的婚礼,
我跟不育的老婆理智离了婚,
重新迎娶葡萄的女儿①做娇妻。

六十三

啊!地狱的威胁和天堂的希望!
至少一件事无疑——生命不久长;
这件事无疑,其余的全是谎言,
花儿开放了一回就永远消亡。

六十四

这真是怪事!无数、无数的人们
在我们之前跨进了黑暗的大门,
但没有一人回来给我们指路,
那幽径只有靠我们自己去探明。

七十一

移动的手指在写字,一旦落上纸,
它继续移动;你所有的虔诚和才智
都无法引回那手指来删去半行,

---

① 葡萄的女儿指酒。

你洒尽泪水也难以洗去半个字。

八十一

你一手创造了人类,用污泥浊土,
你又在乐园里安排了恶蛇,我的主!
不管人类有多少罪恶不体面——
你饶恕人类吧——并接受人类的饶恕!

九十一

备好葡萄酒,为我消逝的生命,
把我死去生命的躯壳洗干净,
请用鲜绿的葡萄叶裹我,葬我在
花园边,这地方该不会无人问津。

九十六

可悲啊,春光总要和蔷薇同凋!
芬芳的青春文稿也总要收梢!
枝头吟唱的夜莺从哪儿飞来,
还要往哪儿飞去,有谁知道!

九十七

但愿荒漠里露一丝甘泉的闪光——
只要真显现,朦胧点儿也无妨,
好叫昏渴的旅人向泉边跃起,

像野草被人踏倒了再跃起一样!

九十八

但愿振翼的天使能够及早
把还没收起的命运档案拿到,
叫那严厉的录事用别的方式
来重新登记,要不然就一笔勾销!

九十九

爱人啊!假如你我能跟"他"沟通,
把主宰万物的蓝图拿到手中,
我们岂不会把它撕个粉碎——
再按照心底的愿望,重画一通!

一○○

月亮上升,又在向我们窥探——
她今后还将不断地圆缺循环;
有一天她再向园中来探望我们——
我们中有一人她将不会再看见!

阿尔弗雷德·丁尼生

（Alfred, Lord Tennyson, 1809—1892）

阿尔弗雷德·丁尼生是维多利亚时期的重要诗人，在当时影响很大。

丁尼生的父亲是个牧师。他从小便接受了父亲传授给他的古典文学方面的知识。在他去剑桥上大学之前，就表现出了写诗的才能，与兄弟一起出版了他们合作的诗集。在大学里，他接触到当时的政治与社会，并与同窗哈莱姆结下了深厚的友谊。这一时期他创作的诗大多清新、自然、生动，表现出积极向上的情绪。主要作品有《食莲人》《尤利西斯》《美女梦》等。

1833年，哈莱姆不幸早逝，给丁尼生的心灵造成了重大打击。他为纪念哈莱姆，经过17年的构思，创作出《悼念集》，誉满全国。这部作品并不仅仅表现对好友的哀悼。哈莱姆的死影响到他对生活的态度和对人生的认识，使他常常思考生死的关系，怀恋过去，感叹人世，作品充满深刻的思想，具有一定的哲理深度，有一种深沉而忧郁的感伤情调。他晚年对社会感到失望和不满，诗中流露出愤世嫉俗的情绪。

丁尼生的诗作表现出维多利亚时期人们的精神风貌。这是一个变化与动荡的时代，这些变化令人惊讶，又使人不安与困惑。丁尼生的诗歌恰恰体现出这个动荡时期人们的怀疑、思考与忧虑，流露出难以摆脱的怀旧情绪。这个时期他的较重要的作品还有《公主》《毛德》《王者之歌》等。

丁尼生的诗歌受到浪漫主义诗歌和古典文学的双重影响，他将浪漫派诗风和古典主义的诗歌风格融为一体。他的诗形式完美，辞藻华丽，韵律整齐，同时又有极为丰富的想象力，但有时失之雕琢。

鹰：片断

他用钩状的爪子紧抓住岩冈；
他站在荒凉的地方，靠近太阳，
蔚蓝的天宇围绕在他的四方。

他下面匍匐着波光粼粼的海洋；
在悬崖峭壁上守望，他投出目光，
突然像一声霹雳，他从天而降。

婴儿歌

在窝里,在黎明时刻,
小鸟说些什么?
我要飞,小鸟这样讲,
妈妈呀,我要飞翔。
小鸟呀,你稍等片时,
等翅膀长得更结实。
她就稍稍等待,
然后飞出巢外。

在床上,在黎明时刻,
小宝宝说些什么?
像小鸟,宝宝说道,
我要起来,要飞跑。
宝宝啊,你再睡片时,
等手脚长得更结实。
只要她稍睡一晌,
宝宝就飞奔出房。

催眠歌

轻又低呀轻又低,
西方的海风吹又吹;
低呀低呀吹口气,
西方的海风飞呀飞!
飞呀飞,翻过浪啊翻过水,
丢了落山的月亮向这儿吹,
把孩子的爸爸也吹给我啊,喂,
小乖乖呀好乖乖呀睡。

睡呀睡,安安静静地睡,
爸爸马上来看宝贝;
睡呀睡,妈妈怀里偎,
爸爸马上来看宝贝;
爸爸来看你在窝里睡,
披着银色月啊竖着银色桅,
挂着银色帆啊从那西方归,
小乖乖呀好乖乖呀睡。

撞碎，撞碎，撞碎①

撞碎，撞碎，撞碎在
灰冷的石上吧，大海！
愿我的舌头能把我心中
涌起的思念说出来。

多好啊，那渔家孩子，
跟姐姐游戏笑嚷！
多好啊，那少年水手，
在海湾划船，歌唱！

一艘艘庄严的轮船
向山下港湾行进；
啊，但愿触到失去的手啊，
听到那岑寂的嗓音！

---

① 此诗乃诗人为纪念已故的挚友哈莱姆而作。原诗四节，各行"格"不一致，多数为轻轻重格（即抑抑扬格）。除两行（第三节第三行和第四节第三行）为四音步外，余各行均为三音步。韵式为 xaxa, xbxb, xcxc, xaxa；且首节与末节两个脚韵用同一个字。译文基本上以顿代步，韵式依原诗，首节与末节押韵也用同字。

撞碎，撞碎，撞碎在
岩石的脚下吧，大海！
往日的美意温情消逝了，
永远不会再回来。

渡沙洲 ①

日落,黄昏星闪闪,
召我的呼声清亮!
但愿沙洲上不会有哀伤悲叹,
当我向海上启航。

可是流动的大潮像在安睡,
太满了,没声音,没浪花,
这时,从无边汪洋里涌来的那位
重新起程回故家。

薄暮,一阵阵晚钟,
这之后就是黑暗!
但愿不会有告别时候的哀痛,

---

① 沙洲,河口或海湾入口处由于流水或潮汐造成的常常妨碍航行的沙滩,这里指生与死的大限。原诗四节,各行五音步和三音步交替,韵式为 abab cdcd efef ghgh。译文以顿代步,韵式依原诗。

当我登上这渡船。

虽然,越过我们的时间和空间,
洪波会带我远走,
我希望见到"领航人"①,面对面,
当我渡过了沙洲。

---
① 领航人指上帝。

墙缝里的花

墙上裂缝里长的小花呀,
我从墙缝里把你摘下,
连根带叶拿在我手中,
小花呀——要是我能够弄懂
你的一切,从头到根,
我就懂得了上帝和人。

小　溪

我来自骨顶鸡和苍鹭的老巢，
我突然迸涌而出。
从蕨丛中来，我晶莹闪耀，
急急地冲向山谷。

我匆匆流经三十座山峰，
轻滑过山脊之间，
把二十个村庄，一座小镇，
五十座桥梁甩后边。

我终于流过菲利普农庄，
汇入浩荡的大江，
世上的人们来来往往，
我却永远奔前方。

在青石道上我潺潺流过，
一路上琤琤淙淙，

汩汩地卷入山凹的旋涡,
絮语在卵石丛中。

我七拐八弯,冲刷着堤岸,
流过闲地和农田,
我让柳兰和锦葵装点
仙境一般的岸沿。

潺潺地,潺潺地不断流淌,
我汇入浩荡的大江,
世上的人们来来往往,
我却永远奔前方。

我百转千回,进山出穴,
有时候载落花远航,
我怀里处处有鳟鱼活跃,
有鮰鱼悠然来往。

我漫游前进,这里那里
激溅起飞沫似雪,
我纵身跃过金色的沙砾,
让朵朵银浪碎裂。

一路上我带着轻波细浪,

汇入浩荡的大江，
世上的人们来来往往，
我却永远奔前方。

我流过如茵的草坪，悄悄
滑过榛树荫丛；
我漂来甜蜜的勿忘我草，
送到恋人们手中。

我滑行，流漾，我朦胧，闪亮，
任燕子飞掠水面，
我教如网的阳光跳荡，
射向沙洲浅滩。

我披着月色和星光低语
在荆棘丛生的大荒；
到卵石滩前我徘徊不去；
环抱着水芹徜徉。

我再次跃进，蜿蜒流淌，
汇入浩荡的大江，
世上的人们来来往往，
我却永远奔前方。

爱与忠实

如果爱真是爱,如果爱属于我们,
爱的忠实和虚伪决不能并论:
某点上虚伪就是不忠于一切。

正像琴上一条小小的裂痕,
会使得那只琴渐渐地喑哑无声,
它不断开裂,叫寂静代替一切。

爱人琴上小小的缝隙一线,
或是仓库里果实上一个斑点,
从内部腐蚀,会逐渐毁掉一切。

那是不值得留住的,还是让它走;
留它吗?亲爱的,回答我:不留。
信我的一切,或不信我的一切。

安·霍克肖

（Ann Hawkshaw，1812—1885）

安·霍克肖，英国诗人。1842年，霍克肖出版了第一部诗集《丢尼修大法官及其他诗》，收入22篇诗作，包括一首长篇叙事诗，她以活跃的想象力再造了《圣经·新约》中讲述的希腊雅典的丢尼修法官皈依基督教的心路历程。作品出版后获得广泛的肯定。1847年，霍克肖出版了《写给我孩子们的诗》，她以清新的笔调赞美了自然的风光和城市的景象，也有诗作描写了萨克逊人的历史，为她此后的创作做了前期的铺垫。霍克肖的作品还有《盎格鲁-萨克逊历史的十四行诗》（1854）和《西塞尔的书》（1871）。

小小的雨点

哦,你们从哪儿来?
你们呀,小小的雨点!
"啪嗒,啪嗒!"你们呀,
拍打着玻璃窗边沿。

大人不许我到处走,
他们不让我游戏,
他们整天地不准我
走到大门外面去。

他们拿走了玩具,
因为被我弄坏了,
他们没收了皮球,
把积木锁起来了。

告诉我,小小的雨点,
你们是不是在游戏——

"啪嗒，啪嗒，啪嗒……"
整天地敲窗不息？

他们说我太顽皮了，
可我有啥事好干？
只好在窗前坐着，
真想跟你们一起玩。

小雨点不会说话，
只响着"啪嗒"没完，
意思是"我们这样耍，
你为啥不能那样玩？"

爱德华·里亚

（Edward Lear，1812—1888）

爱德华·里亚是一位风景画家兼诗人，一生的大部分时间在地中海周围国家度过。他写过滑稽有趣的"胡诌诗"，受到孩子们的喜爱。"胡诌诗"是维多利亚时代的特殊产物。这些诗幽默、滑稽、轻松、可笑，但其中又隐含着某种忧郁和伤感。这种风格的诗作早在莎士比亚的作品中就出现过，在其他作家的作品中也有过，但在维多利亚时代则形成了一个诗的品种。

里亚的作品收在他1846年出版的《胡诌集》中，其中大部分是"胡诌诗"，也有其他风格的诗作。《猫头鹰和小猫咪》和《乱糟糟的小人儿》都是他常被人提及的作品。

猫头鹰和小猫咪

乘一只漂亮的嫩绿色小小船,
猫头鹰和小猫咪出海去远航:
带着蜂蜜一小罐,大把的钱,
包钱的是一张钞票五英镑。
猫头鹰仰望星星高空悬,
伴着小小的吉他把歌唱:
"可爱的小猫哟,小猫哟,我的小心肝,
小猫哟,你呀你有多漂亮,
多漂亮,
多漂亮!
小猫哟,你呀你有多漂亮!"

小猫咪对猫头鹰说:"美丽的鸟儿哟,
你唱得多么迷人多么甜!
哦,咱俩结婚吧;不能再等啦,
可一枚戒指怎样才能到手边?"
整整一年零一天,他们去得远,

来到个长着"当当"树的好地方,
有只小猪崽在林子里面站起来,
一枚戒指挂在鼻尖上,
鼻尖上,
鼻尖上,
一枚戒指挂在鼻尖上。

"小猪儿乖,我出一角钱,你愿不愿
把戒指卖给我?"小猪说:"这好办。"
他们买走了金指环,结婚就在第二天,
还有山上的火鸡来相伴。
他们手里拿有利刃的三齿叉,
吃着榲桲果的薄薄片和百果馅;
手把手来搀,双双站在沙滩边,
他们在月光下面舞翩翩,
舞翩翩,
舞翩翩,
他们在月光下面舞翩翩。

(屠笛、屠岸译)

胡诌歌五章

一

有个老头儿胡子好长,
他说:"我就怕事情是这样!
一只母鸡,两只猫头鹰,
一只鹪鹩,四只小百灵,
都在我的胡子里造楼房!"

二

有个老头儿住在树上,
被一只小蜜蜂吵得心慌。
有人问:"嗡嗡的叫声大不大?"
"哎呀,大得不得了,"他回答,
"小蜜蜂一点道理也不讲!"

三

有个老头儿坐在船上,

他说:"我漂流向四方,向四方!"
有人说:"不,你根本没动窝!"
他气得发晕,心里冒火,
倒霉的老头儿坐在船上。

四

有个老头儿拿着扑克,
他把面孔涂成了赭红色。
人们说:"你是个古怪老家伙!"
他这回干脆一句话没说,
把他们揍扁,用他的扑克。

五

有个老头儿说:"嘘!别出声,
我发现有只鸟儿在灌木丛!"
人们说:"可是一只小鸟?"
他回答:"不,它个儿可不小!
它比灌木丛大四倍加一成!"

(屠笛、屠岸译)

乱糟糟的小人儿

他们去远航,乘一只细筛,可不;
他们乘着筛子出海去远航;
不管伙伴们怎样来说道,
在冬天一清早,迎着大风暴,
他们乘着筛子出海去远航。
那只筛子团团转,团团转,
人人都叫喊:"你们都得被水淹!"
他们大声叫:"我们的筛子小;
可我们不管怎么着,不管那一套,
我们要乘着筛子出海去远航!"
在远方,远远的,
乱糟糟小人儿就住在那块好地方:
他们的头绿绿的,他们的手蓝蓝的;
他们乘着筛子出海去远航。

他们乘着筛子出海去远航,可不,
他们在海上乘风又破浪,

一路上，他们只带着纱巾一小块，
嫩绿色的，真漂亮，用丝带
系在烟斗做的小小桅杆上。
看他们出发的人们都在把心担：
"哦！他们会不会马上就翻船？
眼下天空漆漆黑，道路长又长；
赶上出什么事，乘着筛子去远航——
这可实在是个坏主张。"
在远方，远远的，
乱糟糟小人儿就住在那块好地方：
他们的头绿绿的，他们的手蓝蓝的；
他们乘着筛子出海去远航。

筛子里很快进了水，可不；
海水很快进到了筛子里：
为了不弄湿，他们拿了张粉红纸，
叠整齐，用来把脚丫包严实，
再用一只别针别仔细。
他们度过了黑夜在瓦罐里；
"我们真聪明！"人人都得意，
"尽管天这么黑，路又那么远，
我们还在筛子里面打转转，
没觉得做错了或者太性急。"
在远方，远远的，

乱糟糟小人儿就住在那块好地方：
他们的头绿绿的，他们的手蓝蓝的；
他们乘着筛子出海去远航。

长夜漫漫长，他们出海去远航：
太阳落山岗，他们的口哨响，
声悠扬，把那月亮的曲子来歌唱，
棕色山脉的阴影罩身上，
铜锣一般的声音在回荡。
"廷巴噜！住在筛子和瓦罐里，
哦！我们的心呀多欢喜！
长夜漫漫长，笼罩着淡淡的月亮光，
我们把嫩绿色的布帆高高扬，
在棕色山脉的阴影下面去远航。"
在远方，远远的，
乱糟糟小人儿就住在那块好地方：
他们的头绿绿的，他们的手蓝蓝的，
他们乘着筛子出海去远航。

他们航行去到西大洋，可不——
到了个长满树木的好地方：
他们买了只猫头鹰，一辆小推车，
还买了一磅香稻米和酸果果。
又买了一只银色蜜蜂箱；

买了几只绿寒鸦，一头小猪娃，
一只可爱的小猴猴，有着棒糖爪，
十七包火绒草做成的茶叶末，
"亮玻璃"还在四十个瓶子里搁，
还有多多的干酪阵阵香。
在远方，远远的，
乱糟糟小人儿就住在那块好地方：
他们的头绿绿的，他们的手蓝蓝的；
他们乘着筛子出海去远航。

二十年过去啦，他们全都回了家——
二十年，或许还要长；
大家都这么说："瞧他们长高了这许多！
他们去过恐怖国，见过大湖泊，
还有钦克利波浪的小山岗。"
他们开盛宴，举杯祝康健，
吃着漂亮的酵母做成的汤团面；
人人都开口讲："要是我们也活得长，
我们也要乘着筛子去远航，
去那钦克利波浪的小山岗。"
在远方，远远的，
乱糟糟小人儿就住在那块好地方：
他们的头绿绿的，他们的手蓝蓝的；
他们乘着筛子出海去远航。

(屠笛、屠岸译)

罗伯特·布朗宁

(Robert Browning, 1812—1889)

罗伯特·布朗宁是维多利亚时期的重要诗人,与丁尼生齐名。但与丁尼生不同的是,他在20世纪的诗名却是稳固而持久的。一些人认为他是位明智的哲学家,有着清醒的头脑;还有一些人更倾心于他的诗歌艺术,认为他探索了如何进行诗歌创作的问题,为20世纪的诗歌创作开辟了一条道路。

布朗宁的父亲是银行职员,但他有丰富的学识,家中藏书甚丰。母亲热爱音乐。他从小受到家庭的熏陶,爱好艺术,主要是靠家庭教育和自学而成才。他的诗歌创作有很长一个时期不被人们承认,他常被人称为"布朗宁夫人的丈夫",在人们眼中他只是一个诗坛上的探索者。他在早年曾尝试写诗剧,主要有《巴拉塞尔士》《斯特拉福》《琵帕走过》。这些诗剧不适合舞台演出,然而从这里,布朗宁发现了自己的特长,创作了一种独特的诗歌形式——"戏剧独白"。它通过人物的自白来表现人物的心理和各种场面。通过这一形式,他鲜明、生动、深刻地刻画出人物的复杂性格、心理状态和人生态度。他最主要的戏剧独白收在《戏剧抒情诗集》中,其中重要的诗篇有《我已故的公爵夫人》《波菲利亚的情人》等。这些戏剧独白作品在挖掘人物的内心世界、剖析人物的潜意识心理方面达到了相当的深度。这些诗作在艺术形式方面也有所创新，诗中有许多地方节奏音韵奇特，有意造成不和谐的效果，与多恩的诗风有相近之处。这些都影响了后世的现代派诗人，如叶芝、艾略特、庞德等。正因为这些特色，他的诗往往含蓄微妙，同时也晦涩难懂。他还写有素体叙事长诗《指环与书》，充满象征和寓意。布朗宁还写了大量的抒情诗，以白描见长。这些诗大多自然明快、清新流畅，受到许多读者的喜爱。

海外思乡

啊，要是在英国多好，
此刻在那儿正逢四月天，
无论谁，在英国，一天清早
醒来就会意外地看见
在榆树四周，低矮的枝桠
和灌木林丛萌生了小叶嫩芽，
果树上苍头燕雀把歌喉展开，
在英国——现在！

四月过去，五月接着到，
灰莺和燕子全都在筑巢！
我家的梨树，花朵已绽开；
弯曲的小枝俯身篱笆外，
把花瓣和露珠撒向苜蓿田——
听，聪明的画眉，每支歌唱两遍，
要不然你以为他不会再抓住
第一回随意唱出的美妙欢愉！

露水下田野看上去陋朴灰暗,
到中午一切会变得色彩鲜艳,
阳光催醒了毛茛花,幼儿的恩物,
——远比这俗艳的甜瓜花灿烂夺目!

琵帕的歌[①]

季候正逢春光，
日子正在早上；
清晨正好七点钟，
露珠布满山坡，
云雀正在飞翔，
蜗牛爬在荆棘上；
上帝端坐在天宫——
万物各得其所！

---

① 本诗采自布朗宁的诗剧（不供上演）《琵帕走过》（1841年出版）。剧中写意大利阿索洛一丝织厂青年女工在元旦（她一年一度的假日）早晨醒来，想把自己的生活和阿索洛"四种最幸福人"的生活作一比较，便上街从晨、午、黄昏、夜，一一走过四种"最幸福人"身边，她边走边唱，唱出四支歌，引出四个故事。整部诗剧是讽刺剧。事情的真相绝不是琵帕所想象的。上面这首是她唱的第一支歌。"上帝端坐在天宫，万物各得其所"，只是美好的想象，实际上全不是那回事。琵帕直到夜晚回到自己的住房时，依然不知道事情的可怕真相。她唱的四支歌与四个场景并置，产生强烈反差，引出剧中有关人物的道德革命问题。原诗韵式为 abcd abcd，译文把两个韵合并，成为 aabcaabc。

夜　会[1]

灰色的海洋和漫长的黑土；
黄色的弦月低垂着，那么巨大。
惊起的水波不再睡眠，
舞蹈着一个个火焰的小圈，
我在挺进的船上，达到了小峡，
泥沙中，我抑止了船行的速度。

然后是热海气息的一里沙滩，
过了三块田，就有农舍出现；
向窗棂上一敲，又迅疾地一擦——
火柴擦出了一片明蓝的喷发，
一声欢喜和恐惧织成的低唤，
比两片相偎的心跳还低一点！

---

[1] 此诗写一个男子，即第一人称"我"，在夜里去会他的情人。"我"先划船沿海前进，过小峡，到海滩，然后上岸步行，过沙滩、田地，到达情人的农舍。写敲窗，擦火柴，两心搏跳，极细腻生动，却到此为止，不落俗套。这一首宜与下一首《晨别》连起来读。此诗韵式为 abccba，是双重"抱韵"，译文依原诗。但第二节译文 a=b，实际上成为随韵 aabbcc。

晨　别[①]

绕过地角，突现了一片海涛，
太阳从山的边缘透出来远眺：
他面前是一条黄金铺成的大道，
我面前是我对男人世界的需要。

[①] 前一首《夜会》与这一首《晨别》最初发表时曾合称《夜与晨》，后来分开，成为独立的两首诗，但事实上仍有联系。《晨别》里的第一人称"我"，是男性还是女性？性别不同，对诗的理解也不同。布朗宁自己说，两首中的"我"都是男性。他解释说，当沉入爱情的欢乐时，曾以为这就是一切，他（诗中的"我"）现在承认这种信念是短暂的。就是说，这个男人在与情人幽会一夜之后，在早晨告别情人，他仍需要回到男人世界里去做一番事业。作者认为，爱情与事业，不应是相悖的，而应是相辅相成的。原诗韵式为抱韵abba，译文改为一韵到底。

前　瞻[①]

怕"死"吗？——感到我喉头的雾，

我面上的烟，

这时候雨雪开始下降，狂风指出

我已接近那地点，

那黑夜的威力，那风暴的胁迫，

那敌人的标杆；

那儿有"大恐怖"在可见的形象中站着，

但强者必须向前：

如今峰顶已经抵达，旅途已经走完，

栅栏已经放倒，[②]

虽然还要打一仗，在获得酬报以前，

那一切战斗的酬报。

我永远是战士，那么——再作一次战，

这最漂亮、最后的一手！

[①] 布朗宁作此诗于其夫人逝世（1861年）数月之后。全诗充分体现诗人面对"死"之威胁时的勇气和顽强战斗的精神。

[②] 中世纪骑士进入比武场前先把高围栅栏放下以便进入。

我恨"死"扎住了我眼睛,不让我多看,
又叫我赶快爬走。
不!让我尝遍全般,活得像我的同伴,
那古代的众英雄!
让我忍受苦难,顷刻间付出快乐生命的余欠,
——那黑暗、寒冷和苦痛。
对勇者,最坏的会立刻变成最好的,
黑暗的时刻终于结束,
那精灵的狂喊,魔鬼的嗓音,在怒叫的,
将沉落,将变得含糊,
将转化,将首先从痛苦中化出和平,
然后一闪光,然后您①的胸怀,
我的灵魂的灵魂啊!我将再拥抱您,
并将永远和上帝同在!

---

① "您"和"我的灵魂的灵魂"指布朗宁夫人。

至高善[1]

年月的全部生气和青春在一只蜜蜂的囊中，
矿藏的全部奇妙和丰盈在一颗宝石的心中，
一粒珍珠的核里有大海的一切光和影，
生气和青春，光和影，奇妙，丰盈，以及——
远远超过这些的顶峰——

真理，比宝石更光明，
信仰，比珍珠更纯净，
宇宙间最光明的真理，最纯净的信仰——
这一切对于我
全在和一个姑娘的一吻中。

---

[1] 此诗原载于布朗宁最后一部诗集《阿索兰多》。它写一个初次堕入爱河的少年对爱情的崇高憧憬。诗中的"姑娘"即后来的布朗宁夫人。

《阿索兰多》的跋诗[1]

在午夜睡眠时的静寂中,
当你任幻想骋驰的时刻,
你的幻想会不会经过那愚人以为"死"禁锢着他的地方——
他睡在地下,就是如此爱你也如此被你爱的人
——而可怜我呢?

啊,曾如此爱,也曾如此被爱的,还如此误解!
我在世界上跟那批傻瓜、
懒惰卑琐的家伙有什么关系?
我曾否像无目的、无助而又无望的人们似的流着口涎
——那是——谁呀?

这样的人:从不回身后退,只知挺胸前进,

---

[1] 《阿索兰多》(或译作《自谴集》,1889年出版)是布朗宁的最后一部诗集,本诗是其中最后一首,因此被视为布朗宁的"天鹅之歌"。内容大体为:"当你想到已死的我时,你可怜我吗?这种可怜是错误的,因为我在世时始终有勇气,有希望,并且轻视懦弱。别这样,你应该在你那忙碌的世界里对我这样欢呼:继续奋斗下去!"诗中的"你"指爱戴他也被他爱护的人。这首诗表达了布朗宁彻底的(也是天真的)乐观主义精神。

从不怀疑阴云会散开,
从不梦想黑暗会胜利,即使正义暂时被击败,
仍认为我们倒下为着站起,受挫为着战斗得更好,
睡觉为着醒来。

不用怜悯,在白天人们工作时的嘈杂中,
用欢呼来鼓励看不见的人自强!
叫他前进,胸在前,背在后,各在其应在的地方,
"奋斗而茁长!"喊"快——继续战斗,在彼世跟在此世
永远一个样!"

哈默林的花衣吹笛人
——儿童故事

一

哈默林市在布伦瑞克,
在著名城市汉诺威的近侧;
威悉河水,又深又宽广,
冲洗着它的南面的城墙;
你找不到比它更可爱的地方;
但是,当我唱起这支歌,
想起大约五百年前
市民们深受兽害的熬煎,
我真感到难过。

二

耗子闹!
耗子袭击狗,弄死猫,
咬啮摇篮里的孩子,
吃掉缸里贮存的乳酪,

舔食厨师勺里的汤汁，
咬破小桶，把咸鲱鱼乱叼，
在男人的星期日礼帽里做窝巢，
甚至破坏女人们闲聊：
五十种不同的升半音降半音
组成的叽叽吱吱的尖叫声
把女人谈话的声音淹没掉。

三

最后，市民们来自全市，
成群结队地到了市政厅，
他们喊："很清楚，市长是白痴；
至于市政府，更骇人听闻，
我们买貂皮礼服给傻蛋，
他们却无能又不下决心干，
为我们把耗子的祸害连根铲！
你们又老又肥胖，你们想
穿着皮袍子过悠闲的时光？
醒来，老爷们！该运用脑袋，
找出个我们找不出的办法来，
要不然，一准叫你们卷铺盖！"
这时候市长和市政府官员
都浑身发抖，狼狈不堪。

四

他们开会,呆坐一小时,
最后市长打破了沉默:
"我想把皮袍子卖了,换钱使;
我本想离这儿远一点来着!
叫人家动脑筋,说说不难——
我肯定,我的头痛病又犯,
我抓挠头皮,还是没法办。
哦,来个捕鼠机,捕鼠机!"
他正说着——发生了什么事?
是谁在门上轻轻敲击?
"天哪!"市长叫,"什么声音?"
(同全体官员一起,他坐定,
看上去矮小,却胖得惊人;
比起张开得太久的牡蛎,
他眼睛不亮,而且不润湿,
除非到中午他肚子提抗议,
要一盘黏汁的新鲜甲鱼吃。)
"只是一声鞋子蹭垫席?
只要是老鼠活动的声息
就吓得我卜卜心跳不已!"

五

"进来!"市长叫,把身子挺起来,

于是走进了个家伙真古怪！
他从头到脚穿一套长外衣，
半身红来半身黄，真稀奇；
这个人个子老高又精瘦，
敏锐的蓝眼睛，像两只针尖头，
头发疏落落，皮肤黑黝黝，
颊边下巴上，都没胡子留，
笑意却时隐时现在嘴唇口——
他是哪方人，谁也猜不透！
没有哪个人会满心羡慕
这个高个子和那身怪衣服；
有人说："倒像我的曾祖父
被末日审判的号声惊起，
从彩绘的墓石下走到了这里！"

六

他走到会议桌前便开口：
"尊敬的先生们，办法我有，
我能用秘密的法术招引
太阳光下的各种活生灵
或者爬或者游或者飞或者奔——
跟我走，你们没见过这光景！
这法术我主要用来制服
那些为害人类的活物，

像鼹鼠、蟾蜍、蝾螈、蝰蛇等；
人们叫我花衣吹笛人。"
（他们注意到他脖子上有围巾，
上面是红黄两色的条子，
跟同样花纹的外衣挺相称；
围巾的末端挂着一枝笛子。
他的手指像迫不及待，
总想把笛子演奏起来，
这笛子低低地垂挂晃悠
在那件老式的外衣前头。）
他说："虽然我是个穷笛手，
可去年六月，鞑靼国可汗得救，
是我引走了大群的蚊虫；
我让亚洲一位国王自由，
免除了大帮吸血蝠的进攻。
你们的脑子也不用为难，
我如果为你们灭鼠成功，
能不能付给我一千块钱？"
吃惊的市长和官员们大呼：
"一千？五万也可以支付！"

七

吹笛人向大街迈开步伐，
先在脸上微微地一笑，

仿佛他知道有什么魔法
正在沉默的笛子里睡觉；
然后，像一个音乐行家，
他撮起嘴唇，吹起长笛，
锐眼里蓝绿的光彩熠熠，
像是向烛焰撒上了盐粒；
尖锐的笛音没响到三声，
就听到像一支军队在低鸣；
咕哝变成了大声嘟囔，
嘟囔又变成雷鸣轰响，
耗子们打着滚奔出了民房。
大耗子，小耗子，精瘦的，强壮的，
黑耗子，灰耗子，棕色的，褐黄的，
严肃的老龙钟，欢快的年轻娃，
父亲，母亲，叔叔，表兄，
竖起了胡子，翘起了尾巴，
成百上千个耗子家庭，
兄弟，姊妹，妻子，丈夫——
没命地跟着吹笛人奔去。
吹着笛，他走过一条条街道，
耗子们步步紧跟，跳跃舞蹈，
他们走到了威悉河边，
都跳进河里，统统死光！
——只有一只，像恺撒般强健，

游到对岸,活着带上
他的记录,给鼠国家乡。
(像恺撒,他把手稿珍藏。)
记录说:"尖锐的笛声一鸣,
我仿佛听见了刮牛肚子的声音,
又像是苹果,熟透甜润,
往榨果汁的机器里塞进,
又听见拿走腌肉缸的木盖,
让果脯橱门稍稍打开,
拔去海鱼油瓶的软木塞,
叫黄油桶的围箍裂开来;
听起来好像有一个嗓音
(比竖琴或萨泰里琴声更悠扬)
在呼叫:哦,作乐吧,耗子们!
全世界已成了巨大的腌鱼场!
嚼吧,啃吧,把点心吞咽!
吃早饭,晚饭,午餐,正餐!
白糖一大桶,身上有窟窿眼,
像个大太阳,就在我眼前,
发出光来金灿灿,红彤彤,
我想它会说,来给我钻洞!
——威悉河已在我头顶汹涌。"

八

你该听到哈默林的市民

敲响了钟声,震荡着钟楼顶。
"去,"市长叫,"找来长杆子!
把耗子窝捣毁,把耗子洞堵死!
跟木匠和建筑工一同商量,
不让在本市留下一丁点
耗子的痕迹!"——忽然在市场上,
吹笛人一脸的器宇轩昂,
说道:"请付我一千块钱!"

九

一千块!市长顿时变了脸;
官员们的脸色也同样不好看。
市府宴会的排场破天荒,
要各种名牌酒浇灌肥肚肠;
花五百就可以重新用美酒
把窖里的大酒桶注满填够。
岂能付给他这么一笔钱——
这穿着吉卜赛花衣的流浪汉!
"此外,"市长会意地眨眼睛,
"咱们的事儿结束在河滨;
我们亲眼见耗子们丧了命,
我想,已死的不可能复生。
朋友,我们不会不负责
给你一点酒浆来解渴,

再给点钱装进你的钱袋；
至于我们说过的一千块，
那是开玩笑，你也挺明白。
再说，损失教我们节俭。
一千？！来，拿五十块钱！"

十

吹笛人沉下脸来，大声：
"别开玩笑！我不能久等！
我答应就去巴格达访问，
接受宴请，有美味佳羹，
由首席厨师亲手制出，
因为我曾为哈里发的御厨
把一窝蝎子彻底清除——
我不是讨价还价的商贾，
你们连一分钱也休想少付！
谁要是惹得我怒火升高，
会听到我吹奏另一支曲调！"

十一

"怎么？"市长叫，"我岂能忍耐
你待我比对待厨子更坏？
下流的懒汉，破笛子，烂衣服，
竟敢把我市长来侮辱？

你要挟？好，使你的鬼办法，
吹笛吧，一直吹到你肚子炸！"

十二

吹笛人向大街又一次走去；
在他的嘴边又一次
搁上那笔直光滑的长笛，
还没吹三声（从没有乐师
奏出过如此美妙的乐音，
使空中充满了喜悦欢欣）
就听到沙沙响，看来是一大帮
快活的小家伙，又挤又推闹嚷嚷，
小脚踢踢踏踏，木鞋呱嗒呱嗒，
小手劈劈啪啪，小嘴叽叽喳喳，
像给鸡在场上撒了麦粒一大把，
从屋里奔出了所有的小娃娃。
男孩和女孩，一个不落，
红喷喷的脸颊，金灿灿的鬈发，
光闪闪的眼睛，珍珠般的门牙，
欢天喜地，跟着奇妙的笛声奔跑，
蹦蹦跳跳，又是叫来又是笑。

十三

市长目瞪口呆，官员们

仿佛变成了木头一根根，
挪不动步子，喊不出声音
对那些欢跳着走过的娃娃们——
只能眼睁睁看着孩子群
兴高采烈地尾随着吹笛人。
市长心头剧烈地疼，
可怜的官员们胸口卜卜跳，
因为吹笛人已从主街道
转向威悉河水滚滚流，
他们的儿女恰恰在跟着走！
不过吹笛人又从南向西转，
他迈步走向柯佩尔堡山，
他身后孩子们紧紧挤向前；
个个都欢天喜地乐无边。
"他绝对爬不过那座高山头，
他势必不能把笛子再吹奏，
我们将看见孩子们停留！"
正当他们走到半山腰，
一扇神奇的门打开了，瞧！
好像突然开了一个洞；
吹笛人走进去，孩子们向里涌，
待他们全部进入山里，
山腰的大门便紧紧关闭。
说全部？不！有一个是瘸腿，
一路上他不能老是跳舞；

在后来的岁月里，如果你责备
他愁眉苦脸，他就老诉苦：
"玩伴们走了，城里真无聊！
我念念不忘，我永远见不到
玩伴们能见到的一切奇观，
吹笛人答应我也能看见。
他说要带我们去一方乐土，
连接着本市，就在近处，
那儿喷泉涌，果树遍地，
花朵的颜色美丽得出奇，
一切都新鲜而不可思议；
麻雀比这儿的孔雀更夺目，
狗跑起来快过这儿的鹿，
蜜蜂没有蛰人的刺，
马生来就长着老鹰的翅；
正当我得到保证挺可靠，
说我的瘸腿很快能治好，
笛声不响了，我停步站立，
发现自己没进入山里，
被留了下来，我真不愿意，
我现在跟以前一样瘸腿，
那乐土再没听说过一回！"

十四

可悲呀，可悲，哈默林市！

许多市民的脑子都想起
《圣经》说天堂的大门开启,
凡是富人想进去就好比
骆驼穿过针眼般容易!
市长向东西南北派人
给那位吹笛人捎去口信,
无论在哪里有幸找到他,
可以满足他金银钱财,
只要他从去路重新回来,
把跟他走的儿童送回家。
等他们发现一切都白干,
吹笛的、跳舞的都一去不复返,
他们就命令律师们这么办,
一切案卷上签署日期,
除写明某日某月某年,
还须把如下的文字加添:
"离一千三百七十六年
七月二十二日发生的事
又过了多少多少时间。"
他们为了更好地纪念
孩子们最后消隐的地点,
把那里命名为"花衣吹笛人大街"——
无论谁在那里打鼓弄笛,
准定会失掉就业的权利。
他们不允许酒肆狂欢

干扰这条街道的肃穆；
在山腰开过的洞门对面
竖起铭刻这故事的石柱，
把故事再绘上教堂的窗子，
使得全世界都能熟知
他们的儿童怎样被诱走；
刻的画的至今还存留。
我不能不说的事儿还有：
在特兰西瓦尼亚有一个部族
是异邦民族的一支分部，
他们那外地的习俗和服饰
曾引起邻人们分外的重视，
他们把这些归因于父母，
说自己的先祖来自地狱，
长久以前就被人诱入，
先祖原是一大群男女，
来自哈默林，可是他们
自己也不清楚事情的究竟。

十五

那么，威利①，让我们动手
跟一切人，特别是吹笛人，解除冤仇：
只要他们吹笛为我们免去鼠祸，
我们就应当信守我们的承诺。

———————
① 这首诗是作者写给一个名叫威利的孩子看的。

艾米莉·勃朗特

（Emily Bronte，1818—1848）

艾米莉·勃朗特是著名的勃朗特三姐妹之一，也是她们三人中最有才气的女诗人。她的一生都在家乡约克郡的旷野山乡度过。那里荒凉而野性的大自然对她的性格和创作都产生了重要影响。艾米莉从小就喜爱读书，常同姐妹一道以写作为乐。成年后的她也常在做家务之后，坐下来写诗、写小说，表现出过人的才华。她们姐妹三人曾用笔名合出过诗集，但未引起注意。她们三人也都有小说问世。不幸，艾米莉在30岁上便因肺病而早逝。

艾米莉未曾结婚，但她对恋爱中人的情感和心理却有着惊人的深刻体验。她最著名的作品是她的小说《呼啸山庄》。然而，在她写作这部作品之前，她就已经开始了诗歌创作，写出了不少感情丰富强烈、寓意深刻、具有一定象征色彩的诗歌作品。它们表现爱情、探讨人生、思考死亡，在风格和气质上与《呼啸山庄》相呼应。不少批评家都认为，她的《呼啸山庄》就是一部诗化的小说。事实正是如此。奇特而强烈的感情冲撞，精神与心灵的震荡，富于野性的激情和细腻复杂的心理刻画，这些形成了她的诗歌和小说的共同气质。艾米莉的诗作在当时并不被人注意，直至20世纪中叶她的诗名才被真正确立。

星

啊！为什么只因为炫目的旭日
把大地唤回到欢乐之中，
你们就一个又一个消隐而去，
留下这一片荒芜的天空？

整个夜晚，你们那光灿的眼睛
向下凝视着我的双目，
我的感激的喟叹，发自深心，
为这神圣的凝视祝福！

我心地平静，畅饮你们的光线，
仿佛那光线对我是生命，
那光线在我多变的梦境里狂欢，
有如海燕在海上飞行。

思想赶思想——星星追逐星星
穿越那永无涯际的太极，

远远近近,有一种星力感应
闪过,原来你我是一体。

为什么黎明之光要一举击破
如此伟大、纯粹的魔法?
还要用火焰来灼伤这张承受过
你清冷光辉的宁静面颊?

血红的白日升起,它凶猛的光束
如箭矢射中我的额头:
大自然之魂兴高采烈地跃出,
我的灵魂都消沉于哀愁!

我闭上眼睛——但是我透过眼帘
见到太阳依然在燃烧;
它叫含雾的山谷濡染着金焰,
它向青山的巅峰照耀。

于是我转过身子来到枕边
把黑夜召唤回来,我见到
你们庄严的光的世界,又一遍,
跟我的心脏一同搏跳!

但是不行啊——这个枕头在发光,

天花板和地板都在燃烧，
树林里多少只小鸟在高声歌唱，
清风正在把门窗猛摇。

窗帘飘舞，梦中醒来的苍蝇
满屋子飞来飞去，嗡嗡叫，
怎么也飞不出去，我只好起身
把它们放到户外去逍遥。

啊，星星，美梦，安宁的良夜！
啊，回来吧，夜晚，星星！
请把我跟含有敌意的亮光隔绝，
它只是在燃烧，毫不温馨——

它把受苦人的血液统统耗干；
它喝尽泪水以代替露滴：
让我在它致人以盲的统治下睡眠，
我只愿同你们醒在一起。

忆 念

在冰冷的地下，上面是厚厚的积雪！
远远地、远远地，你躺在阴森的坟里！
被淘洗一切的时间大浪隔绝了，
唯一的爱啊！我难道忘了爱你？

独处时，我的思念是不是不再
盘旋在山巅，飞到北国的海岸，
把翅膀收拢在石南和蕨草的荒垓——
你高贵的心啊永远埋在那下面？

在冰冷的地下，已经有十五个严冬
从那些阴暗的山边化作了阳春——
经过了这么些年的苦难和变动，
心灵能常怀忆念是真正的忠贞！

青春的欢爱！要是我忘了，原谅我，
尘世的大潮正把我卷向前去。

另一些欲望和希冀困扰着我啊——
那希冀把你淡化却无害于你。

不再有迟来的灯盏照我的天宇,
不再有第二个晨曦亮在我眼前:
我一生的幸福是你的生命所给予,
我一生的幸福在坟里和你做伴。

但金色美梦的日子已经逝去,
连绝望也不再有力量来进行破坏,
于是我学会怎样对生存不借助
欢乐却予以充实、加强和珍爱。

于是我停洒无用的激情的泪珠,
断绝我年轻的灵魂对你的渴慕;
严禁我灵魂急于星火地奔赴
那胜似我的圹穴的——你的坟墓!

可我却仍然不敢让灵魂憔悴,
不敢沉溺在怀念的狂喜和痛苦里;
一旦在庄严的悲痛中酩酊大醉,
我怎能回到这空虚的人世中去?

夜　风

夏季美好的午夜，
皓月的光芒射入
敞开的客厅长窗，
沾露的玫瑰花树。

我静坐陷入沉思，
柔风掀动我发丝：
对我说天国光荣，
沉睡的大地美丽。

我无须风的气息
带给我这些思虑，
风依然低诉不休：
"树林里多么神秘！

"密叶趁我的私语，
沙沙作响像做梦，
千万种声音仿佛
天然都附着精灵。"

我说:"去吧,好歌手,
你是在善意劝诱,
却并不认为这音乐
有力量能到我心头。

"去跟芬芳的花朵、
幼树的嫩枝嬉游!
让我人性的感情
随自身航道奔流。"

浪游者不愿离去;
它的吻越来越温煦——
"来吧!"它叹得甜蜜,
"我赢你不随你的意。

"你我是不是从小做伴?
我可曾爱你久长?
跟你爱长夜一样长久,
是静夜唤醒我歌唱。

"当你的心脏在教堂墓地
石碑下静静地安眠,
我有足够的时间来哀悼,
而你呢,永远孤单。"

我最幸福的时刻

我最幸福的时刻是我让
我灵魂离开肉体而远扬,
恰逢个月白风清的良夜,
我放眼纵览光芒的世界——

我已不存在,万物皆无有——
陆地、海洋和晴天都是空——
只有精神在广袤间邀游,
贯穿着无限、无始和无终。

欧内斯特·琼斯

（Earnest Jones，1819—1869）

欧内斯特·琼斯是英国宪章派诗歌的主要代表人物。宪章派诗歌是世界文学史上最早的无产阶级诗歌。列宁称宪章运动为"世界上第一次广泛的、真正群众性的、政治性的无产阶级革命运动"。

琼斯生于贵族家庭，1846年参加宪章运动，曾编辑出版过杂志《劳工》和报纸《北极星》，在上面发表过许多战斗性的诗歌，如《未来之歌》《下层人之歌》等。他的诗充满了国际主义精神和战斗的气概，歌颂工人的团结和革命，反映人民生活，表达了人民争取解放的意志和情感。

琼斯除了写诗以外，还写小说和评论。在文学评论方面，他号召文学家"到人民中去，为人民而创作"。

工资奴隶之歌

土地早已为地主占有,
大海是商人的领地,
金币填满债主的库房,
什么是剩给我的?
机器随厂主的图谋而运转,
钢刀闪着光在防卫,
劳工用劳动创造的成果
供劳工的对头浪费。
军营、教堂和法院开着门
欢迎富家的子弟;
学问、艺术、军事归他们,
什么是剩给我的?
希望已临近,明天将来到,
叫邪恶向正义弯腰,
鼓起满腔的勇气啊,好汉,
把未来变作今朝!

我付出劳动，供他们上学，
我受苦，让他们享福，
他们以怨报德，给我以
愚昧、病痛和穷苦；
劳动，劳动——家里可惨哪，
都受着饥饿的煎熬；
财主是无止境地增加，我却是
没完没了地减少！
悠闲的时刻，生活的欢乐
全握在富翁的手里，
嬉戏的孩子，微笑的妻子——
什么是剩给我的？
希望已临近，明天将来到，
叫邪恶向正义弯腰，
鼓起满腔的勇气啊，好汉，
把未来变作今朝！

这些人为富不仁，回报我
几文钱像应付求乞，
也许是班房——然后一座坟，
想这样就把我抛弃；
全不念劳工的爱妻心碎，
穷人的孩子早夭，
我们免不了面颊深陷，

改不了两眼枯槁;
劳工们相遇,彼此看得见,
跟看见太阳无异,
人人问:"财主占有了世界,
什么是剩给我的?"
希望已临近,明天将来到,
叫邪恶向正义弯腰,
鼓起满腔的勇气啊,好汉,
把未来变作今朝!

我们默默地忍受欺压,
把屈辱记在心头;
别以为我们愚钝如死,
我们将奋起怒吼;
号角将吹响,传遍大地;
群众如海浪汇合;
我们将踏破宫殿,教巨厦
玻璃般碎成粉末:
别再去亲人的坟边哭泣,
且告别凄凉的老家;
百万大军正滚滚向前,
口号是勇敢进发!
希望已临近,明天将来到,
叫邪恶向正义跪倒,

鼓起满腔的勇气啊,好汉,
把未来变作今朝!

查尔斯·金斯利

（Charles Kingsley，1819—1875）

查尔斯·金斯利是小说家，做过牧师，并热衷于社会改良。他的思想在当时有相当的影响。金斯利生于德文郡一个牧师的家庭，曾在伦敦的国王学院和剑桥大学就读。1844年，他做了汉普郡伊文斯利地区的教区牧师，一直到他过世。1860年至1869年，他任剑桥大学现代史教授。1873年，他被任命为西敏寺大教堂的教士。

金斯利的社会改良思想受到当时的思想家卡莱尔和基督教社会主义运动倡导者莫理斯的影响，常把狭小的教区活动同他广泛的社会活动联系在一起。他的改良思想中常渗透着基督教伦理道德观念。这两者的结合使他的改良思想与当时宪章运动所持的激进态度不同，他不主张暴力。然而，他在作品中却以满腔的激情和强烈的现实感对社会的不公正现象、对劳动者受剥削和压迫的状况，做出深刻的揭露和批判，如《人民的政治》（1841）、《基督教社会主义者》（1850—1851）等。

金斯利一生的创作甚丰，其中包括自然史、在剑桥大学的演讲、在西印度群岛的见闻录以及杂文。他的小说重要的有1848年在当时的著名杂志上连载的《伊斯特》和《阿尔顿·洛克》（1850），两部作品都表现出对工人阶级的同情，涉及社会改良问题。

金斯利也创作了一些诗歌作品。他曾创作六音步的诗作《安德罗米达》(1858),还有以素体诗形式和细腻的心理刻画描写圣者莫拉的独白诗。他创作的歌和民谣至今仍广为流传。《迪河的沙滩》和《爱丽·彼耿》是金斯利诗歌创作中有代表性的、重要的作品。

迪河的沙滩

"啊,玛丽,去唤牛羊回家,
去唤牛羊回家,
去唤牛羊回家,
跨过迪河的沙滩。"
西风狂号,带着湿气,浪花,
她去了,孤孤单单。

西来的海潮冲上了沙岸,
冲刷又冲刷沙岸,
盖过又盖过沙岸,
望过去没边没沿。
滚来的暮霭降临大地,笼罩地面,
而她呀,一去不返。

"啊!那是水草,是鱼,是漂移的头发——
是一束金色头发,
溺水女孩的头发

在海中渔网的上面？
鲑鱼也没有这样美丽的光华
在迪河的木桩中间。"

他们把她划运过卷滚的浪涛，
那残忍的滚动的浪涛，
那残忍的饥饿的浪涛，
运她到坟墓中，在大海旁边；
可至今船夫们还听到她唤牛羊的呼叫
响彻迪河的沙滩。

爱丽·彼耿[①]

爱丽·彼耿,爱丽·彼耿,
哦,那是多么美好的风光——
从爱丽·彼耿眺望州郡和市镇啊……
而我的情郎正朝着我爬上山冈!

爱丽·彼耿,爱丽·彼耿,
哦,那时光过得多么欢快——
我们俩躺在爱丽·彼耿的深草中,
在夏天,从早到晚地谈情说爱!

爱丽·彼耿,爱丽·彼耿,
哦,这个教我生厌的老地方,
我孤零零的,在爱丽·彼耿
带着他留下的婴儿在我的膝上!

---

① 爱丽·彼耿,山名。

丢失的洋娃娃

我有一个可爱的洋娃娃,亲爱的,
那是世界上最美的洋娃娃;
她的双颊呀白里透红,亲爱的,
她有一绺绺迷人的卷发。
有一天我在草地上游戏,亲爱的,
我丢失了我那可怜的洋娃娃;
我为她哭了不止一星期,亲爱的,
可是我一直没有找到她。

又一天我在草地上玩耍,亲爱的,
我找到了我那可怜的洋娃娃;
她一身油漆全被冲蚀了,亲爱的,
人们说她模样变得真可怕,
她两只胳臂被牛踩折了,亲爱的,
她的头发全变得邋里邋遢;
可为了我们过去的情谊啊,亲爱的,
她仍是世界上最美的洋娃娃。

(方谷绣、屠岸译)

朵拉·格林维尔

（Dora Greenwell，1821—1882）

朵拉·格林维尔，英国女诗人、散文家。1848—1871年间，她出版了七部诗集，其中《卡尔米那·克鲁西斯》（1869）被她自称是"既有欢乐又有哀愁的路边歌谣"，特别受到读者的赞赏。她是英国圣公会的狂热信徒，其长篇散文作品涉及的都是宗教题材。她的论说文则谈到各种社会问题，包括妇女教育、童工、残疾人教育等。她见过诗人伊丽莎白·巴瑞特（布朗宁夫人），与诗人克里斯蒂娜·罗塞蒂有通信来往。美国诗人惠蒂叶为她在美国出版的著作写过序。她一生的大部分时间过着与世隔绝的生活，不为人注目。

断裂的链

俘虏们,被铁的枷锁锁住,
学会懂一点怎样爱锁链,
奴隶们赎身后又举起双手
祈祷着把奴隶再做一遍:
这样子习俗就实行和解,
甚至把痛苦抚慰成笑容;
这样子悲哀就将保留在
锁链的断裂之中。

假如链条是花朵所织成,
花链把自由的妹妹扣住,
有一个名字,有它的时辰,
从它祈祷的念珠上奔下去,
像绿草地上的蛛丝那么轻,
当它闪亮时才能看得见;
悲哀是否就不必保留在
锁链的断裂之间?

假如链条被织得光闪闪，
头发般美好，金子般牢固，
在心的周围盘绕，交缠，
把所有集中在心里的事物
捆成一个结，像个古老的疙瘩，
该剪碎，却永远没有被解松，
利刃是否就不必保留在
锁链的断裂之中？

马修·阿诺德

（Matthew Arnold，1822—1888）

马修·阿诺德是英国 19 世纪著名的诗人和文化评论家。由于他的诗歌反映了工业化时期人们的精神状态，而他的评论文章多涉及现代工业文明中人们的精神困惑，他被认为是 19 世纪最具有现代意识的文人。

阿诺德出生于泰晤士河谷边的一个乡村，性情受到自然的陶冶，清澈的河水常出现在他后来的诗中，成为他向往天然淳朴人性的象征。他的父亲是教育家，当过拉格比学校的校长。阿诺德从小受到很好的教育，先后在拉格比公学、温彻斯特学院和牛津大学学习，毕业后做过教育督学，曾在牛津大学当过十年诗歌讲座教授。

阿诺德早期以创作诗歌为主，曾在 1849 年、1852 年和 1867 年发表过几部诗集，其中著名的诗作有《色西斯》《多佛尔海滩》《学者吉卜赛》《拉格比教堂》《夜莺》等抒情诗，以及叙事诗《索莱布和罗斯托》。他的诗清晰明朗、质朴无华，虽少丁尼生的深沉、布朗宁的智慧，却有更多的人情味，更富于哲理，也更富于古典韵味。他的诗作触及 19 世纪后半叶工业文明给知识分子带来的精神苦闷和困顿。在急速发展的科学技术给宗教观念和道德价值观念所带来的冲击面前，阿诺德感受到精神世界与外界社会的不平衡。他的诗歌探讨"如何在现代工业社会中生活得充实而快乐",而这恰好反映出那一代知识分子的思想情感。因而,他的作品在当时是有典型意义的。

阿诺德在创作的中期主要写评论,内容涉及文学、社会、教育等等,特别是他的诗论对后世很有影响。有评论家认为,"由于他独特的才智以及他同那个时代的特殊关系,阿诺德比其他维多利亚时期的重要作家更应得到特别的研究"。

多佛尔海滩[1]

今夜,大海很平静。
潮水涨满了,明亮的月光
照临海峡——法国海岸上
微光明灭;英国的峭壁耸立,
隐隐地显出巨影,突出在宁静的海湾上。
到窗前来吧,夜晚的空气多清新!
只是,从海水与月光照白的陆地衔接处,
延续着一条长长的浪花线,
听啊!你听见刺耳的轰鸣,
是海浪把砾石卷过去,又反回来
把砾石推上高高的沙滩,
推一次,停下来,接着再推,
带着缓慢的、颤动的节律,送来
永恒的悲哀的乐音。

长久以前,索福克勒斯[2]
在爱琴海边听到过这声音,

---

[1] 多佛尔海滩,在英国和法国之间的多佛尔海峡(即加来海峡)北岸英国一边。
[2] 古希腊悲剧家索福克勒斯在他的悲剧《安提戈尼》中有类似的思想。

这声音给他的心灵带来了
人类苦难的浊流,退落又涌起,我们
在遥远的北海边听着这声音,
也从它听出了一种深思。

信仰的海洋也曾经
汪洋恣肆,贴着大地的涯岸,
如一条环抱全球的光辉腰带。
但现在我只听见
它那退潮的呼啸抑郁而悠长,
不断地退却,向拂动的
夜风退去,落向世界的广阔阴沉的边沿,
落向光赤赤的砾石。

啊,亲爱的!我们要
彼此忠诚,因为这世界
虽然像梦幻之乡出现在我们面前,
如此丰富多彩,如此美丽,新颖,
实际上它没有欢乐,没有爱,没有光明,
也没有确信,没有和平,没有对痛苦的救援,
我们仿佛处在黑暗的原野上,
只有挣扎和逃避,混乱,惊恐,
无知的军队在夜里交火[①]。

---

① 军队交火可能指法国 1848 年革命和法军 1849 年攻陷罗马。此诗的确切写作日期不明,一般估计为 1851 年。

安魂祈祷

给她撒上些玫瑰,玫瑰,
别给她一根紫杉树枝!
她正在静谧中沉睡,沉睡,
啊!但愿我也是如此。

世界真需要她的欢乐,
她就让世界浸在欢笑里。
但是,她的心疲倦了,疲倦了,
现在人们就让她休息。

她的一生转变着,转变着,
经历了激情和喧闹的纷扰。
但她的灵魂渴望安宁了,
现在安宁就把她拥抱。

她那被禁锢的殷实的灵魂
曾高翔而终于失去了生命,
今夜这灵魂确是继承了
死神的无限开阔的大厅。

莎士比亚

别人免不了受质疑。你自由自在！
我们想问个究竟，你微笑而无词，
绝顶的睿智啊！崔巍的大山耸峙，
只对着星星免冠，一展壮怀，
坚实的脚板根植于浩瀚的大海，
身居重霄之上的天国仙都，
把山脚晕翳的边缘微微显露
给苦苦探索而受挫的凡间世代；
你啊，作为星辰和阳光的知交，
你自学，自省，自尊，自信而自强，
走过世间而无人知晓。这更好！
不朽的心灵须忍受的一切忧伤，
一切摧折人心的弱点和苦恼
都凝为绝唱在你那轩昂的额角！

威廉·布莱蒂·兰兹

（William Brighty Rands，1823—1882）

威廉·布莱蒂·兰兹，英国儿童文学作家，以写童谣见长，有"幼儿园里的桂冠诗人"之称。兰兹生于一个蜡烛制造商之家。8—13岁时曾一度在学校就读，但他大多数时间在家中自学，掌握了拉丁文和希腊文，后又学习了西班牙文、法文，甚至是中文，一生对语言学习倾注了极大的热情。他曾经做过下议院的记者，并在这一阶段开始儿童文学的写作。

兰兹曾匿名出版过几卷本的儿童文学作品，也用过好几个笔名。他的主要作品是给孩子们写的诗集《小人国大码头》（1864）。该诗集由画家米莱和品威尔做插图，深受小读者喜爱。之后他又出版了散文集《小人国的演讲》（1871）、《小人国的狂欢》（1871）和《小人国传奇》（1872）。此外，他还写过两卷本的专论《乔叟时代的英格兰》（1869）。《伟大、广阔、美丽、奇妙的世界》是他儿童诗中的名篇。

伟大、广阔、美丽、奇妙的世界

世界啊,你伟大、广阔、美丽、奇妙:
奇妙的海水把你环绕,
奇妙的花草在你的胸膛上生长——
世界啊,你穿着美丽的衣裳。

奇妙的气流在我的上空,
奇妙的风儿把树木晃动;
风走在水上,风转动磨坊,
风自言自语在群山顶上。

友好的大地!你伸展得多远?
你河里流水淌,田里麦浪翻,
布满了城市、花园、峭岩、岛屿,
你身上千里万里多少人居住!

啊!你这样伟大,我这样渺小,
世界啊,我一想到你就几乎吓倒;

可是在我今天祷告的时刻,
我内心仿佛有声音悄悄地说:
"你是个小不点,却能够超过地球;
你能爱,能思索,可是地球不能够!"

七棵橡树村里一个小姑娘的梦

七只可爱的鸟儿在树上歌唱；
七艘白色的帆船在海上远航；
七只漂亮的风信鸡在阳光下闪耀；
七匹骏马准备在赛场上迅跑；
七只金蝴蝶在上空翩翩飞翔；
七朵红玫瑰在园中花坛上开放；
七朵百合花，有蜜蜂在花心停歇；
七条弯弯的彩虹，被云带割裂；
七个俊俏的小女孩，糖沾在嘴唇边；
七个聪明的小男孩，人人给零花钱；
七个好爸爸，称呼女儿们"欢欣"；
七个好妈妈，给每个儿子亲吻；
我清清楚楚梦见这一切在七个晚上，
我吃了果酱面包的晚餐，要再梦一场！

考文垂·帕特莫尔

(Coventry K. D. Patmore,1823—1896)

考文垂·帕特莫尔,19 世纪英国诗人。第一部《诗集》出版于 1844 年。1846 年他的父亲在经济上破产后,他被推荐到不列颠博物馆印书部任助理一职。他的工作受到先拉菲尔兄弟会朋友们的赏识。1847 年与艾米莉结婚,他从妻子那里获得创作灵感,写出赞颂婚恋的系列组诗《家中的天使》(1854—1863)。这对夫妻被认作维多利亚朝理想夫妻的典型。1862 年艾米莉去世,留下六个孩子。1864 年帕特莫尔到意大利罗马旅行,遇到玛丽安,后者成为他的第二任妻子。他随玛丽安转而信奉天主教。1877 年出版《不知名的爱神》,收入一批描写性爱神秘主义的诗篇,同时收入倾诉个人遭遇的自传性诗作,如《杜鹃花》《离别》《再会》等,写艾米莉的病和死亡;《玩具》写妻子亡故后他和自己的一个儿子之间的矛盾,以及他的自责。这首诗被许多诗选收入,成为他的名篇。1878 年出版《阿美莉娅,塔摩顿教堂塔楼》,卷首有一篇论及英语诗歌格律规则的序言。1895 年出版《枝条,根与花》,大抵为对宗教事物的冥想之诗。

玩　具

我的小儿子，带着沉思的目光，
像大人那样平静地说话行事，
已经七次违背了我定的规章，
我打了他，叫他走开些，
口气粗暴，更没有吻别，
——他的母亲有耐心，可已经去世。
后来，怕他太伤心会影响睡眠，
我走到他床前，
发现他睡得正酣，
眼睑阴暗，睫毛上面
刚才哭泣的泪痕未干。
我不禁悲声叹息，
吻去他的泪，留下我的泪滴；
原来在一张桌子上，紧挨他头边，
在够得着的距离内，他摆起
一盒假银币，一枚红纹石，
一块被海滩沙子磨损的玻璃片，

六个或七个贝壳,
一瓶子蓝铃花朵,
两枚法国铜币,精心地排成图案,
来舒展他悲伤的心田。
那天晚上,我向上帝祷告,
我不禁哭了,说道:
"啊!等我们到了弥留之际,
临死也不打搅您上帝,
而您记起了那些玩具——
我们的乐趣,
我们几乎不懂得
您掌握的伟大美德,
于是,您会像我一样慈爱——
我原是您用泥土捏出来——
您会收起愤怒,说:
'对他们的幼稚,我感到难过。'"

阿德蕾德·安妮·普罗克特
(Adelaide Anne Procter, 1825—1864)

阿德蕾德·安妮·普罗克特,英国女诗人,是诗人康沃尔(本名布莱恩·沃尔·普罗克特,本书收有他的诗《海洋》)的女儿。狄更斯主编《家庭谈话》杂志时,发表了她的很多诗作。普罗克特住在伦敦,从事促进妇女就业的运动,支持在伦敦东区为无家可归的妇女和儿童建立招待所。她为所热心的公益事业写通俗诗歌,还写关于妇女地位问题的讽刺诗,有些作品唤起人们关注失足妇女和单身女人的处境。她还写过关于克里米亚战争的人道主义抒情诗。1858—1861年出版《传说与抒情诗》。收入其中的《失去的和音》是她最著名的诗作,由亚瑟·苏里凡谱曲,成为广为传唱的名歌。这首诗既有传统诗风,又颇为独特,表现出对一个女人的意味深长的心声的倾听。

失去的和音

有一天我坐在风琴前面，
感到不惬意，疲惫困倦，
我的手指漫不经心地
按过一群嘈杂的琴键。

我并不知道我弹些什么，
也不知我是否睡意沉沉，
我只是奏出了悦耳的和弦，
就像一声美妙的"阿门"。

这音波淹没了绯红的暮光，
有如天使圣歌的尾声，
它依附我的激动的魂魄，
带来无穷无极的安宁。

它抚平痛苦，驱散哀愁，
正像那消弭冲突的爱心；

它又仿佛是和谐的回响，
来自我们纷争的人生。

它把种种复杂的含义
汇入一片完全的和平，
它颤抖一阵才归于静寂，
似乎不愿意终止发声。

我努力寻觅，但是找不到
那已经失去的神圣的和音，
它从风琴的灵魂中出来，
随后进入了我的深心。

它可能是死神的光辉天使，
会用那和音再度吐音，
它可能是我将来在天国
听到的那声庄严的"阿门"。

但丁·加布里耶尔·罗塞蒂

(Dante Gabriel Rossetti, 1828—1882)

但丁·加布里耶尔·罗塞蒂是英国19世纪的画家兼诗人,他在美术史上和诗歌史上都有一定的地位。他的诗中有浓郁的绘画色彩,而他的画中又有诗歌的朦胧意境,二者都表现出唯美主义的特征,是英国唯美主义诗歌和艺术的代表。

罗塞蒂的父亲是意大利烧炭党人,流亡到英国。罗塞蒂的艺术天赋可能与他的血统不无关系。他们兄妹四人中有三人都有文才。罗塞蒂曾入皇家美术学院学画。这个时期他对文学也产生了极大兴趣,喜爱莎士比亚、歌德、爱伦·坡、布莱克等人的诗歌以及哥特式小说。他曾经研究过济慈的诗歌和书信,受到很大影响。在艺术观上他反对学院派,于1848年和同学数人组成"先拉斐尔兄弟会",崇尚文艺复兴以前或文艺复兴早期的文艺精神,讲究简洁而突出纯色调效果的艺术。他的诗歌和绘画都强调声音、光线、色彩的感觉效果,取材自然,感情真挚,有一种梦幻的意境。他的作品也带有神秘主义和浓厚的宗教色彩,极具象征意味。他的美学观波及后来的王尔德等人。罗塞蒂的妻子很美,有一种超凡脱俗的神韵。罗塞蒂的许多画是以她为模特儿的,他还为她写了不少诗。但婚后仅一年,她便去世了。罗塞蒂以诗稿殉葬。在友人的劝说下,七年后诗稿才被掘出。1870年,《罗塞蒂诗集》出版,它以其唯美主义的风格吸引了大批读者。他后期的作品有十四行组诗《生命之屋》,探讨爱情中精神与肉体的关系,充满神秘色彩和感官感受。《登上天堂的女郎》是他颇为著名的诗作之一。

论彭斯

自从有了诗,我们从所有的人中
能审察出来哪一位最像诗人,
而所有诗人中,彭斯最像一个人。

三重影

我在看：看见你眼睛在你的发影中，
如旅人看见一泓泉水在树影中；
我说："天哪！我的心渴望去徘徊，
去痛饮，去做梦在那甜蜜的幽静中。"

我在看：看见你的心在你的眼影中，
如淘金者看见闪闪黄金在泉影中；
我说："什么法术啊，能赢得这宝贝？
缺了它，生命冷冰冰，天国成空梦！"

我在看：看见在你的心影中有你的爱，
如潜水人看见海影中有珍珠放光彩；
我用比呼吸还低的声音喃语着：
"你能爱，能否爱我啊，真纯的女孩？"

登上天堂的女郎[1]

上了天堂的女郎倚着
黄金的栏杆探身；
她两只眼睛比黄昏时候
宁静的溪水更深沉；
她手里拈着三枝百合花，
柔发里有七颗星辰。

她的晨衣上下松了扣，
没有精致的花饰，
却戴着圣母送的白玫瑰，
好用来侍奉上帝；
她的头发在背后垂下，
金黄如成熟的谷粒。

---

[1] 女郎，原文为 Damozel，指年轻的未婚女子。作者罗塞蒂有一次解释他写这首诗的动机，与他所赞赏的美国诗人爱伦·坡的诗《渡鸦》有关，他说："我见到坡竭尽全力表现一位留在尘世的情人的悲伤，于是我决心从反面做文章，描写一位已到天国的恋女的渴望。"

她觉得她参加上帝的唱诗班
还不到一天时间;
惊异的情绪还没有完全
离开她沉静的容颜;
尽管对留在人世的人们
这一天等于十年。

(对于我,是度日如年的十年啊。……
就是在这个处所,
她确曾俯身向我——柔发
在我的脸上垂落……
没什么:是秋天飘下的落叶,
一整年匆匆走过。)

那是上帝居处的宫阙,
她就站立在宫墙上;
上帝把墙垣建在无穷
深邃的空间上方;
高到极处,从那里向下看,
她难以见到太阳。

墙垣横卧在天国如桥梁,
跨过浩瀚的太空。
下面,日潮与夜汐以火焰

和黑暗给太虚筑垒,
茫茫低处,地球在旋转,
像只烦躁的蠓虫。

她几乎没听见,新交的友伴中
有几个沉迷于游戏,
同时不断地互相呼叫着
她们贞洁的名字;
那些升向上帝的魂灵
像薄焰飘过她身体。

从那令人迷醉的环境中,
她依然探身向下看;
她胸脯必定已经把她所
凭倚的栏杆焐暖,
那几枝百合花仿佛入睡了,
紧挨着她的臂弯。

从天堂固定的一地她看见
时间如脉搏强烈,
震撼着所有的天体。她力图
把目光向深渊穿越;
她此刻正在说话,如群星
歌唱在各自的天界。

太阳不见了;半轮弯月
像一片小小的羽翮
远远地落入深渊,她说话,
声音从晴空透过,
她的嗓音像星星的柔声,
当他们在一起唱歌。

(美妙啊!即便在鸟鸣声里
她岂不努力把口开,
要让我听见她说话?当钟声
在午间把天空充塞,
她岂不努力走近我身旁——
从回声的天梯下来?)

"我希望他已经到我身边,
他一定会来的,"她说。
"我没在天上祈祷吗?主啊!
他没在地上祈祷吗?
两人都祷告不最有力量吗?
我还要害怕什么?

"当他的头上绕一圈光环,
他身上穿着白衣,

我就和他手挽手一同
走进无底的光源里；
我们俩走下去像到溪水中
在上帝眼前沐浴。

"我们俩会站在那隐蔽难觅、
渺无人迹的神龛旁，
对上帝的祷告使得神龛前
灯光不断地动荡；
我们俩旧日的祈求被允准了，
化为小朵云而消亡。

"我们俩会双双在那神秘的
生命树① 绿荫里躺下来，
有时在生命树生长的幽秘处
可感到圣灵的存在，
圣羽触及的每片树叶都
把上帝的名字念出来。

"就这样躺着，我将教给他
我这里唱的歌曲；

---

① 《圣经·新约·启示录》第二十二章第二节："一道生命水的河流，闪耀像水晶，从上帝和羔羊的宝座流出来，通过城（指圣城耶路撒冷）里的街道。河的两边有生命树，每年结果子十二次，每月一次；树的叶子能医治万国。"

唱着这些歌,他的嗓音
缓慢,喑哑,犹豫,
每次犹豫后都发现新理解,
或者得到新事物。"

(唉,你说我们俩!其一
就是你,是啊,往昔
你跟我在一起。我灵魂跟你的
一样,因为它爱你!
上帝会不会把咱俩的灵魂
升华为永恒的统一体?)

她说:"让咱俩去寻找圣母
玛利亚栖身的林地,
她带着五名侍女,其名字
是五首美妙的交响曲:
塞西莉,葛楚德,玛格德琳,
玛格丽特,罗萨丽。

"她们围坐着,扎起头发,
额前都戴着花冠;
她们在白焰般素净的细布上
织入一根根金线,
为刚刚复活的死者缝制

新生时穿的衣衫。

"他或许会害怕,沉默不语:
我于是把面颊紧贴
他的脸,诉说我们的爱情,
丝毫不害羞,胆怯;
亲爱的圣母称赞我勇敢,
直让我诉说不歇。

"圣母会手搀手领我们去见
基督;魂灵无数个
头戴光环,清晰地排成圈,
在基督的周围跪着,
天使们会迎接我们,用古琴
伴奏,为我们唱歌。

"我会向我主基督提要求,
为他也为我自己:
但愿像曾经在下界那样
彼此相爱不分离,
我和他,那时只有片刻长,
今后永远在一起。"

她凝视,倾听,有点儿哀伤,

却更加温柔地开言——
"这些事要等他来以后。"她住口。
一道光划过她眼前,
众天使强劲地横飞而去,
她眼睛祈祷,露笑颜。

(我见她笑了。)天使们转瞬间
隐入遥远的星际;
此时她凭着黄金栏杆
猛然伸出了双臂,
她把脸掩在两手中,哭了。
(我听见她在哭泣。)

乔治·梅瑞狄斯

（George Meredith，1828—1909）

乔治·梅瑞狄斯是小说家、诗人和杂志编辑。他一生潜心创作五十余年，创作了大量作品，影响了许多作家文人，如亨利·詹姆斯、哈代、斯蒂文森等，并受到广大读者的喜爱。

梅瑞狄斯的童年是在英国南部的朴次茅斯度过的，他在那里上过学。他小时家境贫寒，父亲是个裁缝，母亲早逝，这些经历给梅瑞狄斯造成了内心的创伤，他曾在后来的小说中对童年的生活有所描述。早年他曾在伦敦做过律师。1849年梅瑞狄斯首次发表了诗作，从此开始了他的文学生涯。虽然梅瑞狄斯更偏爱诗歌，并以诗歌创作初登文坛，但他却是以小说家的身份为人们所承认的。他的著名小说有《理查·斐弗瑞尔的考验》（1859）、《伊凡·哈灵顿》（1860）、《自我主义者》（1879）、《岔路口上的戴安娜》（1885）以及被人认为最难解读的《奇异的婚姻》（1895）等。梅瑞狄斯小说中娴熟的叙事技巧、对女性内心的细腻刻画，以及简洁而颇具深度的对话都令人折服。

在写小说的同时，梅瑞狄斯不断返回他早年便热衷的诗歌创作，他始终认为自己首先是一个诗人。1862年，他出版了《现代之爱》和《路边的诗》。前者由五十首短诗组成，每首十六行，它实际上是诗体小说，讲述并分析了一个男人和妻子的恋爱和婚姻，反映了婚姻中的不和谐、妒忌心理和混乱、嘈杂的生活，流露出对理想婚姻的幻灭意识，这同他的个人经历有一定关系。《诗歌与大地欢乐的抒情诗》（1880）收入了他最优秀的诗歌作品。1909年，他出版了《最后的诗》。

梅瑞狄斯还有中短篇小说、散文、书信等作品。20世纪以来他的地位有所提高。但他的作品中不乏晦涩难解之处，令读者望而却步。

无歌者之歌

干枯的芦苇没有歌,
却唱个不休。
它在我胸中唱着,当我
走过的时候。
它在我胸中触动一根弦,
唤醒一声叹息。
只是干芦苇的声音罢了,
唱在我的身体里。

克里斯蒂娜·吉奥尔吉娜·罗塞蒂
（Christina Georgina Rossetti，1830—1894）

克里斯蒂娜·吉奥尔吉娜·罗塞蒂是英国19世纪有影响的女诗人，但丁·罗塞蒂之妹。她小时的教育主要是通过她的母亲而获得的。她母亲不仅教授她英国、法国和意大利文学，还教授她《圣经》和宗教知识。

克里斯蒂娜很小就表现出对诗歌的爱好和对自然的敏锐感受力。她12岁就开始写诗，非常富有才气。她的诗受到其兄的影响，她常常与先拉斐尔派的艺术家们来往，并做他们的模特儿，在诗歌写作上也具有唯美主义的风格。但她的诗歌有一种独特的哀婉情调，优美纤巧中透露出自然与清丽，富有女性细腻而充满想象的敏感。她曾经两次恋爱，都因宗教原因而失败。于是，她将全部的爱都倾注在父母、家庭、宗教和慈善事业方面。诗歌中带有象征和神秘的色调，以及浓厚的宗教气氛。同时，情感上的创痛也时常隐现在她的诗作当中，使她的诗作流露出一定的悲观色彩。1862年，她出版了诗集《小妖精集市和其他诗》。著名诗作有《小妖精集市》《修道院门槛》《王子的历程》等。20世纪英国女作家伍尔芙认为，"在英国女诗人中，克里斯蒂娜·罗塞蒂名列第一"。

四月里孩子的话

我愿你是只快乐的黄莺,
我是你愿意接纳的伙伴;
咱俩比辛劳的人们幸运!
咱起床、睡觉都在八点,
这样子也许不算太晚。

你该看到我造的鸟巢,
美妙的窝儿,供你我居住;
也许这巢儿外表粗糙,
但里面铺着柔软的羽毛;
你看啊,多么舒适的新居。

我们有交替的忧虑和希望,
有时候争吵,又言归于好;
我要陪伴你欢呼、歌唱;
两只脚活泼地又蹦又跳,
再为你弄来些美味佳肴。

在白天我们过得挺快活,
我们又安全幸福地过黑夜,
我们一同去感受,我要说,
这是个顶顶快乐的季节,
我们要尽量使自己欢悦。

当春花冲破积雪开放时,
我们也许会生下一枚蛋;
我就得意地单腿站立,
简直要打鸣,像公鸡那般,
把喜讯向四邻八舍告遍。

接下来你孵卵,我来唱歌,
趁春光明媚,白昼延长,
等到你厌倦了这样的伏窝,
我来孵,而你就展翅飞翔,
飞绕树枝,我坐着晒太阳。

想想看,蛋壳破裂的时光,
叽叽叫,小鸟湿漉漉,光秃秃,
初尝自豪的、父爱的高涨;
你带着家庭主妇的风度,
制定出雏儿精美的食谱。

想想看,雏儿穿一身绒衣,
渐长的翎毛光滑而柔软,
满身披;从头到脚长壮实,
嗓子里稚嫩的鸣声婉转;
小鸟出巢去,学飞,试探。

就这样我们度过四月
和清新含露的初夏时光,
后来我们就相互道别:
等恋爱季节我回到你身旁,
重建我们那快乐的住房。

(屠笛、屠岸译)

修道院门槛

我们之间有血啊,我的爱,
有父亲的血,有哥哥的血;
血是栅栏,我不能通过:
我选择楼梯,它向上升起来,
楼梯同升天的金梯连接,
通向玻璃城,通向玻璃海。
我的百合花两脚被红土
弄脏,红土把故事讲述,
故事讲的是希望,是罪恶,
讲的是还没有成功的爱;
唉,我的心,我要是能敞开
我的心,同样的污斑就显出来;
我寻求玻璃海,我寻求烈火,
来洗涤污斑,来烧毁网罗;
瞧,楼梯让我们升起,
请与我同登那燃烧的楼梯。

你俯视大地,我向上仰视。
我见到远方宏伟的城市,
群山的那边是水洗的大地,
海湾的那边是一串星宿
闪烁,有正直的人们在饮酒;
在林中他们睡得安适,
或醒着唱起抑扬的颂诗,
伴随着小天使以及炽天使;①
他们背十字架,他们喝干酒,
把四肢猛拉,猛烤,压和扭,
他们是世界所摈弃的垃圾:
缀满星斗的天上天展现,
在他们面前太阳昏暗。

你俯视大地,看见什么?
皮肤白,葡萄藤里醉颜酡,
上上下下,来回地蹦跳,
极欢喜,极丰满,酒后变强健,
像桃花迸绽,被露珠缀满,
金色的头发迎风飞飘,
引吭高唱爱情的歌调,
少男少女们来去如梭。

---

① 小天使,原文为二级天使,基督教九级天使中的第二级,司知识;炽天使,九级天使中的最高位天使,其本性为"爱",象征光明、热情和纯洁。

你留恋徘徊，但韶光短促；
为生命飞驰啊，裹起脊力
飞驰啊；阴影伸展，终显出
白天在衰亡，黑夜快来到；
向山岭飞驰啊，不要驻足。
这时候可否微笑、叹息？
可否在突然间见蓝鸟游戏、
栖息的秘密树林里唱歌？
韶光短促而你不举步：
当今天还称作今天的时刻，
下跪，搏击，冒犯，祈祷；
今天短促，明天快来到。
为什么你会死？为什么你会死？
你跟我同犯了快乐的罪，
咱一起忏悔吧，我已在忏悔。
苦啊，我必须把学问丢掉！
苦啊，我们走过的坦途，
当我回程时，竟如此崎岖！
到我入睡时，还有多久？
这些日夜要延续多久？
无疑，天使们叫喊，她祈祷；
用长流的泪水把灵魂洗涤：
年月啊年月，要延伸到几时？

我从你跟前转过脸，眼睛，
和头发，这些你不再见到，
哎呀欢悦，逝去的欢悦，
死去的欢悦，死去的爱情。
只有我嘴唇依然转向你，
我灰白的嘴，它在叫：忏悔！
疲倦的生活啊，疲倦的大斋节，
疲倦的时间啊，时间的星太少！

我将怎样在天堂里歇下来，
在天国的台阶上独自坐下？
假如圣徒们、天使们讲到爱，
我坐在宝座上该不该回答？
请你们怜悯我吧，朋友们，
我已经听见那里的声音：
我不该带着渴求的眼神，
带着剧痛转身向凡尘？
啊，拯救我免于天国的痛苦！
凭我们授受的一切礼物，
忏悔吧；忏悔，求得宽恕：
生命漫长，但已经结束；
忏悔吧，净化并拯救灵魂：
晨星们在它们诞辰的早晨

唱的歌不会比一个人忏悔时
天使们唱的歌更加欢欣。

我告诉你昨夜我梦见的情景:
一个精灵,容貌变神圣,
脚踩火焰,向无限的空间攀登。
我听见他百只翅膀拍击,
天国的钟声欢乐地敲响,
天国的空气带幽香震颤,
星球绕飞奔的战车旋转,
他向上登攀,尖声喊:"给我光!"
静光倾泻到他身上,光更多;
他超过了天使,超过了天使长,
有绝对优势,他雀跃欢喜,
踩着了小天使身上的衣裙。
"给我光!"他仍然尖叫,他让
干渴的脸庞浸水,喝海洋,
渴啊,这渴啊无法缓解。
我见他,喝醉了知识,从诸神
弓形的额头取来天国花冠,
他头发盘着像分裂的蛇身,
他离开宝座,俯身匍匐,
去舔天使脚上的尘埃:
怎样把知识的分量称出来?

知识强有力,但爱情美妙;
是的,他所取得的进步
仅仅是懂得一切都渺小,
除了爱情,爱情啊,是一切。

我告诉你昨夜我梦见的情景:
那不是黑暗,那不是光明,
冰冷的露水穿泥土浸透
我的浓发;你来找我。
"你梦见我吗?"你说。
我的心属于凡身,它惯于
向你跳;我半睡半醒地回答:
"我枕头潮湿,被单殷红,
铅灰色华盖挂在我床头,
请寻找更热情的游戏伴侣,
更温暖的枕头放在你头下,
比我更温良的情人,去爱她。"
你绞着双手;我像铅般重,
被压碎了掉下去,穿过湿泥巴。
你猛击手掌,无心欢笑,
你踉踉跄跄,但并非醉倒。
长夜漫漫,我整夜梦见你;
我醒来,违反本意而祈祷,
再睡去,到梦里再去见到你。

最后我起来，跪着祷告：
我不能写下我说过的言辞，
我言辞很笨，泪水很少；
但我的沉默跨黑暗而发言，
有如雷鸣。当今天破晓，
我面孔瘦削，我头发灰暗，
冷冻的血液在门槛上凝集，
门槛上躺着我，挣扎着窒息。

假如你现在见到我，你会讲，
我一直爱着的那面孔在何方？
我会回答：早已离去，
它罩着面纱，逗留在天堂。
总有一天当晨星升起来，
当地球带着阴影逸去，
我们安稳地站在门里，
于是你将把面纱揭开。
请仰看，上升：在高处，我们的
棕榈已长大，位置已安排；
在那里，我们如过去般相遇，
将以旧有的爱情再相爱。

记　着

记着我吧，要是我已经远走，
远远地走进了那片寂静的国土；
那时你不能再把我的手握住，
我也不能半转身又回身停留。

记着我吧，要是你不再能够
天天告诉我你设想的咱俩的前途：
只要牢记着我啊；你很清楚
商量或祈求都晚了，在那时候。

不过，你假如能把我一时忘掉，
过后再记起，那么，请不要伤悲；
因为，如果黑暗跟腐朽竟然会
把我过去思念的痕迹留下来，
我多么愿意你能忘掉我而微笑，
而不愿你心中铭记着我而悲哀。

生　日

我的心像一只歌唱的鸟儿，
在瀑布旁边的山岩间筑巢；
我的心像一棵果树，让满树
累累的苹果压弯了枝条；
我的心像一只彩虹色贝壳，
在风平浪静的大海里晃荡；
我的心比这些都更加快乐，
因为我爱人已来到我身旁。

为我抬出丝羽的宝座吧，
把毛皮和紫锦给它镶上；
给它雕镂出鸽子、石榴，
和百眼翎毛的孔雀模样；
再嵌上金黄银白的葡萄，
绿叶，鸢尾花闪着银光；
因为我生命诞生的日子
到了，我爱人已来到我身旁。

上　山

这条路是曲曲弯弯地直达山上吗？
是的，到山顶尽头。
赶路是要花去一整天时光吗？
要从早到晚，朋友。

到晚上，那儿有没有休息的地方？
有一所屋子，天色暗了，会出现。
黑夜会不会当我面把房子隐藏？
你不会错过那旅店。

夜里我会不会同别的旅人相遇？
会的，那些人比你先走。
我可要敲门？或者见了面打招呼？
他们不会让你老站在门口。

走乏了，累垮了，能找到安慰、宁静吗？
你付出了辛劳，会得到报酬。
有床位给我和一切求索的人吗？
有的，来的人全有。

小妖精集市

在清晨,在傍晚,
女孩们听见妖精在叫卖:
"来买我们园里的好果果,
来买来买快来买!
苹果、榅桲果,
柠檬和香橙,
没被鸟啄的樱桃鼓鼓圆,
山莓好,瓜儿甜,
蜜桃的颊上有粉霜,
一串串桑葚紫黑色,
到处野生的越橘果,
花红和露莓,
菠萝、黑刺莓,
杏儿和草莓;
如今夏天好气候,
所有的果子全熟透,
晨光不等候,

夜色飞得快；
来买来买快来买！
藤上摘下的鲜葡萄，
饱满的石榴真正好，
海枣和尖尖的小洋李，
稀罕的梨子和青梅子，
西洋李和乌饭果，
来试一试，尝一尝，
大醋栗，小醋栗，
红酸果，亮得像团火，
无花果，塞满你的嘴，
香橼子，南方来，
眼看好漂亮，舌尝好滋味；
来买来买快来买。"

每天每天到黄昏，
在溪边，灯心草中间，
罗拉低头细细听，
丽西遮住发红的脸。
这会儿是凉飕飕的天气，
她俩紧紧偎依在一起，
胳臂挽胳臂，告诫在嘴边，
寒冷刺痛了面颊和手指尖。
"挨紧点，"罗拉开了口，

伸直了她那金发的头，
"咱们决不能看一眼小妖精，
他们的水果咱们决不能买；
他们用什么样的土壤来培育
饥渴的果树根？谁明白？"
妖精们一瘸一拐下山谷，
"来买呀！"他们叫。
丽西大声说："啊，罗拉，罗拉，
那些个小妖精，你千万不能瞧！"
丽西捂住了自己的眼，
捂得紧紧的，不让眼睛瞧；
罗拉抬起有丝光头发的头，
像不停的溪流般低声道：
"瞧呀，丽西，瞧呀，丽西，
小小的妖精正向峡谷里去。
一个妖精拖着只篮子，
一个妖精背着只盘子，
一个妖精使劲地拉着
一只好几磅重的金碟子。
葡萄藤品种一定好，
才长出这么甜美的葡萄串；
风儿吹向果树梢，
一定温煦又和暖。"
"不不不，"丽西说，"不能要；

别让他们的果品把我们迷住,
他们的果品会害我们,有毒。"
她用摁瘪的手指头塞紧
两只耳朵,闭着眼跑远;
罗拉却逗留不走,好奇心
使她想看看每一个小商贩。
一个,有一张猫的白颊,
一个,挥动着尾巴,
一个,走着耗子的步伐,
一个,像蜗牛那样爬,
一个,像毛茸茸的笨袋熊四处把猎物寻找,
一个,像蜜獾慌乱地一路摔倒。
她听见一个声音好像是
许多鸽子一齐咕咕叫,
那声音是在令人愉快的天气里
充满爱意温柔的软语调。

罗拉伸长她白得发亮的颈脖,
像只被灯心草包围的天鹅,
像朵小溪畔生长的百合,
像白杨树枝在月光下婆娑,
像只下水的船舶,
最后的约束已经摆脱。

倒退着,上了长满青苔的山谷,
妖精们转身,成群地走过来,
他们尖声叫,不断地重复:
"来买来买快来买。"
他们走到罗拉待着的地方,
就一动不动地站在青苔上,
斜着眼彼此瞧瞧,
兄弟带着古怪的弟兄;
彼此发出个暗号,
兄弟带着狡猾的弟兄。
一个家伙放下了竹篮,
一个家伙举起了托盘,
一个家伙用卷须,树叶,还有
皱裂的棕色核桃来编织王冠
(任何市镇都没有这样的货色出售);
一个家伙吃力地举起沉重的金盘子,
把水果送到她面前,
"来买快来买",他们还是这样喊。
罗拉目不转睛地看,可是不动弹,
渴望着买呀,可是没有钱。
甩尾巴的贩子请她尝一尝,
语调悦耳像蜜糖,
猫脸的贩子呜呜叫,
走耗子步子的贩子也说道:

欢迎！连蜗牛般爬的家伙说话也听得到；
一个快活的家伙有鹦鹉的嗓音，
不喊"可爱的鹦鹉"却老喊"可爱的妖精"；
一个家伙像鸟一样吹口哨。

伶牙俐齿的罗拉连忙开了口：
"好人儿，我一个钱也没有；
伸手拿就是当小偷，
我的口袋里没有铜板，
我也没有银元，
我所有的金子全在荆豆花上，
荆豆花在赭色石南树的上方，
随着风儿在摇荡。"
"有那么多黄金长在你头上，"
他们齐声回答，
"买我们的东西，只用你一卷金发。"
她剪下珍贵的金发一绺，
让赛过珍珠的眼泪直流，
然后她吸吮那白嫩鲜红滚圆的水果：
比岩上采来的蜂蜜甜得多，
香得胜过男人喜爱的醇酒，
果汁流淌，比水更清澈。

这样的美味她从来没尝过，

多多地享受,她可曾吃够?
她吸吮,吸吮,吸吮了多少个
从神秘莫测的果园里长出的水果;
她吸吮到嘴唇痛又酸;
她把吃剩的果皮扔一边,
却把一颗果核捡在手,
不知道现在是夜晚还是白天,
独个儿回身往家走。

丽西跟她碰头在大门口,
明智地把她来谴责:
"亲爱的,你不该逗留得这么久,
对于女孩子,黄昏不是好时刻;
你不该在山谷里游荡,
去到妖精们常去的地方。
难道你不记得珍妮曾经
在月光下面遇见了妖精,
拿了他们精选的礼物许多,
吃了他们的水果,戴上了他们
从树荫底下采来的花朵——
那时候夏季已经成熟在每个时刻。
可是就在月光下面
她变得憔悴又憔悴;
她寻找妖精,在白天,在夜晚,

再也找不到，自己枯萎了，脸色发灰；

初雪下降，她倒在地上，

直到今天没有草儿生长

在她被埋葬的地方：

一年前在那里我把雏菊栽上，

雏菊却永远没花儿开放。

你不该在那里游荡。"

"不，别做声，"罗拉说，

"不，别做声，姐姐哟；

我吃呀吃呀吃了个够，

可是我的口水还在流；

明天晚上我还要走

去买更多的果。"她吻了姐姐的脸，

"实在对不起，真抱歉；

明儿我给你带回

刚从母枝上摘下的鲜梅，

值得尝尝的樱桃美味；

你无法想象我的牙齿咬过

怎样好吃的无花果，

还有冰一样凉爽的甜瓜

在金子做的碟子里堆着，

我抱不住那碟子，它太大，

还有长一层柔细茸毛的蜜桃，

透明的没核儿的葡萄。

这些果树一定在芬芳的草地上
生长，吸饮着纯净的水浪，
水边有百合花生长，
花汁甜得像白糖。"

金发的头挨着金发的头，
像两只鸽子在一个窝里头，
互相用翅膀抱着对方，
她俩在挂着帐幔的床上躺下，
像两朵茎上的鲜花，
像两片刚落的雪花，
像两支象牙权杖，
顶端装饰着黄金，归威严的国王。
月亮和星星探身向她们凝望，
风儿把催眠曲向她们歌唱，
行动笨拙的猫头鹰忍耐着不再飞翔，
没有一只蝙蝠拍着翅膀来往
围绕着她们的住房：
面颊挨面颊，胸膛靠胸膛，
在一个窝里互相紧紧依傍。

早早的，在清晨，
第一声鸡叫唤醒了人们，
像蜜蜂那样灵巧，那样忙碌，可爱，

罗拉跟着丽西起身：
把蜂蜜收进来，挤牛奶，
给室内通空气，把房间理整齐，
用精白的面粉来做糕饼
供娇小的嘴巴吃到肚子里，
接着制作黄油，搅奶油，
给家禽喂饲料，坐下来，缝衣裳；
像端庄的姑娘那样把话讲。
丽西心胸坦荡，
罗拉心不在焉做梦想，
一个满足，一个有点儿发愁；
一个只为白天的喜悦展歌喉，
一个把夜晚来渴求。

黄昏终于慢慢地来临，
她俩带着水罐走到芦苇丛生的小溪边；
丽西看上去非常平静，
罗拉像一朵猛烈跳动的火焰。
她们从深处汲取汩汩的流水；
丽西采摘紫色和金黄的鸢尾花，
转身回家去，说："落日的余晖
映红了最远处高耸的山崖；
走吧，罗拉，别的女孩都已经回家，
没有任性的松鼠在摇尾巴，

走兽飞禽都已经安睡。"
但罗拉还在灯心草丛里磨蹭,
说什么河岸真险峻。

罗拉说时光还早,
晚风还不冷,露水还没降下来。
她老是倾听,可是听不到
惯常的叫卖:
"来买来买快来买——"
声音像铃铛,一遍又一遍,
甜言蜜语把人来诱骗。
不管她怎样注意看,
无论奔跑的,甩尾的,跌跤的,瘸腿的,
连一个妖精也没有看见;
更甭说那一大帮,
总是沿着山谷走来的,
结队行,或者单个上,
那些个活蹦乱跳的水果商。

终于丽西催:"罗拉呀,走;
我听见叫卖水果可不敢瞧他们,
你不该在溪边再逗留,
跟我回家门。
星星升,月儿弯,

萤火虫儿一闪又一闪,
别等夜晚漆黑咱们快快把家还。
尽管现在是夏季,
乌云会聚集,
遮住星光把咱俩全身淋个遍,
咱俩要是迷了路,那该怎么办?"

罗拉变得像石头般冷,
她发觉只有姊姊听见叫卖声,
那妖精的叫卖:
"来买水果快来买。"
想必她再也买不到这些美味的水果?
想必她再也找不到那充满浆汁的草场,
变得又聋又盲?
她的生命之树从根部凋萎:
她心里痛苦,一句话也不说;
把目光穿过黑暗,什么也看不见,
艰难地走回家,她的水罐一路漏着水;
爬上床,躺下来,
静静的,直到丽西入睡;
罗拉坐起来,怀着热烈的渴念,
因愿望得不到满足而咬牙,流泪,
仿佛她的心就要破碎。

一天天，一夜夜，
罗拉守望着，毫无结果，
极端痛苦，抑郁沉默。
她再没有听到妖精的叫卖：
"来买来买快来买——"
她再没有发现妖精们
沿着山谷兜售他们的果品。
中午时刻阳光灿烂，
她的头发却变得稀疏灰暗；
她萎缩了，像美丽的满月
很快地由盈变亏，她的火焰
将逐渐熄灭。

一天她想起了她那颗果核，
她把它栽在朝南的墙角；
用泪水浇灌它，盼它长出根株，
注视着，希望冒出棵嫩苗，
不过这只是空想；
果核从来没见过阳光，
也从来没感到过泪水流淌。
她两眼凹陷，嘴唇枯萎，
梦见了甜瓜，像旅人在沙漠大荒
看见了海市蜃楼的流水，
上有树冠的浓荫遮盖，

可沙漠风一吹旅人更焦渴难耐。

她不再打扫房间，
不再照看鸡鸭和牛群，
不再取蜂蜜，不再做面饼，
不再去打水在小溪边，
只是坐在壁炉旁，没一点力气，
不想吃东西。

好心的丽西不忍心看见
妹妹那腐蚀心灵的忧烦
自己却不能分担。
她无论在早晨，在夜晚，
都听见妖精在叫卖：
"来买我们园里长出的好果果，
来买来买快来买。"
挨着小溪，沿着山谷，
她听见妖精们的脚步，
那声音，那扰攘，
可怜的罗拉听不见；
丽西真想去买水果来安慰妹妹，
又怕价钱太昂贵。
她想起了坟墓里的珍妮姑娘，
她原本要做新娘；

可为了得到新娘希望得到的幸福，
她反而病倒，死亡，
死在她青春欢悦的时刻，
在冬季最初来到的时刻，
刚下了第一场亮晶晶的白霜，
刚下了第一场清冷冬雪的时光。

罗拉一天天凋败，
看上去已把死神的大门敲响，
于是丽西不再掂量
后果是好还是坏；
她把一枚银币放进小钱袋，
吻了罗拉，便穿过荆豆丛生的野地，
在黄昏时分，停在小溪边：
有生以来第一次
开始听和看。

妖精们发现她在窥视，
全都哈哈笑起来，
拥向她，有的一瘸一拐，
有的飞，有的跳，有的奔驰，
急促地呼吸，喘不过气来，
暗自笑，拍着手，高兴地叫，
咯咯地喊，唠里唠叨，

做鬼脸，扮怪相，
一个个作势又装腔，
扭歪了脸庞，
作古正经地现出怪模样，
猫咪的相，耗子的样，
蜜獾的形，袋熊的状，
蜗牛的步子挺匆忙，
鹦鹉的嗓子，口哨响，
手忙脚乱，慌里慌张，
像喜鹊那样叽叽喳喳闹嚷嚷，
像鸽子那样拍动翅膀，
像鱼那样滑翔——
拥抱她，亲吻她，
挤捏她，抚摸她；
递上她们的碟子，盘子，
举起他们的篓子，篮子：
"瞧瞧我们的苹果，
深红色，赤褐色，
来咬我们的樱桃，
吃一口我们的蜜桃，
香橼和海枣，
你想要的葡萄，
梨子，在太阳光下
晒成了红色，

连枝带叶的鲜梅；
来摘取果子，来吸吮汁水，
还有石榴和无花果类。"

"好人儿，"丽西说，
心里没忘记珍妮，
"给我水果，我要很多很多。"
她把围裙端起，
扔给他们一枚银币。
"不，跟我们一起排排坐，
请赏光，跟我们一起吃果果，"
他们龇牙咧嘴地回答丽西：
"我们的宴会刚刚开始。
今晚时光还早，
天气暖和，露珠闪耀，
星光高照，叫人不想睡觉。
像这样的水果，
没有人能够带到；
果面的粉霜一半就要飞跑，
果上的水珠一半就要干掉，
果子的鲜味一半就要失效。
跟我们一起排排坐吃果果，
愿你做个受我们欢迎的来客，
跟我们一同歇息一齐乐。"

"谢谢你们，"丽西说，"有人儿一个
在家里等着我。
咱们用不着再商谈，
如果你们的水果一只也不卖给我
（虽然你们有很多很多），
那就把银币还给我，
那是我扔给你们的水果钱。"
妖精们开始抓挠自己的头皮，
不再摇尾巴，呜呜叫，
但是明显地表示不同意，
不满地咕哝，粗鲁地咆哮。
一个妖精嚷嚷说她太骄傲，
脾气不好没礼貌；
他们的嗓门越来越高，
现出一副副凶恶的相貌。
猛烈地甩动着尾巴，
他们踩她，推搡她，
用胳膊肘挤她，撞她，
用爪子乱抓，
汪汪叫，喵喵叫，嘶嘶叫，嘲笑她，
撕破她的裙服，弄脏她的长袜，
揪她的头发猛地连根拔，
在她柔嫩的脚上踩踏，
抓住她的手，对准她的嘴巴

塞他们的水果,要她吃下。

丽西站着,白皮肤金头发,
像水中的一朵百合花,
像一块礁石布满蓝色的纹理,
受到喧闹的潮水猛烈的冲击,
像一座孤独的灯塔
在怒号的灰色大海中挺立,
高举着一支金色的火把,
像一棵挂满果子的橘树,
披一身蜜甜的白花,
在黄蜂和蜜蜂的围攻下受苦,
像一座庄严的处女城市,
高耸出镀金的穹顶和尖塔,
一支舰队把她紧紧围住,
疯狂地要扯下她的旗帜。

一个人能牵马到水洼,
二十个人没法强迫他饮水。
虽然妖精们用巴掌打她,抓她,
哄她,殴打她,
恳求她,威吓她,
抓挠她,拧得她皮肤发黑,
踢她,敲她,

打伤她，嘲笑她，
丽西却不说一句话；
她不想张开嘴巴，
免得他们给她嘴里塞进一大把。
她心里笑着感到脸上
涂满的果汁在流淌，
有的果汁在她的笑窝里存放，
有的一条条挂在她凝乳般颤动的脖子上。
最后，这些邪恶的家伙，
被她的抵制弄得筋疲力尽，
扔还她的银币，踢他们的水果，
沿着他们走的一条条路径，
没留下根一条，苗一支，核一颗；
有的妖精曲身钻进地底，
有的跳水潜入小溪，
留下一圈水纹一点涟漪，
有的乘风飞去，没一丝声息，
有的在远处销声匿迹。

像针扎一样刺痛，浑身疼，
丽西走上自己的归程；
不知道现在天黑还是天明；
跳上斜坡，冲过荆豆花丛，
在矮林和幽谷里穿行，

听见她的银币弹跳
在钱袋里,发出响声,
那弹跳是音乐,直冲她的耳鼓。
她跑啊跑啊跑,
仿佛她害怕总有个妖精
在跟踪她,一路嘲笑又诅咒,
或者做着更坏的事情:
但是并没有妖精急急追赶在后头,
她也没有被恐怖抓住;
是她那善良的心促使她风一样快
赶回家去,奔得透不过气来,
却笑在心头。

她喊"罗拉",进入园门,
"你可想我?
快来吻我。
别管我身上的伤痕,
抱紧我,吻我,吸吮果汁,
挤在我身上的妖精果汁给你吃,
妖精的果子肉和妖精的果子露,
吃我,喝我,爱我;
罗拉,把我咬个够,舔个透:
为了你,我冒险走进了山谷,
跟他们打交道,那些小妖精商人。"

罗拉从椅子上跳起,
向空中伸开双臂,
一把抓住自己的头发:
"丽西,丽西,你可曾为我
去吃了那禁果?
难道你的容光要跟我一样变暗,
你的青春要跟我一样遭摧残,
我闯了祸,你也要受灾难,
我凋落,你也要凋落,
饥渴,萎黄,被妖精蛊惑?"
她把姐姐紧紧地搂住,
吻她吻她再吻她,
泪水又一度
苏润了她萎陷的眼珠,
经过了长久的干旱灼热,
她泪如雨下;
她颤抖,心中痛苦,苦恼,害怕,
她用饥饿的嘴唇吻她又吻她。

罗拉的嘴唇开始枯焦,
那果汁是她口舌痛苦的根源,
她憎恨那次飨宴:
像着了魔似的扭动身子,她又唱又跳,

扯破了长袍,绞着两手,
心急火燎,可悲可恼,
还捶打胸口。
她的头发飘散像一支火炬
由全速前进的赛跑者高举,
或者像奔逃的群马飘动的鬃毛,
或者像一只老鹰顶着阳光,
直飞向太阳,
或者像笼中的鸟儿被释放,
或者像军队奔跑时举着的军旗飘扬。

飞动的火在她血管里蔓延,叩她的心脏,
遇到她心头郁积的火,
压倒了那较小的火舌;
她吃足苦头,不可名状:
啊!傻孩子,竟选择这样一种责任
来承担耗竭灵魂的忧伤!
在殊死的搏斗中感觉已经失灵:
像城头的瞭望塔
在地震中坍塌,
像雷电击中的桅杆,
像被大风连根拔起的树
随风乱转,
像龙卷风卷起冒着泡沫的水柱

劈头摔向海面，
她终于倒下；
欢乐已经消失，痛苦已经消失。
现在是生，还是死？

从死中求生。
一整夜丽西在她身旁守护，
数着她微弱脉搏跳动的次数，
试探她有没有呼吸，
拿水到她唇边，用眼泪，用树叶当扇子
给她的脸庞一点凉意。
当鸟儿一早在屋檐上下啭鸣，
早起收庄稼的人拖着沉重的步子
走向堆放金色麦捆的田埂，
当沾着露珠的青草
向着轻快吹过的晨风弯腰，
当新的花蕾在新的一天
开放出杯子形状的百合花在小溪旁边，
这时候，罗拉仿佛从梦中苏醒，
像过去一样天真地笑起来，
拥抱丽西，不止两回三回；
她闪光的金发没有一丝灰白，
她的呼吸像五月一样甘美，
她的眼睛里跃动着光彩。

一天天，一周周，一月月，一年年
过去了，两姊妹都已经成家，
有了自己的小孩；
她们那母亲的心啊总不免害怕，
她们的生命同幼小的生命紧密相连；
罗拉会把小家伙们叫来，
告诉孩子们她青春的往事，
那些早已逝去的愉快日子，
光阴一去不再回还。
她会讲到那鬼怪出没的山谷，
那些离奇邪恶的水果商贩，
他们的水果尝在嘴里蜜样甜，
化到血液里就成毒；
（人类在任何市镇都不卖这样的货物）
她会告诉孩子们她的姐姐怎样
挽救了她，面对着危险的死亡，
终于取得了火辣辣的解毒剂。
然后她让孩子们小手携着小手，
嘱咐他们要相依相守：
"不论在平静的还是在风暴袭来的时候，
世界上哪儿有像姐姐这样的朋友；
在沉闷的路上她使你奋发，
你走上了歧路她拉你一把，
你踉跄跌倒了她扶你起来，
你站起来了她给你增添力量。"

理查德·狄克逊

（Richard Dixon，1833—1900）

理查德·狄克逊曾就读于牛津大学朋布罗克学院，早年曾热衷于先拉斐尔派运动。1868年，他做了教士。此后他克服了重重困难，编写并出版了他的重要著作《废除罗马裁判权以来的英国教会史》（1878—1902）。

狄克逊的诗作很有新意，能打动人，虽然当时欣赏他诗才的人并不多，但他却得到了独具慧眼的布里吉斯和霍普金斯的赏识。他曾与霍普金斯有过十年的通信交往，相互鼓励，被传为佳话。1883年他出版了诗作《马诺》，它以公元999年人们等待千年来临为背景，描写诺曼骑士马诺的传奇经历。狄克逊的短诗至今仍为人们所称颂。

十一月

杨柳树上的羽毛
一半儿变得黄焦,
漂在高涨的小河上;
灌木丛啊秃着头,
灯心草儿生了锈,
中午的微光在发狂。

蓟草儿显出老态,
茎上生出了绿苔,
它的头顶儿像白雪;
秃枝伸出了裸臂,
红雀的歌声转稀,
开始啼唱了知更雀。

威廉·莫理斯

（William Morris，1834—1896）

威廉·莫理斯是他那个时代十分活跃的人物。他是画家，又是商人，还写诗，也是家具设计者，当过印刷工、织工，是政治上的激进派。他称自己为"那个空虚时代的无谓的歌者"。

莫理斯写过抒情诗，但他的作品以叙事诗为主。他早年发表的作品《为格韦纳维亚辩护》表现出他具有不凡的叙事才能，故事结构紧凑，情节扣人心弦。后期的作品多是对古代传说的改写，结构较松散，但可读性很强，如《人间天堂》等。

莫理斯对现代工业文明十分不满，他主张进行政治斗争来争取一个没有剥削，人人平等，以工作和劳动为快乐的理想社会。他写了《乌有之乡消息》表达他的这一思想。

那日子要来了

到这儿来啊,孩子们,听啊,有一个故事要讲了,讲到
奇妙的日子要来了,那时候事情会搞得好上加好。

那故事要讲到一个国家,是海中的一块陆地,
在那将来的日子里人民称它为英吉利。

在那将来的日子里,千人中绝不止一个人
对明天会抱着希望,对古老的家园会感到欢欣。

因为那时候——听我这奇怪的故事呀,别笑,
所有在英国的百姓一定要比猪仔居住得好。

那时候人人有工做,能思考,对自己的事业感兴趣,
也不会在傍晚回家的时候衰弱、疲乏得站立不住。

人们在那将来的时代有工作可做而不必恐慌——
为了次日不再有收入而饥饿将逼近如豺狼。

我把这当作神话告诉你：那时候再没人会对
同事栽跟斗和不幸而高兴，以便去抢他的职位。

因为工人所争得的东西会真正属于他自己，
不是播种者不准去收割即便是半数的谷粒。

哦，新奇而惊人的公平！我们的收成给谁享用？
给我们自己，每一个伙伴，手不会白白劳动。

那时候，"我的"和"你的"都是"我们的"，没人再贪图
那除了把朋友束缚成奴隶以外别无一用的财富。

我们要什么财富，既然将来没人再积聚黄金
到市场上去收买朋友，又虐待那被出卖的人们？

不要那些，只要那可爱的城市，山上的小屋，
那荒原与林地的美景，和我们耕耘的田园沃土；

蕴含着古代故事的家屋，伟大死者的坟墓；
探出奇迹的聪明人，和诗人充满灵感的头颅；

画家的令人惊叹的手笔，不可思议的琴弓，
整队动听的合唱团，一切人，他们做，而且懂。

这一切将是我们的，大家的；不会让任何人得不到
一份工作和生活的权利，将来世界会变得更美好。

啊，这就是要来的日子！可今天，在我们生活的岁月，
在耗尽我们生命的年代里，我们要干些什么事业？

好吧，我们还等待什么呢？只有这几个字要说：
"下定决心"，而敌人岂不是梦里的强者，醒来怯弱？

哦，我们为什么还要等待？弟兄们在倒下，死亡，
天上每一阵风中都有被浪费了的生命在飘荡。

被黄金压碎的城市，如饥饿地狱，其中的鬼魂
一堆又一堆地挤着住，他们要多久地责备我们？

他们在污秽的生活环境中劳动，在痛苦中死去，
他们，强大母亲的儿子们，英吉利借以骄傲的砥柱。

他们去了，无可挽回，没人把我们从诅咒中救出来，
但还有千万人要来，他们该生活得好些还是更坏？

应该由我们来回答，迎上去，并且把门儿大开，
让财主急遽的恐怖出去，让穷人缓步的希望进来。

是的，这些可怜人无声的愤怒和懵懂的不满，
我们必须给他们声音和智慧，让等待的浪潮下滩。

来啊，看世间万物，生者和死者，都在召唤我们，
在纷扰的混乱后面，放射着一线微微的光明。

来啊，那么，别再犯傻，让我们抛开舒适和休息，
这事业值得这样做，让美好的生活登峰造极。

来啊，来参加没人会失败的唯一可行的战斗，
即便谁倒下死了，他的事业终将把凯歌高奏。

啊，来啊，丢掉一切欺骗吧，我们至少清楚：
那黎明，那日子要来了，旗帜正向前开路。

理查德·迦内特

（Richard Garnett，1835—1906）

理查德·迦内特生于利契菲尔德，小时随父母迁居伦敦。他父亲在不列颠博物馆工作。迦内特小时主要在家中接受教育，十分早熟，表现出在语言学方面的天赋。父亲过世后，他决定接替父亲，在不列颠博物馆的图书馆供职。此后迦内特一直从事图书馆的管理工作，后任不列颠图书馆协会的主席。1862年，他将雪莱未发表的诗作结集，出版了《雪莱的遗著》。1888年，迦内特出版了他的短篇小说集《众神的黄昏》。作品受到阿拉伯名著《一千零一夜》的启发，具有哥特式的和超自然的风格，这成为他的重要作品。19世纪90年代初，他成为伦敦文学社的活跃分子。迦内特一生创作了多种文学作品，有诗歌、传记、文学史、评论等。

有人说

有人说："我总是不叫自己开口，西蒙兄弟，你以为这办法好吗？"
"如果你是笨伯，我以为你聪明；如果你聪明，我以为你是笨伯。"

阿尔杰农·查尔斯·斯温本
(Algernon Charles Swinburne,1837—1909)

阿尔杰农·查尔斯·斯温本是英国19世纪后期较为重要的诗人兼评论家。他出身名门,曾在牛津大学读书。年轻时他热情而活跃,思想上很激进,支持意大利和法国革命,具有民主思想,在宗教和个人生活方面也表现出反叛精神。

斯温本的诗歌同样具有叛逆的特征。在某些方面,他诗中的气势与拜伦和雪莱的诗作十分相似。他的长诗《日出前的歌》,歌颂意大利争取自由的斗争。他的诗中也有一定的唯美主义倾向,与波德莱尔的《恶之花》较为接近。斯温本与"先拉斐尔兄弟会"有密切关系。罗塞蒂是诗中有画,斯温本是诗中有音乐。他的诗富有浓厚的抒情意味,技巧娴熟,音调优美,色彩鲜明,在音律方面也有独到之处。

斯温本的作品有著名诗剧《阿塔兰忒在卡吕冬》、诗集《诗与谣》和关于苏格兰女王的三部曲等。斯温本的反叛性诗歌曾引起评论界的围攻,他被称为"浑身是火的魔鬼"。

伊梯洛斯[1]

燕子姐姐啊,我的燕子姐姐,
你的心里怎么能充满春光?
一千个夏季已经过去,消逝。
你在春天里有什么可追求,可发觉?
在心里你发现有什么值得歌唱?
炎夏过去后你将要做些什么事?

燕子姐姐啊,美丽迅捷的燕姐,
为什么你要飞逐春光到南方——
你心向往之的温煦的土地?
往昔的痛苦难道不与你相偕?

---

[1] 此诗题应为《伊梯斯》(*Itys*)。伊梯斯是希腊神话中的人物。雅典王潘狄安把长女普罗克妮嫁给色雷斯王忒鲁斯,他们生子伊梯斯。忒鲁斯厌倦了他的妻子,便邀小姨子菲洛美拉到宫中,奸污了她,并割去她的舌头,把她监禁起来。但菲洛美拉把她遭遇的经过织在一袭锦袍中送给姐姐。普罗克妮知情后便杀死儿伊梯斯,将其制成食物给丈夫吃。两姐妹匆忙逃走,忒鲁斯手拿利斧在后追赶,快要追到时,天神把他们都化为鸟类,普罗克妮变成燕子,菲洛美拉变成夜莺,忒鲁斯则变为戴胜,潘狄安听到消息便一命呜呼。本诗是写菲洛美拉(第一人称)和普罗克妮的故事。所以题目应该是《伊梯斯》。至于伊梯洛斯,那是希腊神话中的另一个人物。

往昔痛苦的歌声不长在你嘴上?
我还没遗忘,难道你已经忘记?

姐姐啊姐姐,敏捷愉快的燕姐,
你飞向阳光和南方的道路漫长;
而我呢,已经满足了心中的渴念,
把我的歌声洒向高空和低穴,
出自茶色的身躯和娇小的口腔,
给黑夜的心脏送去熊熊的烈焰。

我——夜莺,歌唱着从春初到春末,
燕子姐姐啊,不断变化的燕姐,
我唱着,从春初到春末,到春光消亡,
披着露珠上反射的莹莹月色,
我唱着,有时光相伴,野鸟相偕,
我飞着,一心寻找和追随太阳。

我的姐姐啊,柔美轻盈的燕姐,
虽然万类在春的客厅里宴饮,
难道你还有心思能这样欢悦?
我不愿追随你到你飞去的地界①,
除非忘却了生命,怀念着死神,
除非你还怀念着,而我已忘却。

---
① 事实上夜莺与燕子一样,都飞到北非去过冬。

燕子姐姐啊，不断歌唱的燕姐，
我真不知道你怎么有心情鸣叫。
你真有这心情？那一切都已遗忘？
你的盛夏老公擅长于追踪一切，
你的阳春情郎有一双好脚，
可你对阳春情郎有什么好讲？

燕子姐姐啊，迅捷飞行的燕姐，
我胸中的心啊是一点灼热的余火，
在我头顶的上方有波涛在冲击，
但只要你能够记得，我能够忘却，
只要我能够忘却，你能够记得，
你就会停下来，我也会就此飞去。

迷路的亲爱姐姐啊，迁移的燕姐，
心灵的分歧使我们难以往来。
你的心啊像一片树叶般轻扬，
我的心却正在走向海底的深穴——
那伊梯洛斯①惨遭杀戮的所在，
色雷斯海上，多里斯饮宴的厅堂②。

---

① 此处伊梯洛斯亦应为伊梯斯。
② 爱琴海北部被称为色雷斯海。多里斯是柯林斯海湾北约十英里的一个城，并不靠近色雷斯海。

燕子姐姐啊，迅疾飞翔的燕姐，
我求你唱的时间最好别太短。
屋顶和门窗的过梁难道没返潮？
蛛网正在为我们指路，很明确，
被戮的小小身躯，如花的孩儿脸。
如果你忘却，难道我不会记牢？

姐姐啊姐姐，想你的头胎儿郎！
紧抱的双手，还有那紧跟的两脚，
孩子的鲜血依然在高呼急切：
"谁啊，还把我思念，谁已经遗忘？"
夏季的燕姐，是你啊，已经忘掉，
只有到世界末日，我才会忘却。

日落前

天边的余晖渐渐消泯,
大地上将遍布幽晦:
恐惧还没有感到寒冷,
爱的微光已消退。

不满足的心啊还没作怨诉
"太多了,都毫不满足",
干渴的嘴唇却只顾忍住。

轻轻地从两只鸽子的颈上
爱之手把绳套松开:
只要我们去寻求爱的光,
爱的幽明就凋败。

耗尽的爱

还该做什么——为爱的忧虑,
而爱的赛程已跑完?
不可能得到任何帮助,
还有什么事可干?

他的两手白白地织过网,
白白地拉出沟纹:
手的劳作没赢来安宁。

他的劳作已全部做完,
没收获任何果实,
那么谁敢说到了明天
还该做些什么事?

你好，再见了！[1]
——悼念夏尔·波德莱尔[2]

兄弟啊，你现已成为无言的魂灵，
请接受这束花圈吧，我向你告别。
冬日的气息凄清，树叶凋谢，
大地，不幸的母亲，庄严而寒冷，
带着比尼俄柏[3]更加悲切的子宫，
一座坟就在她胸膛的空穴之中。
然而安心吧，你在世的日子已尽：
对于你，再没有烦恼的俗事揪心，
再没有声光刺激你，你得享安宁，
四时的风如太阳般沉默平静，
洪波如海岸，没有声音。

---

[1] 诗题原为拉丁文 AVE ATQUE VALE，本诗原有十八节，这里选译其最后一节。
[2] 查尔斯·波德莱尔（Charles Baudlaire，1821—1867），法国诗人，其名著为《恶之花》。
[3] 尼俄柏是希腊神话中的底比斯王后，为自己的子女被杀而哭泣，最后变为岩石，成石后继续流泪。

白蝴蝶

飞啊,白蝴蝶,向着大海飞,
翅膀脆,翅膀灰,试着飞,顺风吹,
娇小的白翅膀,难得见到的白翅膀,
飞!

有的蝴蝶飞,像一声欢笑轻又脆,
有的蝴蝶飞,像叹息柔曼又低微,
向着那迎风港,所有的蝴蝶拍翅膀,
飞!

(屠岸、方谷绣译)

奥斯丁·多布逊

（Austin Dobson，1840—1921）

奥斯丁·多布逊曾在博马里斯文法学校（英国）和斯特拉斯堡（法国）受过教育。

多布逊创作了大量风格轻快的诗作。他受18世纪法国诗风影响较大，爱用法国诗歌中常用的八行诗和回旋诗的形式。内容多描写法国18世纪上层社会典雅的宫廷生活。他的作品包括《诗中的小装饰画》（1873）、《瓷瓶上的箴言》（1877）、《七弦琴记号》（1885）。多布逊还是一位传记作家，创作了大量18世纪名人的传记，如《贺加斯传》（1879）、《斯梯尔传》《哥尔德斯密斯传》（1888）、《理查生传》（1902）等。此外，他还出版了《18世纪的小装饰画》（1890）及几卷散文集。1897年，多布逊又出版了诗集。

孩童乐手

他曾为贵人的舞会奏乐,
他曾为贵妇的雅兴表演,
直到他可怜的小头沉重,
直到他可怜的小脑晕眩。

他的脸变得冷漠而奇怪,
他的大眼睛异样,光灿,
人们说(太迟了!)"他太疲倦了!
该休息一下,至少在今晚!"

可等到黎明,鸟儿醒来
向这静静的房间窥探:
像是紧弦绷裂的声音——
有什么东西在暗中折断……

那是大提琴上的一根弦,
人们听见他在床上辗转:
"给疲倦的小人儿一块地方吧,
好上帝!"这是他最后的语言。

名誉是死人吃的食物

名誉是死人吃的食物——
对这种食物,我胃口毫无。
死人在幽暗、狭窄的去处——
静寂的坟中,吃着名誉。
没同伴发出和善的声音
在旁边叫宴客吃得高兴。

友谊却要比名誉高尚——
友谊真值得大声歌唱。
一个人死了以后,真的,
仍在友人的记忆里活着,
友人只念着他的长处,
埋葬了他的过错、失误。

哈丽叶特·哈密尔顿·金

（Harriet Hamilton King，1840—1920）

哈丽叶特·哈密尔顿·金，英国女诗人。她的父亲是哈密尔顿海军上将。她早年热情关心意大利独立运动，那一时期许多英国女诗人都是如此。她曾与意大利复兴运动民主共和派领袖马志尼（Mazzini，1805—1872）通信（这些信收入她死后出版的《与马志尼的通信及回忆录》）。她嫁给银行家亨利·金，生了六个孩子。丈夫死后，她把全部心血放在培育孩子方面。她的诗歌创作受到丈夫的鼓励，她的第一本作品，为意大利爱国者费里契·奥尔西尼（他曾计划刺杀法国的拿破仑三世）辩护的书，就是由她丈夫出资印行的。她还出版了有关意大利政治的诗集《阿斯普罗蒙特及其他诗》（1869）、《门徒》（1873）等。

哈丽叶特也写过具有特殊个性的作品，如《梦之书》中收入的就是带有神秘怪诞风格的诗。这里入选的三首诗《梦幻少女》《失去的夏天》和《月光下的驰骋》，透露出一个本来是贤妻良母型的女子受到压抑时迸发的憧憬和梦幻。月下的风情和不断的行旅呈现出一个不能休息的、永远在拷问的灵魂的影像。

哈丽叶特晚年成为虔诚的天主教徒，她的作品大抵是宗教诗，如《西敏寺预言》（1895）等。

梦幻少女

我的宝宝睡在吊篮中,
我的丈夫去了城里;
在不挂帐子的白单大床上
我躺着,一个人孤零零的。

做梦似的,我念了祷文,
做梦似的,我闭上眼睛,
我血中的青春愉快地流动,
当我的脉搏起伏不停。

我躺着,这般孤单、宁静,
一个沉入灵境的姑娘。
任月亮的冷光照上窗棂,
一只手紧搁在另一只手上。

我在月光中向前漫游,
孤独的心灵完全自由,

既不清醒，也不在梦里，
今夜就我一个人行走。

脚步轻快，踏过春天里
繁花盘结的草地如茵，
精神轻松，穿过那常去的
小溪潺潺的林中幽径。

大地在吐露她的秘密，
她对我，不怕陌生，不躲避，
我的心只搏跳一片静寂，
一个少女带着她的谜。

这一片美丽的广袤之上
笼罩着清新纯净的空气，
夜晚是如此银白，凉爽，
不用担忧的宁静安谧。

梦幻世界正大放光明，
直冲远方的旭日疾走；
凭这自由的、得胜的心灵
我前去把它收为己有。

啊，小精灵少女，回家去，

不要做这样寒冷的狂梦!
难道我还没变成妇女?
没丈夫,也没有宝贝儿童?

失去的夏天

他们说到夏天,
夏天是怎样的风光?
我们怎样找到它?
我们到哪里去寻访?

春天已经过去,
春天的脚步不停,
春天过于明媚,
所以它消失无形。

我见过白色的星群
撒满在绿草地上,
还有金黄的水仙花
站起来又归于消亡。

黄昏来到的时候
乌鸦不断地歌唱,

唱一些将来的事情，
甜蜜得无从细讲。

一声私语涌出来
穿过苍白的黎明；
还有百合，玫瑰，
还有那一只夜莺。

我听着这些声音——
来到的是什么光景？
树叶一片片飘落，
鸟儿们喑哑无声。

没有香味的向日葵
开成暗褐一大片；
大雨倾盆而下，
把树上秃枝淋遍。

这难道就是夏天，
我所等待的季节？
它来了？或许它永远
不会再来歇一歇？

月光下的骋驰

越大片低地,我披着月色,
单人策马,自由驰驱;
无人的道路,我感到陌生的,
但每个拐弯都很快记住:
一条路像跑道,宽广,平坦,
绿草地镶在道路的两边;
痴迷于风吹,我跃马扬鞭,
按着节拍,我的心在击鼓。

马蹄轻轻,像落上草坪,
像踏着海绵土,敏捷,快速,
因为那条路平滑又湿润,
奔蹄下一路飞溅着水珠,
每一步都有击水的轻响。
从路头到路尾都雨雾瀼瀼,
有多少水沟和小溪在流淌,
月光下溪与河交汇追逐。

啊，水上的睡莲想必已
沉落，蜷伏着，安稳地睡眠！
但是不！睡莲开放着，光熠熠，
清醒着，一片白，在水波胸前：
在闪着微光的长长水道上，
洒满银点，揽圆月幽光，
一条条浅沟游离，彷徨，
沟渠的边缘似飘带蹁跹。

道路弯弯绕绕地伸向前，
穿过今夜沉睡的乡村；
平地上一条长长的灰蓝，
边缘的树篱飞速地逃奔；
一程加一程，千回又百转，
一哩再一哩，似迷宫盘旋，
我已经见过，我还将再见，
可惜我不会记得很准。

一座低矮的白屋在睡乡
耸立，消失得无踪无影，
隐没在平坦大地的中央，
大地上溪河在迂回延伸，
四周环绕着稠密的道路，

遍地是圣栎，月桂，草莓树，
像一座迷宫，庄严，肃穆——
我曾见过吗？我毫不知情。

我能否到达那里？天一亮，
这一切是否全都会消亡？
但愿长夜永远没尽头！
朦胧的月光温暖了夜色，
透过幽僻的密林和繁柯，
微光，颤动，向远方投射——
啊，夜正在迅速飞走！

托马斯·哈代

（Thomas Hardy，1840—1928）

托马斯·哈代是生活在19世纪后半叶到20世纪初的一位跨世纪的重要小说家和诗人。在创作的前期，他以小说而引起世人的关注，后期他创作了大量的诗歌作品。20世纪中期以来他的诗歌逐渐受到批评界的重视，他作为诗人的地位大大地提高了，甚至有批评家认为哈代的诗歌比他的小说更有价值。

哈代出生于英国西南部多塞特郡的小村庄，小时在当地的学校念书，并向当地的一个建筑师学习建筑。后来他到伦敦继续求学，并开始做一个建筑师。但他发现自己越来越对文学感到兴趣，于是他转而创作小说和诗歌。1872年，他发表小说《绿荫树下》，获得成功，从此放弃了建筑师的职业，专心小说写作。在此后的二三十年中他接连创作了多部以"威塞克斯"地区（诗人出生地多塞特郡的虚构名称）为背景的系列小说作品，确立了他作为著名小说家的地位。这些作品对这一地区的风土人情作了真切的描绘，对资本主义社会中的伪善进行了强烈的批判。作品生动地刻画了19世纪末期英国的乡村生活，探讨了充满强力的自然与人性、道德等的关系，揭示了人性的弱点，反映了严酷的社会现实，表现出作者对人的命运的关注，具有强烈的悲剧感。

因他的小说《德伯家的苔丝》和《无名的裘德》触犯了卫道士的虚伪道德而遭到攻击，他愤而转向诗歌写作。他有诗集八卷，诗近千首。他的诗歌在总的精神情调上与他的小说是一致的。他常常在诗歌中表现命运的无常，精神的失落，情感的忧伤与挫败，流露出对人类命运的深深的忧虑。他的诗往往有一种沉重哀婉的调子，感情真挚而厚重，思想深邃，富于哲理。维多利亚末期人们的精神困惑与道德价值观的变化，以及世纪转折之际人们的怀旧情绪和对传统的某种依恋，都清晰地展现在哈代的诗作中。他的诗语言质朴自然，带有乡土气息。其严肃的主题常引起人们的深思和回味。他的史诗《列王》更完整地表现了他的思想。

偶　然

假如有复仇之神从天上唤我，
笑着说："你这活该受苦的家伙！
要知道你的悲伤是我的欢乐，
你'爱'的损失正是我'恨'的获得！"

我就该忍受，咬紧牙关，到死，
把不该承担的承担，把怒火压制；
稍觉宽慰是因为他比我强大，
我痛苦流泪，决定于他的意志。

但不对。为什么欢乐被杀身亡？
播下美好的希望却开不出花来？
——偶发的灾祸遮挡了雨水阳光，
时光下赌注，把悲伤当作欢快……
半盲的法官原本可以把幸福
像痛苦那样洒向我人生的征途。

我朝镜子里望去

我朝镜子里望去,
察看我枯瘦的肌肤,
说:"要是上帝路过,
我的心同样凋枯!

"那时,我还没受困于
对我变冷酷的人们,
我可以单独泰然地
等待永恒的安宁。

"但时间窃取了一半又
留下另一半苦恼我;
在黄昏用正午的搏动
震撼我虚弱的体魄。"

暗处的歌鸫

我倚在通向丛林的门前,
看严霜呈现鬼怪的灰暗,
隆冬的余沥使白昼之眼
逐渐衰颓成一片荒寒。
交错的矮枝刻痕于天宇,
有如古琴的一根根断弦,
出没在附近的所有男女
都已经回家围坐在炉边。

大地的面貌清晰,好像是
世纪的遗体向外延展,①
云霓的重幕是他②的墓室,
凄风哀吟着对他的悼念。
萌芽与诞生——悠久的生命力
已经萎缩得干瘪而枯槁,
大地上所有的生灵看上去

---

① 指19世纪已经死亡。本诗作于1900年12月31日。
② 此行和下一行的"他"均指"世纪"。

都和我一样：热情全消。

忽听得有一声鸟鸣升起，
来自头上的秃枝丛中，
歌声包含着无穷的欢喜，
是倾注全心的夜之赞颂；
一只老歌鸫，瘦小，孱弱，
披一身狂风吹乱的羽毛，
选择这一刻来倾吐魂魄，
趁着这幽暗正渐渐来到。

用如此销魂的声音来歌赞，
是为了什么？可地上万物
无论远近都找遍，却不见
哪里有痕迹能说明缘故。
因此我就想，他的歌声里，
他那欢乐的晚安乐曲中，
一定震荡着某种神圣的希冀，
他明白，而我却懵懂。

堕落的姑娘

"奥米丽亚,亲爱的,这可真稀罕!
谁能料到你我会见面在城关?
哪来的漂亮衣裳,阔到这个样?"
"哦,你难道不知道我堕落了?"她讲。

"你没鞋没袜离了村,一身破衣衫,
你不愿再锄草,不想再把土豆剜;
这会子你羽饰戴头上,镯子戴手上!"
"没错,堕落了就这样穿戴呀。"她讲。

"在家乡场院里,你开口就说'侬''阿拉',
闭口就讲'狄格''伊格''还有啥',①
今天你说话在上流社会响当当!"
"堕落能换来文雅的门面呀。"她讲。

---

① 为适应原诗风格,此处试用上海城乡方言翻译。"侬"为你,"阿拉"为我,"狄格"为这个,"伊格"为那个。

"那会儿你手像爪子,脸发青,没生气,
这会子你一脸娇嫩教我着了迷,
你戴着小手套,跟那贵妇人一个样!"
"我们堕落了就不再干粗活。"她讲。

"你老说家乡的生活像一场噩梦,
你唉声叹气不满意,可是现如今,
我看你无忧无虑,活得挺欢畅!"
"对。堕落了就兴高采烈呀。"她讲。

"我想有羽饰,漂亮的拖地长裙,
娇嫩的脸蛋,在城里炫耀一阵!"
"亲爱的,你这个新来的农村姑娘,
别指望那些。你没有堕落。"她讲。

啊,你在我坟上松土?

"啊,你在我坟上松土——
我的情郎,想栽棵芸香①?"
"不,你情郎昨天结了婚,
新娘是美丽富有的女人。
他说:'即使我对她不忠贞,
如今也不会使她悲伤。'"

"那么,谁在我坟上松土?
是我最亲最近的家人?"
"不,他们坐着想:没用处!
栽种花草有什么好处?
总不会因为拾掇她的墓,
她就从死的罗网里脱身。"

"可有人在我坟上松土?
我的情敌?狡猾地戳戳?"
"不,她听说你已经跨进

---

① 芸香,一种开黄色花的植物,"悲哀"的象征。

每个人迟早要跨的大门,
她认为你不再值得她妒恨,
就不问你在哪里安卧。"

"那么,谁在我坟上松土?
我没猜着,就请告诉我。"
"哦,是我,亲爱的女主人,
您的小狗,还住在附近,
我希望我这些动作不曾
把您宁静的休憩打破。"

"是你呀!在我的坟上松土……
我怎么没想到如今
还有颗忠诚的心在闪熠!
要是跟世上的人们相比,
会有什么感觉呀,看这里
一只小狗,忠心耿耿!"

"女主人,我在您坟上松土,
是为了埋藏一块排骨,
我每天都在这地方溜达,
万一饿了,就不会没办法。
对不起,我忘了这堆土坷垃
是您永久安息的坟墓。"

他从未奢望过
——八十六岁生日感言

嘿,世界,你对我还算讲诚信,
还算讲诚信,
总的说,你言行一致不哄人,
你说的话儿都兑现。
我从小就喜欢躺在草地上,
躺在草地上,两眼看天上,
老实讲,我呀从来不指望
人生能有多美满。

那时你就讲,从来这样讲,
你多次这样讲,
你那神秘的声音从山上,
从云端,徐徐传过来:
"许多人爱我爱得要发狂,
许多人爱得平静又安详,
也有人对我轻蔑瞧不上,

直到他们在土里埋。

"我的许诺从来不过量,
孩子,从来不过量,
不过是含含糊糊讲一讲。"
你对我辈如是说。
你为了信誉,说话多明智!
若不把你的警示当回事,
你每年降下的痛苦和压制,
我实在没法阻遏。

失　约

你没有到来，
时光匆匆地流逝，我木然等待。
我不太在意失去了相见的欢悦，
倒是因为我发现了你的品质
缺少高贵的同情，为了践约，
尽管勉强，也该有纯粹的仁慈，
盼望的钟点敲过了，我感到悲哀，
你没有到来。

你并不爱我，
而只有爱情能使你忠诚不惑；
我知道，向来知道，但何以不给
除名义以外人类的神圣行为
添一样美德：你作为女人来安慰
受时间伤害的男子，哪怕只一回，
化去片刻也不值？尽管明摆着
你并不爱我。

杰拉尔德·曼利·霍普金斯

(Gerard Manley Hopkins, 1844—1889)

杰拉尔德·曼利·霍普金斯,19世纪英国诗人,生于埃塞克斯郡斯特拉福,是九个孩子中的老大。早年入牛津大学读书,得奖学金资助。他对赫拉克利特和黑格尔的哲学感兴趣。他与诗人布里吉斯结为好友。1866年信奉罗马天主教。1868年成为耶稣会会士。1877年接受宗教圣职,此后在英国许多地方轮番担任牧师。1880—1881年在工业城利物浦和格拉斯哥的牧师生活,使他难以继续承受此项职业,转而谋求教职。1884年他在都柏林大学学院接受希腊文和拉丁文教授职位。1889年死于伤寒。

霍普金斯的诗歌作品显示出济慈式的敏感和诉诸听觉的鲜明韵律感。由于道德原则和由此引起的自我责备,霍普金斯始终未能使侍奉上帝和创作诗歌二者协调起来。他加入耶稣会后,曾象征性地焚毁自己的诗稿,却又把抄件寄给布里吉斯加以保存。1875年他重新燃起写诗的热情,写出《德意志的海难》。他在威尔士准备接受圣职而学习时,据说受到上帝的启示,创作了一系列十四行诗,包括《花斑美》《春》《红隼》等。关于美学和道德的疑问,集中体现在他的诗《亨利·坡塞尔》等篇中。在都柏林时因感到孤寂,仿佛被放逐,他写下了一批令人读之会感到不安的十四行诗,如《腐秒的慰藉》等。

霍普金斯在诗歌质地与格律上有创新尝试。他首创了三个名词：inscape（内在景象），指事物之个体的或基本的品质，亦即个体特有的风格美；instress（内在语势），指支撑内在景象的力；sprung rhythm（跳跃律动），指以普通讲话的常规节奏而不以规定音节数为基础的英语诗歌格律。他的诗歌创作正是这种理论的实践。霍普金斯诗歌的价值，在他死后由于布里吉斯等人的努力而逐渐得到公认。他的诗歌全集由麦肯西编辑，在他逝世一百年后的1990年出版。

花斑美

事物光怪陆离，其光荣归主上——
看天空呈异彩如母牛身上的条纹；
游泳的鳟鱼身上有玫瑰色斑点；
栗子掉下来如炭火；燕雀的翅膀，
分块的地貌——折叠，休闲，耕耘；
百家行业，工具，装备，秩序井然。

万物消长，独创，稀有，新奇；
易变的都是斑驳的（谁知道怎样？）
快和慢，甜和酸，闪亮以及幽暗，
他诞生万物，他的美超越了变易：
要向他歌赞。[1]

---

[1] 这首诗虽被认作 sonnet（十四行诗），却是"切尾十四行"（curtailed-sonnet），实际上只有十一行。其韵式为 abcabc dacdc。译文韵式全依原诗。

罗伯特·布里吉斯

(Robert Bridges, 1844—1930)

罗伯特·布里吉斯是诗人和批评家。他生于肯特郡,曾在伊顿公学和牛津大学学习,后在巴塞洛缪医院学习医学,并从事医务工作直到1881年。在牛津大学他结识了霍普金斯,两人相互切磋诗艺,成为挚友。

布里吉斯的第一本诗集出版于1873年。十四行组诗《爱的成长》(1876)在当时产生了一定影响。此后他又接连创作了几部长诗,如《播火者普罗米修斯》(1883)、《厄罗斯与赛吉》(1885)等。1912年出版的诗歌选集引起了广泛的好评,为他赢得了大批的读者。次年,他获得"桂冠诗人"称号。1916年,他将他的诗歌和散文收入《人的精神》一书中出版,以慰藉并鼓励国人,又是一大成功。他在诗歌形式方面进行新的尝试,用松散的"亚历山大诗体"创作了《美的遗嘱》(1929),该作品由四部书组成,从哲理的视角探讨精神与艺术的智慧,很受欢迎。他将其视为他诗歌创作的顶峰。

布里吉斯对诗歌中的音韵、乐感及词语的乐音很感兴趣,他的诗歌以优美的音律和娴熟的技巧见长,同时具有智性和说理的风格。他的一些短诗清新明快,常被选入各种诗集中。除诗歌外,布里吉斯还有八部剧作及不少评论作品。他的论著《论弥尔顿的诗》和《论济慈》产生了广泛影响。他还是"纯粹英语协会"的创建者之一。多年来他同牛津大学出版社保持着紧密的关系并多方协助其工作。

我的欢喜和你的欢喜

我的欢喜和你的欢喜
像两个白衣天使
行走在夜的花园里。

我的渴望和你的渴望
卷在一个火焰的舌头上,
跳得活跃,笑得响亮。

穿过了永恒的战斗
融入生命的神秘。

爱,创造了地球,
守有太阳的秘密。

爱,也只有爱,能够说明
从什么地方撒来了亿万颗星星,
为什么每粒原子有自知之明,

不管悲哀和死亡,
生命多欢乐,呼吸多甜蜜。

它教了我们这个,我懂得了这个,
在它的科学里快乐地生活,
我们站着,手牵着手,
倚着树木的阴影,
我们躺着,心靠着心,
在这白昼的黎明。

麦克尔·斐尔德（Michael Field）
[**凯瑟琳·布拉德蕾**（Katherine Bradley，1846—1914）**和伊迪斯·库珀**（Edith Cooper，1862—1913）]

麦克尔·斐尔德是两位女性作家的笔名。凯瑟琳是伊迪斯的姨妈。凯瑟琳很小时父亲便去世，她早年在家受教育，后入剑桥大学纽南学院。此间，她与有病的姐姐同住，照料她的女儿，即凯瑟琳的外甥女伊迪斯，并负责她的早期教育。伊迪斯从小与凯瑟琳共同生活，两人感情笃深。1875年凯瑟琳以"阿兰·李"的笔名出版了首部诗集。1878年，她同伊迪斯一起入布里斯托尔大学就读，参加了妇女选举运动，并加入了反对活体解剖社团。

凯瑟琳与伊迪斯合作写戏剧，写诗歌，并共同游历了许多地方。她们共作有二十五部戏剧作品和八部诗集，其戏剧多为诗剧。两人以"麦克尔·斐尔德"的笔名发表了首部作品悲剧《卡利罗》（1884），该作品直到人们发觉作者是两位女子时才受到关注。她们得到了罗伯特·布朗宁和梅瑞狄斯等人的鼓励，又创作了多部剧作，题材多源于古典文学和历史。

1885年，由亨利·沃顿翻译的萨福诗歌出版，引起人们的关注。姨甥二人受到其中的女性同性恋倾向的启发，出版了以萨福为题材的合作诗集《很久以前》。第二部诗集《树枝下》于1893年问世。她们早期的诗作虽多取材于古典文学背景，但注重感官，描写爱欲，有一种神秘主义的情调。及至晚年，她们双双皈依了罗马天主教，诗歌中也表现出更浓郁的宗教气氛。此时的诗作有《崇拜集》（1912）、《神秘的树》（1913）。

凯瑟琳和伊迪斯均死于癌症，且前后相距仅几个月。她们的日记《作品与日子》于1933年发表，表现出她们之间的爱恋之情。

"在四月下旬"

在四月下旬,一天早晨,
莎士比亚诞生;
世界针对着我们,紧相逼,
我爱人和我手牵手发誓,
不流于世俗,
永远做诗人和情侣一双,
在烈溪①岸边笑入梦乡,
在卡戎②船上向卡戎歌唱,
叫那些胆怯的灵魂振奋;
对审判一点都不用担心,
激励那些被紧锁的魂魄,
他们从未离开过阿波罗③,
一刻也没有跟死者为伍;
要永无休止地
跟他们同住,
丝毫不关心天国和冥府。

---

① 烈溪,即忘川,冥府河名,饮其水即忘记过去的一切,音译烈溪(Lethe)。
② 卡戎,希腊神话中渡亡魂冥川去阴间的神。
③ 阿波罗,希腊神话中的太阳神、诗神。

仙客来

这些花惊人地洁白:
大地上铺满了白雪,
黑夜里积雪上一轮皓月;
天空被冬日的寒光割切;
这一切进入了我的视野,
我的心震撼于雕出的洁白——
来自这一束仙客来。

瑕　疵

为赠我翠羽，他们猎杀了松鸦：
宝石上一滴血！啊，我痛悔不已！
小小尸体的标记，闪耀着亮丽，
我把它埋进可厌的、隐蔽的树林，
祈望我自己永远不再背叛
万物，我心中宇宙永远完整。

字的威力

那是奇异的奥秘,字的威力!
字里有生,有死,一个字能够
很快地给颊上送去绯红的颜色。
很快地传递许多含意;使时尚
变为对心灵冷酷的致命伤。
字里有愤怒,有恐惧;字的声音里
有悲痛,有欢乐;但轻微,触摸不着。
一个字不过是稍纵即逝的一口气。

阿丽斯·梅内尔

（Alice Meynell，1847—1922）

阿丽斯·梅内尔于1875年发表了她的第一本诗集《序曲》，引起当时的作家和编辑威尔弗雷德·梅内尔的注意和兴趣。两年之后，阿丽斯与威尔弗雷德结合，成为梅内尔夫人。她与当时活跃在文学界的许多名人都有交往，如汤普逊、梅瑞狄斯等。梅内尔夫人的诗多涉及宗教题材，具有宗教的神秘色彩，其主要作品有《诗》（1893）、《后来的诗》（1902）以及《最后的诗》（1923）。这些作品为她赢得了很高的声誉。除诗作外，梅内尔夫人创作了大量的评论文章和导论，发表在《民族观察家》《帕尔·马尔公报》《便笺》等著名杂志上。这些作品后被收入《生活的节奏》（1893）、《生活的色彩》（1896）和《地方精神》（1898）。女性特有的敏感和独立的思维使她的评论独具特色。此外她还编辑了多种诗文选。

夜　间

从清越遥远的天末回家，
振柔翼向这里飞行；
一群群白天的记忆挨近了
睡眠这鸽舍的门。

啊，这群归鸟中哪一只
飞越过绚丽的流霞？
哪一只飞得无比迅疾？
你给我的话，你的话！

威廉·埃内斯特·亨利

(William Earnest Henley, 1849—1903)

威廉·埃内斯特·亨利从小患有关节结核病,一只脚被截去,为了挽救另一只脚,他于1870年来到爱丁堡,在那里的医院接受治疗。在爱丁堡他结识了作家斯蒂文森,两人成为亲密的朋友。他把在医院中的痛苦经历写成诗,1875年在当时一份曾由作家萨克雷主编的颇有影响的杂志上发表,获得成功。此后,他与斯蒂文森一起创作了几部戏剧作品,但影响均不大。

亨利虽然身有残疾,但精力充沛,能力过人,且颇具胆识。他从事过各种文学工作,编辑过多种杂志,其中包括《艺术杂志》(1888—1894),《苏格兰观察家》[后为《民族观察家》(1888—1894)],《新评论》(1895—1898)。许多著名作家的作品均经他的手得以出版,这其中有哈代、吉卜林、斯蒂文森、叶芝、亨利·詹姆斯以及威尔斯等人的作品。他对现实主义和激进主义的辩护对他的同代人产生了不小的影响。不过他的思想中也流露出强权的姿态。

亨利于19世纪80年代末90年代初出版了几部诗集,如《诗歌集》(1888)、《剑之歌与其它诗》(1892)、《伦敦志愿者》(1893)等。他还创作了歌谣、抒情诗,以及印象主义的自由诗。

不　屈

冲破我头上的黑夜，不管它
在两极之间漆黑如幽冥，
我感谢无论哪一位神祇，
为了赐我以不屈的灵魂。

陷入了残酷命运的掌握，
我决不退缩或大声哭嚷。
受到了机缘的沉重打击，
我的头流血了，却依然高昂。

在这怒火和泪水的后面，
只有恐怖的阴影显威，
可是年复一年的威胁
必将发现我永远无畏。

不管天堂门如何狭窄，
天条上有多少惩罚规定，
我是我自己命运的主宰，
我是我自己灵魂的首领。

致 A.D.

夜莺弹奏着黄金的弦琴,
云雀吹奏出清亮的号声,
黑鸟只有黄杨木笛子,
可在众鸟里我爱他最深。

黑鸟的歌唱是生命的欢乐,
而我们两个在狂热的春季
听着他唱歌把我们两个
心和心、唇和唇连在一起。

汪洋的大海滚荡澎湃

汪洋的大海滚荡澎湃,
永远在壮丽与狂欢中。
啊,葬我在活的海洋里,
不要在死的泥土中。

葬我在离岸千里的海洋里,
我要那滔天的巨浪,
在它友爱的动荡里,我可以
永远地遨游流浪。

罗伯特·路易斯·斯蒂文森

（Rober Louis Stevenson，1850—1894）

罗伯特·路易斯·斯蒂文森生于爱丁堡，早年曾入爱丁堡大学就读，攻读法律，准备做一名律师。但他从小体弱多病，患有慢性支气管炎和出血症。这使他最终放弃了法律，转向文学创作。1875年他开始在杂志上发表作品，并与亨利合作写过几部戏剧作品。

由于身体的原因，斯蒂文森在一生中不断更换居住地，以寻找适合自己身体的气候条件，这样的生活为他的创作积累了大量的素材。而多变的环境使他敏感的天性始终活跃与兴奋，富于幻想的气质和勇于冒险的精神使他的作品深深地抓住了读者的心。1888年，斯蒂文森携家迁居南太平洋上的岛国，最后定居萨摩亚岛，在一次创作时他突发脑溢血去世。

到1884年时，斯蒂文森已在杂志上发表了大量各类作品，包括短篇小说、评论、游记等等。他的第一部小说《宝岛》于1883年问世，为他赢得了声誉。三年后《化身博士》出版，紧接着他又出版了苏格兰浪漫传奇小说《诱拐》（1886）。1888年，他的历史传奇小说《黑箭》发表，他的声誉进一步提高了。他的作品往往一版再版，并被拍成电影，获得了广泛的读者和大批的观众。在南太平洋岛居住时他曾拜访夏威夷群岛中的莫洛凯岛，那里是麻风病人的聚集地。比利时神父达米恩献身照顾七百名被遗弃的麻风病人，最后自己也染上麻风病而死去的事迹强烈地打动了他，他写成《神父达米恩：致火奴鲁鲁尊敬的海德博士的公开信》，为达米恩辩护。

斯蒂文森的诗歌作品也受到人们的欢迎，这些作品包括《一个孩子的诗园》（1885）、《林下灌木丛》（1887）以及1950年编辑出版的诗集。他的诗作语言清新自然，想象力丰富，充满幻想与天真的童趣。

安魂诗

在这开阔的星空下面,
掘一个墓穴让我安眠:
我活得愉快,死也甘甜,
临睡我留下一个心愿。

请为我铭刻如下的诗行:
他躺在久已渴望的地方;
舟子归家了,归自海洋,
猎人回村了,永别山冈。

弗兰西斯·威廉·波狄伦

(Francis William Bourdillon,1852—1921)

  弗兰西斯·威廉·波狄伦,英国诗人,曾出版过几本诗集,生平事迹不详。但他的短诗《黑夜有千万只眼睛》誉满世界,很多英国诗歌选本和世界诗歌选本都不漏过它。世上有一种所谓"一首诗诗人"(one-poem-poet),仅凭一首诗而世世代代被人记住。如美国诗人乔伊斯·基尔默,凭一首《树》而赢得诗名。中国也有此情况,如唐代诗人金昌绪,《全唐诗》仅录存其一首五言绝句《春怨》,恰恰是这首诗使他名垂千古。波狄伦也是如此,这首《黑夜有千万只眼睛》令人百读不厌,常读常新。

黑夜有千万只眼睛

黑夜有千万只眼睛，
白天只有一只；
而灿烂世界的光辉啊
随夕阳而消逝。

心智有千万只眼睛，
心灵只有一只；
而全生命的光辉淡去
在爱情告终时。

奥斯卡·王尔德

（Oscar Wilde，1856—1900）

奥斯卡·王尔德是爱尔兰19世纪唯美主义美学的代表，他提出"为艺术而艺术"的主张，对现代诗歌美学产生很大影响。

王尔德出生于都柏林，父亲是一位医生，母亲是诗人，常常举办文学沙龙。王尔德曾在都柏林的三一学院读书，后因古典文学成绩优异而获牛津大学的奖学金去牛津就读。此间，他因出众的口才，奇异的穿着和举止引起了人们的注意。离开牛津后，他来到伦敦，为杂志撰写故事，并创作诗歌。

王尔德反对艺术模仿自然的观念，认为艺术是从其自身内部，而不是从外部寻找到完美。艺术不是由任何外界标准来判断的。在他看来，不是艺术模仿自然，而是自然模仿艺术。他的这些观点强烈地震撼了西方的传统美学观。王尔德的诗歌受到伊丽莎白一世时期诗歌、浪漫派诗歌和先拉斐尔派诗歌的影响，19世纪法国象征派诗人波德莱尔对他的影响最大。他注重瞬间的感觉、情绪和印象。不过王尔德大部分的重要作品还是他的评论、戏剧化散文，特别是他的寓言式小说《道连·格雷的画像》，它揭示了艺术、美和道德观之间的关系，深刻地挖掘了人物的心理，有相当的深度。王尔德还创作了不少戏剧作品，如《真诚的重要性》《理想丈夫》等。

王尔德的声誉后因他的同性恋行为而受到影响,他曾因此而坐了两年牢。出狱后,他改名移居法国,三年后去世。正如有评论者所说:"王尔德的一生就是他最伟大的戏剧。"

安魂曲

轻轻地走啊,她在近旁
白雪下隐藏;
轻轻地说啊,她能听见
雏菊在生长。

她,一头金黄的美发
锈去了光辉,
她,曾经年轻而美丽,
跌进了尘灰。

百合花一般,白得像雪,
她简直不明白
她长成淑女,何以变得
这样地可爱。

棺盖,还有沉重的墓石
横在她胸前;

我独自烦恼,满心忧伤,
她已经安眠。

安宁,安宁,她不再听见
琴韵或诗句;
我整个生命埋在这儿了——
把土盖上去。

唉！

随种种激情飘荡，直到我心灵
成为一张琴，各种风都可以拨弄——
我的成熟的智慧，严格的自控
已被我放弃，是否由于这原因？

双重书写的卷轴是我的一生，
在童年假日，我曾涂写过一通
闲散的笛子曲和抒情短诗，可供
吟唱，然而抹去了全部隐情。

确实，有一个时期我可以登上
高山近太阳，从生命的嘈杂中拨响
清亮的和弦送达上帝的耳旁。

那时期逝去了？瞧，用一根手杖[①]
我只是触及了浪漫故事的蜜糖——
就必须把灵魂应得的一切丢光？

---

① 《圣经·旧约·民数记》：摩西举起手杖击石，得到了水。上帝因而不让摩西得到允许给他的土地。

玛丽·弗·罗宾孙

（Mary F. Robinson，1857—1944）

玛丽·弗·罗宾孙出生于一个建筑师之家。小时性格沉静，喜好读书，13岁时进入学校求学，后在意大利和伦敦大学学院就读，主攻希腊文学。1878年，父母为她自费出版了第一本诗集《一束金银花》，作为她21岁的礼物。这些诗歌作品灵秀、纤弱，略带忧郁，很快便引起文学界的注意，成为人们关注和谈论的焦点。此后，她继续写作，发表了一系列诗歌和小说作品，出版了一部《艾米莉·勃朗特传》。1888年她与法国学者、波斯语专家詹姆士·达莫斯泰特结婚，他们感情甚笃，并互译对方的作品，促进了英国与欧洲大陆文学的相互交流。1894年，达莫斯泰特逝世。罗宾孙再婚，并继续她的文学创作。

罗宾孙的诗歌风格是多样的。她曾喜爱用民谣体创作，语言简洁质朴，感情真挚，兼有沉思和抒情的格调。但她也有一些诗作流露出神秘、扑朔迷离的气质。主要作品有《歌、民谣及一出花园戏剧》（1889）、《追忆与其他诗》（1893）。

英国18世纪有一位女诗人玛丽·伊丽莎白·罗宾孙（Mary Elizabeth Robinson，1758—1800），勿与这里的玛丽·弗·罗宾孙相混。前者的诗也被选入本书。

绿　洲

你在荒漠里流浪，渴得难受，
我把我灵魂当作井赠给你解渴；
你在井栏边留恋徘徊了片刻，
你走了，没受到祝福也没被诅咒。

你的面孔的影子，那天曾沉入
那口水井的具有魔力的井水中，
至今还光顾那一泓清澈，始终
显示着：他看过，饮过，却不能驻足。

太阳照进去，月亮斜照在井上，
星星探视它，井里都没有映象，
只有你的脸不变，也不被遗忘，
在井里闪耀，把一井清水照亮。

我把我灵魂作为井赠给你当酒，
你的脸在井的深处是那样清晰，
远胜太阳、月亮或星星的闪熠——
你后来在许多更绿的岸边停留。

威尼斯夜曲

沿着狭窄的小巷,月光都照不进来,
两旁的房屋高矗;
静静悄悄,我们深入到黑夜的心怀,
只有你和我同步。

脚步声响过空洞的街道,清晰而忧郁,
仿佛把钟声敲响;
又像是嗓音,被缚的生命向灵魂呼吁:
"这里也存在死亡!"

走在幽暗的窄巷里,突然出现了亮洁,
使我们呼吸暂停;
白色迎客塔和圆顶全在月色下闪烁——
啊!这就是死神?

斯托内洛[1]

葡萄藤上的花儿哟!
我不知也未见爱情怎样开始;
葡萄花生出美酒该就是如此!

啊,娇弱又鲜艳,怒放的柠檬花,
啊,使月下街道激动的曼陀林,
啊,大海,在苍白的夜晚,你拍打
岩石而发出庄严甘美的乐音,
啊,欢快地走过的一对对情侣,
啊,收藏着美好记忆的心灵——
天哪,请不要、请不要一再重复:
人世太艰难,哪能独自去聆听!

青草地上的花儿哟!
我心中和整片田野上开满了花朵;
在刈割之前这些花长得多高哟!

---

[1] 斯托内洛:一种意大利民歌体。

威廉·瓦曾

(William Watson, 1858—1935)

威廉·瓦曾是维多利亚晚期诗人。他生于约克郡，曾发表诗作《华兹华斯之墓与其他诗》(1890) 和悼念丁尼生的一部诗集 (1892)，因此获得了较高声誉。瓦曾的诗歌受丁尼生的影响较多。此后他又出版了一些诗作，如《可耻的年代》(1896)、《黎明的先兆》(1912)。但这些作品多数已不常被人们提及，倒是几首短歌和抒情诗常被选入各种诗选，仍为人们所喜爱。瓦曾生活的年代正是帝国主义思潮肆虐之际，他站在自由主义的立场上将英帝国看作是文明的力量。但有批评家认为，他那种自我欣赏的对帝国主义的姿态是应予抨击的。

告 别

走开,狂热的光,
狂热的光,射在山石上,
这样哀伤,不让
白昼消亡。
你逗留得可爱,可夜也可爱,
请你走开。

走吧,狂热的心,
青春的狂热的心,
还有迟疑的神情
想留停。
我老喽,不能再做伙友,让我们分手:
请你走。

康斯坦丝·内登

(Constance C. W. Naden, 1858—1889)

康斯坦丝·内登,英国诗人,出生两周母亲死亡,由外祖父母养大。她进入唯一神教派基督教走读学校,后入伯明翰米德兰学院植物学班学习。其后进梅森科学学院,成为赫伯特·斯宾塞(Herbert Spencer)的忠实学生。后者的科学哲学强调一切伦理学的物质基础,对内登产生很大影响。内登开始发表有关进化论的论文,并根据赫·斯宾塞的名言"科学打开诗歌的领域",开始写诗,她的诗作幽默地传播达尔文主义对人间事件的洞察力。她还是一个画家,并在家乡执教。1887年外祖母去世,她得到一笔遗产,于是到巴勒斯坦、埃及和印度去旅行。回国后她曾给印度妇女以医药援助。1888年她当选为亚里斯多德学会会员。1889年她经过一次危险的手术后死亡。死因可能是她在印度患上的一种传染病,年仅31岁。她的一位同时代人指出,她"不仅是诗人,还是化学家,心理学家,而且——我要说,可惜!——是一位自由思想家!"

内登提出,科学价值将不可避免地大大发展,使宗教价值相形见绌,因而"我们将不能再区分物质与精神,不得不在物质唯心主义中寻找诗歌、哲学与科学的和解"。对内登来说,不再与生命的"高级"形式分割的自然与物质世界,为诗人提供了道德与诗之真实的新源泉。她认为自然应解除一切精神的和情绪的附加物。她从达尔文精神中不仅找到对传统宗教信仰的挑战，找到唯物主义的信条，而且找到一种诗歌语言，这种语言防止了当时流行的对古体风格的过分模仿。她处理爱情、科学、生命、死亡等题材的作品常常从新的视角出发。那响亮的非正统的诗歌声音，使得维多利亚时代女性诗歌突破了某种抒情诗的模式。

月光和煤气灯

诗人从理论上崇拜月亮,
他凝视月光又如何流连?
校样和印件摊满在桌上,
一首诗,今夜一定要写完。
他静静注视天上的仙后,
但平凡星球将很快到来——
煤气灯要点亮;他转身叹息,
拉窗帘把月亮关在窗外。

"这只是象征,"他哀声叫喊,
"天国的荣耀该屈从大地的光辉;
盖过悲和喜,照耀世界的火焰
更辉煌,更近,更少些纯粹。
崇高的智慧向黑夜投射光芒,
我转身叹息,不再求恩赐到来,
只好选择更实际的亮光,
拉窗帘把月亮关在窗外。"

他坐在书桌前,咕哝着,一声叹:
"我的缪斯没醒,可我还得写!"
狄安娜①真伟大:煤油灯和窗帘
都不足以把她放逐出视野。
她窥视帘缝,灿烂如从前,
他笑着,庆幸那暗示来得快,
他感到,只等他写完了诗篇,
就开帘,重新把月亮迎回来。

---

① 狄安娜,月神。

爱情的镜子

我活着,被爱情团团包围,
被裹于不是我自己的红光,
可是我伤心,因为,老实说,
你如此热爱的并不是我;
你心头神龛里供奉着一位
衣冠楚楚的不朽美神像。

驱逐那女神吧!让我登堂;
我并不完美,但全都属于你,
而你所尊崇的光辉幻象
是凡人无法赢得的神祇。

这一幅美景,你所见到的,
远比我高贵,却与我同形,
你那夺目的嘉宾正像我,
犹如太阳像一颗亮星。

你就守住她在心灵深处吧,
让我来看一看她的美貌,
让我熟悉她超凡的风度吧,
把我身上的卑俗全去掉。

我会爱你越来越热烈,
我的心灵,望着那容光,
会变得更有力,更可爱,亲切,
成为你爱慕的绚丽幻象。

爱情对学问

啊！倒下了，我的傲慢！
啊，枯萎了，我的幻想！
凭着少女的满脑子浪漫，
我想做个哲学家的新娘。

我想像他既有学问又风趣，
贤哲和爱人统一在一身，
不会不屑于称赞我美丽，
不仅仅爱慕我有的智性。

不是戴眼镜的良师、老人家，
但是会敬神，还会求婚；
也许我可以找个发明家，
或者找一位诗人也行。

温柔，热情洋溢，有天赋，
命运终于把我追赶上：

我见了,听到了,我犹疑踌躇,
我笑了,自由已离开我身旁。

他保证爱我永远不变心,
他求我,我能有什么说辞?
我想他必定是非常聪明,
因为他是个牛津的硕士。

可是现在,我开始发现
我的憧憬被致命地毁损;
把情郎视作至美和至善——
他既非贤哲也不是诗人。

他已经掌握通常的知识,
又说这是可怕的麻烦事;
他在大学里拥有了学识,
此外还需要思考什么事?

我讲的道理他一概藐视,
声称我学习拉丁文没用处。
一旦我讲起科学知识,
他称我是头乖乖小笨猪。

他说道我的嘴唇红艳艳,

不宜让僵死的语言出口，
一切沉闷又乏味的破烂
必须从明智的头脑里赶走。

他讥笑各种正经的工作，
他用双关语把一切回避；
他心中计算的唯一一件活，
就是怎样把二变成一。

他说数学的运算没定准，
又说几何学已不再可靠。
只是笑一笑轻微的奇想，
他继续求婚，不屈又不挠。

他说太阳的运行会停下来，
但他不扭转太阳的轨道；
因为他引力的法则是爱，
而他的向心力则是微笑。

他这样变化多端真可怕，
我时常考虑我们得分手，
可甜言蜜语是如此科学，
又把我慌张的魂儿抓走。

不过爱情和学问的冲突
有时候真能把人搞糊涂——
可是听！我只好停止思索，
因为他又在敲我的门户！

两位艺术家

"伊迪丝真美,"画家这样说,
"她的面颊呀,漂亮红艳,
我的调色板调不出红色
像她的蔷薇色这样好看。

"也许,傍晚细细的雨点
从天空轻轻地洒到地上,
抓住了夕阳的一片绚烂,
把它带给了我爱的姑娘。

"我要到遥远的地方去寻访
从来没有人见过的颜色,
用它绘出那美丽的脸庞,
那是单为我开放的花朵。"

他的小妹妹在旁边游戏,
他的话被她全部听到;
为了验证那荒唐的道理,

这个快乐的小精灵说道:
"我呀,告诉你哪儿去取得
那朵鲜花的漂亮的艳红;
那颜色在一只瓶里藏着,
收在伊迪丝表姐的房中。

"假如你想要拿到一点点,
我保证能够找到那地方;
我见到她把它擦上脸蛋,
她没瞧见我偷看她化妆!

"她敷上红粉是如此巧妙,
像你擅长于用颜料画画,
真的是这样,所以我想道,
她呀,同样是一位艺术家。"

激怒的画家扯他的头发,
他发誓永远不考虑结婚,
从此,对漂亮的姑娘家,
他决不说半句软语温存。

肌肤如珠贝,嫩腮似红玉,
他知道,一场骤雨能摧毁,
假如他需要如花的少女,
可以用颜料自己画一位。

阿尔弗雷德·爱德华·豪斯曼

(Alfred Edward Housman, 1859—1936)

阿尔弗雷德·爱德华·豪斯曼是一位学者兼诗人。他曾入牛津大学攻读古希腊罗马文学和古典哲学,毕业后继续古典文学方面的研究。因在学术性很强的杂志上发表有关拉丁文学方面的评论而建立了声誉,后成为剑桥大学著名的拉丁语教授。

豪斯曼从小爱好写诗,但他的写作态度严谨,一生诗作不过百余首。他生前只出版了两本薄薄的诗集。1896年,他自费出版了《什罗普郡一少年》,诗名大振。显然,他的诗歌受到了古典文学的影响,具有浓厚的古典韵味,同时吸收了传统民谣中的质朴风味,也受到19世纪德国诗人海涅的影响,诗句平易、简朴,但诗中的思想深沉而丰富。他时常将个人的情感隐藏在古典诗歌的娴熟技巧之内,很好地控制了语句、节奏和音调,同时他能把这种技巧与民谣的流畅淳朴结合起来,形成他的独特诗风。他在诗歌中常常咏叹好友易变,命运无常,情人负心,自然无情,美好的青春转瞬即逝,等等,常有人生如梦的心境。1922年,他出版《最后的诗集》,也获得了成功。1936年,他死后由他的兄弟出版了他的《诗歌续编》。

后人对豪斯曼的评价不一,但他的诗风格独特,是英国诗歌中的一颗明珠。

我心中充满了悲哀

我心中充满了悲哀——
为早年纯金的友伴,
为多少玫瑰唇女孩
和多少飞毛腿少男。

捷足的男孩被埋在
宽得跃不过的河边;
玫瑰唇少女长眠在
玫瑰花凋谢的田间。

当时我二十一岁

当时我二十一岁,
听见贤人开口:
"可放弃王冠和金币,
务必把良心坚守;
可丢掉珍珠和宝石,
须保持想象的自由。"
但那时我二十一岁,
这对我啥作用也没有。

当时我二十一岁,
我听见他又说得娓娓:
"把良心逐出胸膛,
不是没代价收回,
换来的是无数叹息,
收到的是无穷伤悲。"
如今我二十二岁了。
对啊,这话可真对!

最可爱的树

最最可爱的树啊,那樱桃
近日来让花朵缀满了枝条,
沿着林子里驰道的两旁,
在复活节前后披团团白光。

也许七十岁是我的天年,
二十年过去了,不再回还,
七十个春天把二十除却,
我只剩下了五十年岁月。

为了观赏这盛开的花朵,
五十个春天啊实在不多,
我就此要到林子里走走,
去看樱桃树堆雪在枝头。

玛丽·伊丽莎白·柯尔律治

（Mary E. Coleridge，1861—1907）

玛丽·伊丽莎白·柯尔律治是诗人、小说家和文学评论家。她生于文学世家。浪漫派诗人 S. T. 柯尔律治是她的曾叔公。玛丽生于伦敦，一生未嫁，与妹妹及父母同住。她父亲是业余音乐家，父母都对艺术十分倾心。家中时常有当时的著名文人来访，如丁尼生、布朗宁、罗斯金等。玛丽虽在家中接受教育，但教授她的老师是前伊顿公学的校长、精通古典文学的克伊教授。他们常在一起讨论文学、历史和古典文化。克伊也是一位诗人。这样的教育对玛丽产生了不小的影响。1895 年至 1907 年，玛丽在劳动妇女学院教授文学课程。

玛丽的文学创作包括诗歌、小说和散文等。她的诗歌作品大多在她去世之后发表。虽然她一生中不断写诗，但这些诗只在家人和亲戚朋友中流传。1895 年，布里吉斯在一个偶然的场合看到了她的诗作，鼓励并帮助她出版。1896 年，玛丽以"阿诺多斯"（意为"漂泊者"）为笔名出版了《奇幻追随者》，次年又出版了《奇幻的奖赏》，收入了更多的作品。她的诗作内容多涉及友谊，如友谊的失败、痛苦和欢乐等，风格强劲，文字浓缩、凝练，一些作品受到先拉斐尔派文风的影响，也有些预示了 20 世纪早期诗歌的风格和技巧。《镜子的另一面》被认为是她最成功的作品。由于她的周围始终聚集着一些女友,诗作又多描写与女伴在一起时的情感,被近年的评论者认为有一定的同性恋或自恋倾向。

玛丽在当时是以小说家的身份为人所知的。她共有五部小说问世,其中浪漫传奇小说《双面国王》(1897)为她赢得了声誉。她还发表过短篇小说和散文,并为《评论月刊》和著名的《玉米山》等杂志撰稿。

我并不羡慕安息的死者

我并不羡慕安息的死者,
那些飞翔歌唱的灵魂;
并不是为了一切有福者
我才愿意死,死得甘心。

假如有人被埋葬于泥土,
能在泥土中安然长眠,
在那里灵魂们不再复活,
他们,他们,是我所妒羡。

我愿意交出我的身心,
欣喜于从此能获得自由;
但是假如我不得不永生,
就让我真正地活得长久。

究竟怎样的宁静对于我
抵得上奋力斗争的愉快?
哪样幸福的永生对于我
比那奋斗的生涯更可爱?

镜子的另一面

有一天我坐在镜子面前,
念咒召唤出赤裸的幻象,
全不似欢天喜地的容颜
(过去镜子里常有的形象)——
一个女子的幻影,狂野的,
带着更甚于女性的绝望。

她的头发从两边竖起,
她的面孔与姣美绝缘。
此刻那面上遮不住妒意,
没人猜得出妒意所蕴含。
它用未经圣化的坚苔
织成长满荆棘的光环。

她双唇开启——没一点声音
从那分开的红痕中流出。
可怕的伤口(不管它是什么)

秘密地流着血,声息全无。
没叹息缓解她无言的悲哀,
她没有嗓音来倾诉恐怖。

她那惨白的两眼闪射出
生命之绝望的临终光焰,
疯狂于希望已从此离去,
跳跃的妒火把它点燃,
燃烧于不变不倦的强力,
燃烧于凶猛的复仇意愿。

啊,镜子里幻象的阴影,
请让镜面脱困而莹洁!
去吧(美好的幻象都离镜),
永远也不要回来,仅在这
困惑的片刻做一次鬼魂
来听我低语:"我就是她啊!"

一个聪明的女子

你以为我拥有男子的力量,
因为我敢于跟男子谈论,
因为我偶尔追求过科学,
还曾学习过一周拉丁文;
女子中的女子啊,当她
阅读希腊文伦理学书本。

你以为我比同性人聪明;
你以为我超过通常的身高;
你以为我全然缺少个心灵,
恰恰是由于我有个头脑;
女子中的女子啊,你终将
找到,无论她伟大或渺小。

有一天你总会死去——啊,好!
我并不认识你,你对我没爱。
这并非因为幽冥已来到,
能见的事物你看不出来。
我曾经看见却不能言说——
恶天使,请让我自由自在!

即 兴

我周围普通的墙壁变得辉煌,
地板天花板都成为天堂,
我内心我周围鸣奏着乐章,
头脑着了火,心灵烧得旺;
可是我害臊开不了腔,
我想试试说名字却结结巴巴不会讲。

灯光熄灭,所有的华彩消失,
想抓住、抱住幻象的努力无望;
没人唱歌,也没人讲故事,
墙壁依然是原来的白墙,
此刻结巴的舌头可说得明白,
啊,清冷平调的烦恼比痛苦更难耐!

斯蒂芬·菲力普斯

(Stephen Phillips, 1864—1915)

斯蒂芬·菲力普斯,英国诗人、演员。1898年出版《诗集》,获得成功。1900年出版诗剧《保罗与弗兰切斯卡》,1902年这部诗剧被搬上舞台,受到热烈欢迎,有的评论家把它同索福克勒斯和莎士比亚的作品相比。他不断推出诗剧:《赫罗德》(1901),《尤利西斯》(1902),《尼禄》(1906),都获得成功。但他后期的作品大都失败。

梦

我的已故的爱人来了,说:
"上帝给了我一个钟头的自由,
可以跟你在世上重新相聚;
最好怎样来度过这一个钟头?"

"咦,跟从前一样不行吗?"我说,
于是我们吵嘴了,跟从前一样;
当我重新获得清静的时候,
宝贵的一个钟头早已花光!

20世纪

约瑟夫·鲁德亚德·吉卜林

(Joseph Rudyard Kipling, 1865—1936)

约瑟夫·鲁德亚德·吉卜林,英国诗人、作家,出生于印度孟买,父亲是作家。他6岁时被带回英国。1878—1882年,他进入威斯特沃德霍的联合服务学院,1882—1889年,他在印度当新闻记者。这一时期,他开始发表作品,在报纸上刊登大量诗歌和小说,后结集出版,有《分类歌谣》(1886)、《山里的纯朴故事》(1888)、《三个士兵》(1890)、《小威利·温基》(1890)等。1889年他回到伦敦,很快获得文学声誉。他在《苏格兰观察家》杂志上发表许多诗作,结集为《营房歌谣》出版(1892)。1892年,吉卜林与加罗琳·贝尔斯蒂埃结婚。后者的哥哥是吉卜林的美国代理人、出版商贝尔斯蒂埃。1892—1896年,吉卜林夫妇居住在美国贝尔斯蒂埃家园。1896年,他们返回英国,但仍不断出游,在南非居住过一段时间,接触到布尔战争(1899—1902年,英国人与南非的荷兰移民后裔布尔人的战争)。吉卜林被认为是英国的非官方桂冠诗人,但他多次拒绝了给予他的荣誉。1907年,他获得诺贝尔文学奖。

吉卜林的作品数量多,对他的评论也多。他早年所写的反映英国统治下印度生活场景的小说,曾被某些评论家称为现实主义佳作,可与莫泊桑的作品媲美。后来他的诗歌作品影响渐广。他在小说与诗歌两方面都受到称赞。他的诗作更多地在普通士兵和市民中流行。但吉卜林受到美学家和反帝国主义者的越来越多的抨击，他们指责他的庸俗化和大英帝国主义的侵略立场。

吉卜林的诗语言流畅，颂诗和歌谣尤其引起人们的强烈共鸣，他在诗歌和散文中对口语有大量运用，赢得了许多读者。亨利·詹姆士、叶芝、艾略特等人赞赏过他，但对他的艺术表达方法也感到不能适应。吉卜林从未引起争议且具有长久生命力的作品，是他为儿童写的故事，如《丛林之书》（1894）、《这等故事》（1902）、《普克山的帕克》（1906）、《报答和仙子》（1910）。他的流浪汉冒险小说《吉姆》（1901）被认为是他的杰作。

战事墓志铭 ①
1914—1918

"牺牲的平等"

A：我是个"有"。B：我是个"没有"。
同声：你付出了哪些我没有付出的？

仆 人

战争一开始，我们俩就并肩作战。
他是我仆人——两人中较好的男子汉。

儿 子

我儿子在听笑话而大笑时被击毙。我想知道
那笑话是什么，它对我有用啊，如今笑话太少了。

---

① 诗人吉卜林从1917年9月起直到他去世，为第一次世界大战世界各国阵亡者纪念碑或纪念地写过大量墓志铭或纪念铭文。由吉卜林建议，引自《圣经》的"他们的英名将永垂不朽"被采用作战争牺牲者墓上的通用铭文。但这里的《战事墓志铭》，却完全出于作者的想象。

独　子

除了我母亲，我没杀过人。她正当
祝福杀她的凶手时，为我一恸而亡。

前任小职员

不用怜悯！军队把自由
给予一个胆小的奴隶：
他的确从这自由中获得
浑身的力量、意志、智力；
由于这力量他终于体会到
欢乐、爱情、友谊；
为了这爱情他走向死亡，
在这死亡里他满足于安息。

牺牲在法国的印度兵

这个人曾在他的祖国向我们陌生的神祇祈祷。
我们在本国向这些神祇祈祷为他的勇敢给回报。

懦　夫

我不敢正视死神，这事瞒不成，
人们送我去见他，蒙着眼，孤零零。

震 击

我忘了我的姓名、言语、我自己,
我的妻儿来了,我全都不认识。
我死了。母亲随之来,听到她呼叫,
我在她怀里,恢复了一切记忆。

开罗附近的坟墓

尼罗河诸神!假如这壮汉在此地
下车,你们走开吧!他无羞亦无畏。

荒野中的鹈鹕
——哈勒法①附近的坟墓

飞沙堆在我身上,谁也不清楚
我躺在哪里,我的孩子们伤心……
黎明时起飞的健翮啊,你们回去,
离开大沙漠到幼鸟身边去,在黄昏!

"加拿大人"

我们付出一切,得到了一切。
对我们不用哀悼,也不要赞扬。

---
① 哈勒法,非洲苏丹一地区名。

只是，回想起过去的一切，

那杀手是恐惧，而不是死亡。

安大略省苏圣玛利城①纪念碑铭文

我们来自遥远地方的小城市，

来拯救我们的荣誉，起火的尘世；

我们安睡在遥远地方的小城，

把我们赢得的托付给你们保存。

第一个

在我的第一天的最初一刻，

在前线战壕里我倒了下去。

（孩子们在包厢里看一场演出，

站起来看得请清楚楚。）

R. A. F.（十八岁）

笑着穿云层，不露乳白的牙齿，

从上空他猛袭平民和城市。

他投掷死亡，回去孩子般游戏，

---

① 苏圣玛利城（Sault Ste Marie），北美洲苏必利尔湖和休伦湖之间的双联市，分属加、美两国，位于苏圣玛利运河西岸，有铁路桥梁相通。

被迫把一切孩子的属性放弃。

当地的送水人（M. E. F）

普罗米修斯给人把火送下去，
这人把水送上来。
天神们像那时一样嫉妒，
对这人决不宽贷。

在伦敦挨轰炸

无论在陆上，海上，我焦虑恐慌，
竭力逃避征召。被征召到天上！

打瞌睡的哨兵

我未能忠于职守，现在已无职可守。
我因为睡眠而被杀：现在我被杀而睡眠。
别再谴责我，尽管我未能忠于职守，
我因为被杀而睡眠。我被杀因为我睡眠。

炮弹待发

如有人在车间哀悼我们，请说话：

我们死于轮班的工人们休假。

常　规

如有人问起为什么我们会死亡，
告诉他们：因为父辈们撒了谎。

死去的政治家

我不会采掘，我不敢强抢，
为取悦于群氓，于是我撒谎。
如今我全部的谎言被揭穿，
我必须面对我杀死的好汉。
这里，在受骗而愤怒的青年中，
编什么故事才对我有用？

顺从者

每天，虽然没耳朵来听，
我祷告不停。
每天，虽然没火灾降临，
我已经牺牲。
虽然我面前黑暗未消除，
虽然我面前没更好的可能，

虽然众神没赐我礼物，
还是这样，
还是这样，我侍奉众神！

撞车肇事者

对浓雾和命运，找不到魔力
来照亮或者改善。
我赶去会新娘，中途被溺毙——
生命让好友掐断。

护送部队的兵

我护送一群傻子，他们
莫名其妙地胆大又胆小。
他们不服从我的规定。
他们全溜了。而我没有逃。

无名女尸

缺胳膊少腿，没有脑袋瓜，
我漂到岸上，真叫人害怕。
我恳求所有女人的儿子们
知道我曾经是一位母亲。

被蹂躏的要报仇

一个兵糟蹋、残害我,另一个目睹我
被宰割肢解——这样使成百人冤死。
不文明的许多蛮子由此而懂得
生来自由的女子受庇护的价值。

萨洛尼卡城①里的坟墓

我已经守望了一千个白昼
推出黑夜,再爬进夜晚,
像乌龟那样缓慢。
如今我也跟着这样干——
杀手是发烧,而不是搏斗,
是时间,而不是争战。

新 郎

亲爱的,请不要说我负义,
这么短暂的时刻,我就从
你并不知情的胸怀转移,
不久安息在另一个怀抱中。

同这位更加古老的新娘,

---
① 希腊中北部城市,临萨洛尼卡湾。

我只能冰冷地加以拥抱,
她早已忠实地守在我身旁,
当我还没有见你的面貌。

我们的婚姻曾经好几遍
被不可思议的奇迹推延——
最终是完美无缺的良缘,
绝对不可能被人拆散。

活下去,生命总归会治好
生活记忆之中的创伤,
而且还会让我们承受
记忆的长在,永不消亡。

一群演员

——刻在爱汶河上斯特拉福镇圣三一教堂里的
　　一块纪念牌上[①]

为了你的消遣,我们假扮出
人类的喜乐;我们的时代已消逝。
祈求你原谅我们所有的不足——
你看见我们做你的仆人直到死。

---

① 斯特拉福镇是莎士比亚的故乡,该镇圣三一教堂里有莎士比亚墓。

新闻记者

——刻在记者协会大厅的镶板上

我们已经工作了一生。

威廉·巴特勒·叶芝

（William Butler Yeats，1865—1939）

威廉·巴特勒·叶芝是20世纪最重要的英语诗人之一，他的诗歌作品在思想的深度与广度，艺术形式，以及诗歌美学方面，都将20世纪的英语诗歌推向了一个新的高度。

叶芝出生于爱尔兰都柏林，父亲是一位画家。叶芝年轻时也曾进入过艺术学校，准备向艺术家的方向发展，但很快便转向了诗歌，于1885年开始发表诗作。叶芝的诗歌创作受到多方面的影响，而他本人又是一位不断思考、不断探索、不断发展的诗人，这使得他的诗融汇了各家精华，并在吸收汲取传统的同时形成了自己独特的风格。他的诗风复杂多变，是运动而活跃的。他的诗可以表现纯美和梦幻，可以是神秘的和隐喻的，既有艰涩难懂的象征，又有简洁质朴的意象。

叶芝在诗歌创作的早期曾受到浪漫派诗风的影响，诗评家们将他诗歌中的象征性追溯到布莱克和雪莱的诗。然而，对浪漫派诗歌传统的自觉并未使他丧失自己的独立风格。与此同时，他的爱尔兰文化背景使他很快便吸收了爱尔兰民间文学的养分。他早期的诗作多描写优美恬静的自然景色，而淡淡的忧郁和准确的意象中常隐含着冷峻与坚实。古老的爱尔兰历史中的英雄神话也是滋养叶芝诗歌的源泉之一。英雄的气概和柔美的自然在他的诗中相交融，表现出的是清晰与朦胧、现实与幻想、感性与理性的共生。

爱尔兰民族解放运动与叶芝的思想、人生道路和诗歌创作都发生了紧密的关系。他虽然不赞赏激进的斗争方式，但认识到艺术对复兴爱尔兰的民族精神、唤醒爱尔兰人民的民族意识具有重要作用。同时，他反对将艺术视为政治和意识形态的传声筒。这一时期他的诗作表现出强烈的民族情感和民族气节，在诗艺方面则追求简洁明朗的表达和清晰透亮的意象，少了感情的浮泛，更多切实的内心直感。他把非个人化的整体民族情感和抽象而深刻的思索隐入具体的形象和口语化的风格中。此时他还创作了不少剧作，并与格里高利夫人一起主持了阿贝剧院。

叶芝大部分优秀的诗都离不开他神秘主义的象征体系，这同他对宗教的思考有关。他早年虽相信上帝，但对正统的基督教却始终抱有怀疑。这种疑虑常使他产生不断的玄想。而对西方传统文明的反思，对20世纪人类精神历程的忧患，对现代物质主义给人性带来的危机的深刻焦虑，都使得他的深奥玄思具有了无法避免的现实性。在他的诗歌创作的后期，他的神秘主义转化为对永恒艺术的追求，如著名的诗《驶向拜占庭》就体现出，艺术在摆脱了生死的超现实境界中带人进入永恒。

叶芝的诗歌经历了浪漫主义、象征主义、现实主义和象征主义的融合等几个阶段，极大地影响了20世纪英美诗歌的走向。1923年，他获得了诺贝尔文学奖。

给一个迎风起舞的孩子

你只管在海边舞蹈；
有什么必要害怕
狂风吼，海浪呼啸？
你只管披一头散发
让咸水浪花来打湿；
你太小，不懂蠢汉
会怎样得意，也不知
顷刻间情人会失恋，
能干的工人会死去，
把麦子捆起来多艰难。
这样子，你何必畏惧
海风像怪兽般狂喊？

摇篮曲

天使们弯下腰来,
俯视你的襁褓;
跟哭泣的死者同在,
他们感到疲劳。

看到你这样美好,
上帝在天上笑起来;
七子星游过苍昊,
同上帝一起开怀。

吻了你我又叹息——
因为我必须承认:
我惦念你的过去,
当你已长大成人。

杜尼的提琴手

在杜尼①我只要一拉起提琴,

乡亲们就会像海浪般跳舞;

我表兄是基尔伐尼②的牧师,

我哥哥是莫哈拉比③的神父。

我走过哥哥和表兄的家门:

他们正在读祈祷的圣书;

我却读我的歌本,那是我

从斯莱戈④市场买来的曲谱。

我们在生命结束的时候

走到圣彼得⑤端坐的地方,

---

① 杜尼,指杜尼岩,位于爱尔兰吉尔湖畔。
② 基尔伐尼,斯莱戈的一个小镇。
③ 莫哈拉比,意为"黄色平原"或"黄色战场",是斯莱戈的小镇。
④ 斯莱戈,位于爱尔兰西北部,是叶芝的外祖父的老家所在地,叶芝在那里度过童年的大部分时间。
⑤ 圣彼得,在基督教传说中,圣彼得是天堂的守门者。

他会向三个老魂灵微笑,
而叫我首先跨进天堂。

因为善良人永远是快乐的,
除非他偶然碰到厄运,
而快乐的人们喜欢舞蹈,
快乐的人们喜欢提琴。

人们在那儿一见到我啊,
他们全都会向我走来,
叫着:"杜尼的提琴手来了!"
接着就跳舞像海浪摇摆。

老母亲的歌

天刚亮我就起身,跪着吹炉膛,
一直到把火种吹成烈焰红光;
然后我得擦洗,烘烤,洒扫,
直干到星光开始窥探,闪耀;
而年轻人还在床上睡懒觉,梦见到
缎结在胸前和头上搭配得正好,
她们的光阴在懈怠中流走,
风掀起一束头发她们也发愁;
我却不得不干活,因为我是老人,
火种已变得衰弱,变得冰冷。

他埋怨麻鹬

啊,麻鹬,别再在空中叫唤,
要不然就向西方的海水叫吧;
因为你的叫唤声使我想到
模糊的泪眼和曾经在我胸前
抖散开来的浓重的长发:
单是风的叫唤已使我够受了。

湖中小岛茵尼斯弗里

我要起身,立刻走,去茵尼斯弗里①岛上,
造一座小土屋,还有树枝编成的篱笆桩;
我会有九畦豆子地,一只造蜜的蜂箱,
独住在林子里听蜂群嗡嗡唱。

我将会得到安宁,任安宁慢慢下降,
降自早晨的雾纱,到蟋蟀歌唱的地方;
午夜是一片微光,正午是紫色的辉煌,
黄昏里织满了朱雀的翅膀。

我要起身,立刻走,因为在夜晚,在白天,
我总是听见湖水轻轻地拍响在岸边,
我站在路上,或踏着灰色人行道,总听见
那湖水在心灵的深处鸣溅。

---

① 茵尼斯弗里,盖尔语,意为"石南岛",是爱尔兰吉尔湖中的一个小岛。

有一天你老了[1]

有一天你老了,白了头,总是睡不醒,
在炉边打盹,请你取下这册诗,
慢慢地阅读,去梦见你一双眸子
曾有的温柔神色和深深的睫影。

多少人爱过你风华正茂的岁月,
爱过你的美,无论是假意或真心,
只有一个人爱你朝圣的灵魂,
爱你变衰的脸上蕴含的悲切。

俯身在烧红的炉栅旁,带一点凄怆,
你低声诉说吧,说爱神怎样逃走,
怎样一步步越过高高的山头,
把他的脸庞在繁星之中隐藏。

---

[1] 仿法国诗人龙沙(1524—1585)的同名十四行诗。诗中的"你"是爱尔兰著名女革命家、演员毛德·冈(1866—1953)。作于1891年10月,诗人热烈单恋毛德·冈时。诗人写此诗用意在敦劝对方接受诗人的爱,但始终无效。第十行的原文 Love 指爱,也指小爱神丘比特。

爱的悲哀

屋檐下面一只麻雀的噪鸣,
明灿灿的月亮和温煦的浩浩苍天,
一片片树叶极其和谐的飒飒声,
已经抹掉了人的形象和哭喊。

凄楚的红唇女郎①站起身来,
似乎宇宙的广袤在泪水中浸渍,
遭厄运如奥德赛②和颠簸的船队,
骄傲如跟族人同死的普里阿摩斯③。

站起身来;立即,从喧闹的屋檐上
一朵月亮爬到了空洞的苍天,
片片树叶发出了悲恸的鸣响,
这只能构成人的形象和哭喊。

---

① 女郎指古希腊美人海伦。
② 奥德赛,古希腊英雄,他在特洛伊战争结束后带领船队历经艰险才回到故乡。
③ 普里阿摩斯是特洛伊君王,他在城破后与族人一起被杀身亡。

在七座森林里①

我听见七座森林里有野鸽发出
声声轻微的雷鸣,果园里的蜜蜂
在欧椴树花丛里嗡嗡叫:我已抛弃
徒劳的呐喊和多年的痛苦——它们
使心灵空虚。我已经暂时忘却
被彻底毁灭的塔拉山②和王座上新的
平庸之辈,和他们满街的喊叫,
在一个又一个标杆上挂满纸花,
因为这是万事中唯一的乐事。
我颇为满足,因为我知道静姑③
在野鸽和蜜蜂间漫游,笑着,吞食着
她狂野的心,而那伟大的射手
在等待他的射箭时刻,依然把一只
云状箭囊悬挂在派克纳利④上空。

---

① 七座森林,叶芝的挚友、爱尔兰著名女作家格里高利夫人的库勒庄园里,有库勒湖和环湖的七座森林。叶芝曾在那里住过。这首十四行诗原文每行大致五步,无韵式。译文每行五顿,无韵式。
② 塔拉山,古爱尔兰乌伊·内尔王朝历代君王登基处和首都所在地。
③ 静姑,爱尔兰神话中的和平女神。
④ 派克纳利,意为"小牛的田野",七座森林之一。

受人安慰是蠢事①

永远仁慈的"唯一"昨天这样讲:
"白丝出现在你钟爱的人的头上,
很少有阴影来笼罩她的眼睛:
时间能使人适应于变得聪明,
虽然现在似乎不可能。那么,
你需要的正是耐心。"
心叫道:"不,
我没有感到一丝一毫的安慰。
时间只能使她重新变得美:
由于她具有伟大的高贵的气质,
她周围跃动的火焰,当她跃动时,
便烧得更亮丽。她啊,没这些举动,
而整个狂野的夏季在她的凝视中。"

心啊!心啊!只要她转回身子,
你就会明白受人安慰是蠢事。

---

① 这首十四行诗原诗每行大致五步,韵式为:aabb ccdd eeff gg,译文以顿代步,韵式依原诗。

决不要把心整个掏出来①

决不要把心整个掏出来,因为爱
只要看上去确定了,对于满怀
热情的女子来说,那就不值得
想一想,她们做梦也没有想过
经过一次次亲吻爱情会消逝;
因为每一桩可爱的事情仅仅是
一种短暂的、梦幻的、仁慈的欢愉。
啊,决不要把心整个献出去,
因为柔润的嘴唇都会说,她们
已经把心都付与了游戏人生。
假如为了爱而聋聩、喑哑、盲瞽,
谁又能游戏得如此潇洒自如?
本诗的作者知道那全部代价,
因为他交出了整个心又失去了它。

---

① 这首十四行诗原文每行大致四步,译文改为每行五顿。原文韵式为:aabbccddeefgg,译文依原韵式。

在爱贝剧院[①]
（仿龙沙）[②]

亲爱的艾宾[③]，请调查我们的案子。
我们飘悬在高空时，千百人说道，
若我们继续飞，他们就离开那里，
另一天，因我们用普通事物创造
艺术，同是那千百人就尖刻地讥刺，
你于是会梦见他们渴望穿过
他们的生命，看透飘荡的羽翅。
你对他们娇宠过，用书本哺育过，
入骨地了解他们；请传授给我们
（我们会保密）那讨人喜欢的新诡计。
有没有笼头给这位普罗透斯神[④]
（他像透风的大海般变来变去）？
在最受欢迎的人中，难道都如此：
他们嘲讽，我们也回报以讥刺？

[①] 爱贝剧院，在都柏林，由叶芝等人创立于1904年，它成为爱尔兰文艺复兴运动的基地。这首十四行诗原文韵式为ababcdcdefefgg，译文依原韵式。
[②] 龙沙（1524—1585），法国诗人。
[③] 艾宾，全文为克瑞宾·艾宾，意为"使人愉快的灌木丛"，是道格拉斯·海德的笔名。他是爱尔兰作家、教授、盖尔语学者、爱尔兰文艺复兴的先驱、爱贝剧院公司副董事长、爱尔兰共和国第一任总统。
[④] 普罗透斯，希腊神话中的海神，善预言，能随心所欲地改变自己的面貌。

二次降临[1]

在逐渐扩展的旋锥[2]上旋转又旋转,

猎鹰再也听不见主人的呼声;

一切都分崩离析了,没有了中心;

全世界松散,一片混乱,无秩序,

血光暗淡的潮水席卷一切,

纯真的礼仪处处被恶浪吞没;

高尚的人们失去了一切信心,

邪恶的家伙却是极端地嚣张。

无疑,某种启示即将出现;

无疑,第二次降临近在眼前。

---

[1] 据《圣经》载,耶稣将再次降临人间,主持末日审判。叶芝认为基督降生标志着从巴比伦文明到古希腊罗马文明这一个周期的结束,而现在,将近两千年的西方基督教文明又将受到粗暴黑暗的反文明的冲击而趋于毁灭,然后再开始一种新的文明。叶芝相信历史循环说,认为人类文明两千年一个循环。诗人借用基督再次降临人间的传说来阐明他的观点。

[2] 叶芝在《幻景》一书中认为人类历史是由正旋锥体(代表道德、空间、客观)和反旋锥体(代表美感、时间、主观)两个圆锥体渗透构成的,这里所谓"旋锥体"即指历史。(引自袁可嘉文)

二次降临！这句话还没出口，
来自"宇宙之精魂"①的巨大形体
搅乱了我的视线：在尘沙满地的
荒漠里，一个狮身人首的形象，
茫然又无情地凝视无异于太阳，
正慢慢移动大腿，在它的周围
愤怒的沙漠之鸟的影子在旋飞。
黑暗再度降临了；但现在我知道
两千个年头的僵硬的昏睡
已被摆动的摇篮②晃荡成噩梦，
怎样的狂兽（终于等来了时辰）
无精打采地走向伯利恒③去投生？

---

① 叶芝称之为"一个不再属于任何个人或鬼魂的形象的仓库"，又称"大记忆"，叶芝认为这是一种普遍的无意识，一切单个的生灵通过它而互相联系，人类在其中保留了过去的记忆。
② 指基督诞生时睡的摇篮。
③ 伯利恒为耶稣诞生的地方。

驶向拜占廷①

一

这是不宜于老人的乡邦②,年轻人
相互倚在怀抱里,鸟儿在树上
(这些走向死亡的世代)唱歌儿,
鲑鱼的湍流,鲭鱼密集的海洋,③
鱼类,走兽,飞禽,在整个长夏,
把生生死死的芸芸众生赞扬。
他们沉湎于声色,全都不理会
永世常新的灵智树起的丰碑。

---

① 拜占廷是小亚细亚古城,罗马帝国时代重建,改称君士坦丁堡,现名伊斯坦布尔。公元6世纪时,此城为东罗马帝国(即拜占廷帝国)的首都,东西方文化在此交汇,盛极一时。叶芝认为拜占廷文化是古代优秀文化的代表,物质文明与精神文明得到统一。本诗表现出作者对物欲和现代物质文明的反感,对他认为是理想的拜占廷文明的向往。
② 乡邦指爱尔兰或物质世界。
③ 这里都是繁殖的象征。鲑鱼产卵要到上游去,鲭鱼产卵在深海里。

二

一个老年人是微不足道的废物,
只是一件破外套披在手杖上,
除非灵魂击掌并歌唱,在速朽的
皮囊里高声歌唱褴褛的衣裳①;
世上没哪所歌唱学校不研读
灵魂自身辉煌的不朽篇章;
所以我终于漂洋过海,亲自
来到拜占廷这座神圣的城市。

三

啊,在上帝圣火中站着的哲人们,
像墙上镶嵌壁画中金色的图像,②
请走出圣火,在旋锥体中旋转③吧,
请你们当老师教我的灵魂歌唱。
把我的心灵耗尽吧;它耽于物欲,
跟垂死动物的肉身④紧紧地捆绑,
而不知自己的本真;请把我采集,

---

① 衣裳指短暂的人间生活。
② 叶芝心里想着他1907年访问意大利的拉文纳时,见到圣阿波里奈教堂墙上的镶嵌画,上面有圣徒受火煎烤的图像。
③ 在旋锥体中旋转,是叶芝爱用的词。旋锥体指历史,旋转象征命运的运行。
④ 指人的肉体。

收进那属于永恒的神工绝艺。①

四

我一旦超脱自然,便决不依据
任何自然物来造就我的身形,
我只要像古代希腊的金匠那样
用锻金或镏金工艺铸造的体形,
能使那昏昏欲睡的皇帝清醒;
或让我栖在黄金的树枝上歌吟,②
唱过去、正在过去或未来的事情,
给拜占廷的贵族和命妇们倾听。

---

① 叶芝认为自然生长的东西是速朽的,只有艺术、哲学等理性的东西才是不朽的。
② 叶芝曾写道:"我在什么书上读到过,在拜占廷的皇宫里,有一棵用黄金和白银铸造的树,还有人工制作的鸟儿在歌唱。"

拜占廷①

白天的不洁的意象隐入渺茫；
皇帝的卫兵醉醺醺倒在床上；
夜的回响消退，夜行者的歌声
跟随着教堂②里如锣的钟鸣；
星光或月光照耀的穹顶③蔑视
人的全部本体，
杂乱无章的东西，
人类脉管里包含的怒火和淤泥。

我面前飘着个意象，影子或人样，
比人更像影，比影子更像意象；
木乃伊尸布捆住的哈得斯线轴

---

① 此诗系叶芝为回应斯透奇·穆尔批评其《驶向拜占廷》一诗而作。叶芝认为拜占廷文明是灵魂不朽、艺术永存的理想境界的象征。他相信轮回学说，认为人的灵魂须经过多次死亡和净化才能进入永恒不朽的境地。
② 指拜占廷的圣索非亚大教堂，它是东罗马皇帝查士丁尼于公元532—537年间修建的。
③ 指圣索非亚大教堂的穹顶。

可能解开缠绕的径路;①

一张嘴,既没有水分也没有呼吸,

会把屏息的嘴巴召集;

向超人我欢呼致意;

我叫它生中之死灭、死中之生机。

奇迹,禽鸟或金质的手工艺精品,

更像是奇迹,与其说是鸟或工艺品,

在星光照耀的黄金树枝上栖息,

能像哈得斯的公鸡②般喔喔啼,

或者被月亮激怒,带着永固

金属的光彩,大声嘲笑

普通的花瓣或禽鸟,

以及淤泥或血液的全部混合物。

午夜,皇帝的铺道③上闪起火焰,

不是由柴薪烧旺或钢铁点燃,

暴风不打扰,是火焰自生的火苗,④

有血液养育的精灵来到,

---

① 哈得斯,希腊神话中的冥王。冥王的线轴比喻灵魂,它降生在人世便被"经验"(尸布)所捆住,失去自由。解开缠绕的生命(径路)的束缚,就是摆脱尘世,走向永恒的精神境界。
② 古罗马的墓石上刻有报晓的公鸡,它是再生的预报者。
③ 君士坦丁堡(拜占廷)城的主要标志是城中的"广场",有时被称作"铺道",由于它有精致的大理石铺的路面。
④ 传说拜占廷街角有磷火,可以净化死者的灵魂。

暴躁的一切混合物统统离去,
消逝于一段乐舞,
一阵惝恍的痛苦,
不能烧焦衣袖的火焰的痛苦。①

骑着海豚的淤泥和血液的身躯,②
精灵续精灵!锻工坊把洪水截住,
皇帝拥有的黄金锻工坊!
大理石铺在舞厅地板上
打碎了一团混合体的强烈的躁狂,
那些依然在生养
新的意象的意象,
被海豚撕裂、受钟声折磨的海洋。

---

① 日本的一种能乐剧里有一个少女处在一种永恒火焰燃烧的痛苦中,火焰象征她自身罪恶的意识。神父告诉她,只要不信火焰的存在,火焰就会熄灭。但是她做不到,戏结束在她的痛苦的舞蹈中。
② 据西方传说,人死后灵魂由海豚驮往极乐岛。

一个疯狂的女孩

那疯狂的女孩在即兴奏乐,
即兴写诗,舞蹈在海岸边,
她的从自身分裂的灵魂
在攀登、坠落向她不知道的地方,
躲藏在轮船上货物的中间,
她的膝盖骨折了;我宣称那女孩
是个美丽崇高的生灵,或是个
英雄般丢失、英雄般找回的人儿。

不顾有怎样的灾难发生,
她站在极度强烈的乐声中绕着转,
绕着转,绕着转;她怀着胜利的狂喜,
在堆着一捆捆、一筐筐货物的地方,
不发出普通的、明白易懂的声音,
只是唱:"缺少海水的饥饿的海啊。" ①

---

① 唱词引自英国女诗人玛各特·鲁多克(Margot Ruddock,1907—1951)的随笔《我几乎尝到极乐》。鲁多克因患精神分裂症,从窗口坠落,导致膝盖骨折;后她爬到船舱里,唱出了这一句。这首十四行诗原文音步不规则,无韵式。

甜美的舞女

那女孩前去跳舞,在花园里
撒满落叶、新近修剪得
平平整整的小块草地上,
她已摆脱了痛苦的青春,
从围她的群众中间或者
裹她的乌云中间逃出来了。
啊,舞女,啊,甜美的舞女!

假如陌生的人们从屋里出来
把她领走,请不要说
她在发疯,高兴得发疯;
悄悄地把他们引到一边去,
让她跳完她的舞,
让她跳完她的舞。
啊,舞女,啊,甜美的舞女!

乔治·威廉·拉塞尔

(George William Russell, 1867—1935)

乔治·威廉·拉塞尔,笔名 A.E.,是爱尔兰诗人、作家,曾在都柏林学习艺术,是爱尔兰文艺复兴运动的积极倡导者,曾协助创办了阿贝剧院。他于1905至1923年主编杂志《爱尔兰家园》,宣传爱尔兰的手工艺、艺术、文学、农业和经济等,影响很大。此后至1930年他又主编了兼论文学与政治的《爱尔兰政治家》,宣扬自由政体。此外他还写有多篇政论文章。

拉塞尔于1894年出版了带有神秘主义色彩的第一部诗集《归途》,受到叶芝的鼓励。1902年他的诗剧《黛艾德》在阿贝剧院上演。他的重要诗作有《神秘的景象》(1904)、《战神》(1915)、《阐释者》(1922)及《仲夏黄昏》(1928)等。1934年他出版了以凯尔特神话为题材的长诗《提但之家》。他的《诗选》于1935年问世。

游　戏

孩子们相互叫嚣，
沿着沙地奔跑，
舞影一闪，
小手像鸽子般纷扰。

星子们在天上叫嚣，
太阳追赶，月亮逃；
游戏跟孩子们没有两样，
他们按同一曲调舞蹈。

整个世界多快活，
一个喜悦从山谷向高峰升起，
山巅有曙光的蓝树林围着
一片可爱的光的草地。

夏洛蒂·玛丽·缪

(Charlotte Mary Mew,1869—1928)

夏洛蒂·玛丽·缪,英国女诗人、短篇小说家,出生于伦敦的布卢姆斯伯里区,父亲是伦敦一位富裕的建筑师。她的性情执拗、矜持,但仍接受了诗人哈代为她争取到的一份政府补助金。后来,由于越来越严重的家庭问题和经济问题窒息了她的文学创作,她最终自杀身亡。她的短篇小说发表于1894年,但使她获得文学声誉的是她的诗作《农夫的新娘》(1915)。她的第二部诗作《漫游的水手》出版于她死后的1929年。她诗作的特点是情绪表达上的抑制,这种抑制又与强有力而富于激情的内涵相融合。这一风格使她与乔治时代的同代诗人们相区别。她的诗歌散文总集由华纳编成,在她逝世半个多世纪后的1981年出版。

农夫的新娘

经三度炎夏,我选了个姑娘,
也许她太小了——收获季太忙。
不能老是为求爱花时光。
我们结婚后,她变得非常
怕爱情,怕我,怕一切人情;
像冬天的白昼等到了日暮。
她失去笑容,不再是女人——
倒像个担惊受怕的小仙女。
在一个秋夜,她私逃出屋去。

他们说:"她可能逃到羊群里。"
也许她好端端正在床上;
事实上她并不躺在那里
醒着,圆睁着大眼睛一双。
跑过七亩地,沿着青草岗,
我们追她,她飞奔似野兔,
我们提灯赶,到镇上教堂,

一阵哆嗦,一刹那恐惧,
我们抓住她,接她回家去,
把她关进屋,严严地锁住。

她就干活在这间屋子里,
干得好极了,像一只老鼠:
快活地聊天,快活地游戏,
跟鸟儿,兔子,和这类动物,
只要男人们不在近处。
"别靠近,别靠近!"她两眼哀求,
就怕我们中有人走近她。
女人们说那圈里的牲口
像孩子听她唤而环顾左右。
我没听到她谈过什么话。

她胆怯,敏捷,像只小野兔,
她纤细,瘦小,像株小松树,
她可爱,像野外早开的紫罗兰,
合自己野性。可我怎么办?
白昼在变短,栎树在褪色,
蓝烟升向低垂的苍茫天宇。
宁静的空中败叶缓缓地降落,
喜鹊的羽毛沾上泥污
贴在布满白霜的黑土上面,

迎着圣诞节,木莓变红艳。
假如除了我们没别人,
圣诞有什么意义,请问?

她独自一人在阁楼上睡眠,
可怜的姑娘。在我们之间
只隔着一段楼梯。那羽绒,上帝啊!
她那羽绒般少女的头发,那棕色,
她那棕色的——眼睛,柔鬟,发鬈!

林中的路

林中的路，
没尽头的笔直的路延伸开去，
没有尽头的世界：气喘吁吁的路被夹在
倾听着什么的黑色树木之间，寂静的，灰色的路
绕过你今夜关闭的窗户而远去
喊着说你将在白天看到它——
有一个影子，在唱歌，呼唤，
但不是为你。啊！隐蔽的眼睛，在睡眠中要求
撤去孤寂的黑暗，只要我能够接触恐惧
又离开恐惧，让它在安静的眼帘上被一吻而消失——
只要我能够使这双半睡半醒的手安静下来，
在睡眠中为我探索着，使我能够自由地走开。
我希望上帝把这双手从我的心中取出，
让它们交叠着，像惊恐的鸟儿被残酷地
猎杀后的翅膀，但拍动着很快落到安静之中，
被摧毁，被遗忘；在葱绿的春天，对它们没有哀痛，
而新来的鸟儿正飞回到老树丛上。

但对你不会是这样。我将回顾。但愿我明白：上帝将站着

对你微笑，俯视你，当早晨来临时，

他掌握你，你醒来了，他比我更接近你，

如此慈祥：不带有饥饿的嘴唇或渴求的双臂，

他并不伤害脆弱的、亲爱的东西

像我们在暗中所做的那样。瞧啊，亲爱的，你的头发——

我必须松解这些头发，不让它们在我面孔周围

睡觉，做梦，像褐色杂草缠住

沉没的弃物，让疲倦的海浪

冲回沙滩。啊！你的头发！假如你已经

死去，长时间地躺在黑暗峭岩的

粗糙发光的岩架上，被潮水遗忘，

狂啸的风将撕碎，潮湿的海水将

一轮又一轮地销蚀你浑身裹着的

一切娇美，使得你，躺在这里，

变成玫瑰的精魂——激烈的芬芳。

但是死亡将容许你头上的光辉

长存在你头发的不朽之美当中。

每次风暴来临，浪花将向它飞溅，

轰响的大海的气味将继续徘徊在

暧昧的波涛中，将围绕你：一片岑寂——

只有巢居的海鸥听见——但你的头发里依然有低语；

为我保存那低语，为我保存那低语。路上的歌唱是什么，

这歌声使其他一切音乐像是梦中的音乐——

对跳舞的脚和行进的脚喑哑无声；你知道，在梦里，你看见年迈的笛手吹着你听不见的曲子，

鬼魅的鼓只是看上去在敲。好像在攀登：

是不是更广袤地域的音乐？它使我们的房屋变小：它像楼梯，

一段呼唤着的楼梯，攀上你看不见的微笑，

朦胧却被人期盼着；你知道微笑是什么，它怎样呼唤，

怎样呼唤，假如我微笑，你总是向我跑来。

现在你必须睡觉，忘掉一切，像孩子们那样。

在睡梦中有一个精灵坐在我们旁边，

比白天跟我们一同步行的人还要挨近我们。

我觉得他有一张平静的、赎罪的面孔：我感到他

直接从山里来：他过去可能在那里受过苦，

有一回，他从被人遗弃的高崖上向下望，

孤独地，俯视大地上一切孤寂的悲戚。

那是他的王国——睡眠。但愿我能离开你——

但愿我能不吵醒你而起身走到门口——！

我们过去习惯于一同走路，——闭下吧，圣洁的眼睛，

可怜的、不幸的、绝望的两只手，并不是我

把你搡开。不，把你的手收回去——

我不能袭击你的枯寂的手。是的，我曾经击中你的心，

它并没有靠得这样近。你就躺在那里吧，

亲爱的、狂乱的心，在颤抖的白雪后面，

其上有两个红色的斑点：而我将捶打、撕裂

我的心,把它撒在你的心上。啊!悸动的尘土,
你,你是生命,我们的两颗被风吹走的心啊!
那条路!那条路!
那里有一个影子:我见到我的灵魂,
我听见我的灵魂在树林中歌唱!

劳伦斯·宾宁

(Laurence Binyon, 1869—1943)

劳伦斯·宾宁是诗人和艺术史家。他生于兰开斯特，早年在牛津大学的三一学院就读。1893 至 1933 年，他在不列颠博物馆工作，先后在印刷品部和绘画部任管理员。他对英国和东方艺术有很深的研究，出版了许多有关艺术史及东方美学方面的书籍，包括《远东的绘画》（1908）、《龙的飞腾》（1911）。

宾宁在 1894 年出版了《抒情诗集》。在第一次世界大战期间，宾宁创作了不少反映战争的诗作，如《鼓风机：伟大的战争诗歌》（1914）、《铁砧》（1916）、《事业》（1917）、《新世界》（1918），被认为是当时的"战争诗人"之一。1944 年宾宁出版了《燃烧的叶子及其他诗》。宾宁的诗歌具有古典的韵味，内容常常涉及人生多变、生命易衰等主题。此外，他还写有两部颂诗集《女妖》（1924）和《幻象》（1928）。

饥　饿

我像一个黑影，走进各族人群中。
我坐在每个人的身旁。

没人看见我，但他们面面相觑。
知道我已经来了。

我的沉默正如潮水的沉默，
淹没了孩子们游戏的地方。

正如漫长黑夜里霜雪的加浓，
鸟儿们到早晨已经死僵。

军队蹂躏，侵略，摧毁，
让炮弹在地上或空中怒吼。

我比军队更加可怕，
我比大炮更使人畏惧。

帝王和大臣可以发号施令,
我没有号令下达给任何人。

但我有比帝王更多的听众,
有比热烈的演说家更多的听众。

我叫誓言作废,让事业毁弃。
赤裸的东西认识我——

我是被生命最初和最后感到的——
我是饥饿。

世界啊,纯洁些吧

世界啊,纯洁些吧,为了她!
只要她知道了你的面目,
知道什么错铸成了,什么事干下了
在你这世界里,在光天化日之下,
你不知道她那温柔的心
将由于痛苦和难堪的羞耻而破碎吗?
世界啊,纯洁些吧,为了她!

约翰·温特

约翰·温特怎么啦,老是
静静地坐在一边?
邻人们来这儿看他多次,
他只是默无一言。

德福街上小小的屋子
无靠地纷聚在一起。
这儿不论有风没风,
总是污浊的坏天气。

但灰色屋顶后面升起了
海船的无数高桅杆。
约翰只要凝视着它们,
咸水就溅上他唇边。

他在街上行走时,那桅杆
总在他眼前竖立!

他避得愈远,它们愈骄傲、
愈美丽地升起在天际。

他转过头,但他耳朵里
坚稳的贸易风在吹响,
他眼里更有无尽的波涛
滚荡着直涌向太阳。

傍晚时分,小儿子要求:
"爸爸讲故事,我们听,
讲挽弓射箭的赤身汉子,
再讲喷水的海鲸!"

他讲起老故事,眼睛发亮,
他的妻抬头看他,
向他微笑;但讲到中途
他突然把故事停下。

他向孩子们道晚安,吻他们,
紧紧地拥抱他们。
孩子们奇怪,但不响,感到
嘴唇被热烈亲吻。

沉静的朦胧中他坐着凝思。

他的妻停止了缝纫，
抬起头，悄悄地走到他身边，
"怎么啦，约翰？"她问。

他不响。一颗无声的泪珠
轻轻地流下她脸庞。
她在他身边蹲下，他的手
放在她温柔的额上。

然而即使他委婉地抚摩
安慰她无言的苦痛，
巨浪仍然在他眼前舞蹈，
仍然在静寂中滚动。

一次，潮湿的十一月的夜里，
躁急的狂风在摇撼
他家的烟囱，猛烈地吹下
火星，在小屋灶间。

约翰睡在妻子的旁边，
已过了半夜，这时辰，
他轻轻地起来，在一片死寂中
偷偷地站直了腰身。

他轻轻走近熟睡的孩子们，
吻他们，在他们的床上；
睡梦中孩子伸出了手臂，
对这，他转过了目光。

现在他弯身向他的妻子——
她睡在沉静的和平里，
她的坚忍的灵魂，看来，
正在安眠中休憩。

最后他给她痛苦的一吻，
又退缩，带着恐惧，
他犯了罪似的从自己家里
像窃贼一样地逃出。

如今他在黑暗和夜风中，
呼吸得比较自由，
他用稳健的脚步走着，
像是跟命运同走。

看，他前面粗大的桅杆
全都向上空高耸，
黑黑地在朦胧里，勇敢地
翱翔在迷人的星空。

如狂风来去,豪迈的气息
在夜空弥漫汹涌,
心中是彻底的遗忘,如醉的
鼻孔不息地颤动。

他脚步迅速地向前走,胸前
拥抱着狂野的旷野,
像是走着唯一的道路
去寻求心灵的平安。

曙光初露时,一只大船
离岸顺波流驶去。
约翰卷起铁锚的绳缆,
再度跟伙伴相聚。

希拉里·贝洛克

(Hilaire Belloc, 1870—1953)

希拉里·贝洛克,英国诗人、作家,出生于法国,有部分法兰西血统。早年就读于纽曼的天主教奥拉托利会学校,后入牛津巴利奥尔学院。1906—1909年,以及1910年,他任自由党国会议员。他还是一位活跃的新闻记者和杂志编辑。贝洛克十分多产,有多方面的才能。他的作品涉及宗教、社会、政治等问题。他的儿童诗体尤其受欢迎。除诗歌外,他还写传记、游记、小说和文学批评。他早期的出版物有《坏孩子的野兽书》(1896)、《写给孩子们的警世故事》(1907)、《十四行诗和诗》(1923)等。他最著名的抒情诗是《塔兰忒拉》和《赫纳柯山》。作为传记作家,他出版了下列著作:《丹东传》(1899)、《玛丽·安东娃奈特传》(1909)、《克伦威尔传》(1927)、《查理二世传》(1940)。他出版有历史著作《法国大革命》(1911)、《英国史》(1915)。他最成功的个人游记是《通向罗马的道路》(1902)。在他创作的多部小说中,《贝林达》(1928)是他最得意之作,这是一部有高度个性特点、洋溢着浪漫气息和嘲讽意味的恋爱故事。

清　晨

月亮在一边,黎明在另一侧;
月亮是我妹妹,黎明是我哥哥。
月亮在我左侧,黎明在我右边;
哥哥啊,早上好!妹妹啊,晚安!

（方谷绣、屠岸译）

四 季

母亲们在盛夏酷暑中诞生的孩子
是秋的宁馨儿,十全十美的果实。

母亲们在四月雨季中诞生的小宝宝
像四月般新鲜,也像四月般爱炫耀。

母亲们在阴暗的冬天诞生的儿郎
苏醒在荒芜的世界里,面对绝望。

但他们只要从严冬坚持到阳春,
就像我一样,会绝望,又会歌吟。

在赠给孩子的书上题辞

孩子！这本书别乱扔乱抛！
别为了不光彩的取乐胡闹
就把书中的画页都剪掉！
这本书要当作宝贝保存好。

孩子，难道你从没听说过
你是全部历史的继承者？
要知道，你的手生来就不该
把这些漂亮的书页撕破！

你一双小手生来是为了
取得美和善，拒绝丑和恶；
你的手也将用来同那些
祖先们厚实的巨手紧握。

当你用祈祷使一天终结,
亲爱的,你那一双小手,
我想,也该用来为那些
丢失了幻境的大人祈求。

幻想故事小人书的题辞

那里面做错事的人吃了苦头

故事是真的吗?不是真的!
如果是真的,对这些人来说
也不是真的,比如你和我,
我们这些人差不多整日
都在干一些错误的事。

威廉·亨利·戴维斯

(William Henry Davies, 1871—1940)

威廉·亨利·戴维斯是威尔士诗人和传记作家,生于纽波特,念完小学后就开始了长期的动荡生活,做过各种体力活儿。20多岁时他来到纽约和加拿大西北部的克朗代克河一带谋生。在加拿大,他因一次事故失去了一条腿。返回英国后,他的生活依旧贫困而动荡不安。

戴维斯是一位多产的诗人。他自费出版了诗集《灵魂摧毁者》(1905)。1907年和1908年,先后出版了《新诗》与《自然诗及其他》两部作品,受到当时的诗人爱德华·托马斯的称赞。1943年,他又出版了诗选。他的诗多描绘自然景象,抒发他对自然的感受。他早年的漂泊生活也在诗中有所反映。除诗歌外,他还创作了多部自传作品,其中最为人们所熟知的是《行走者的自传》,由萧伯纳为他写序,他得到萧伯纳的鼓励和赞赏。1980年,他出版了另一部自传作品《年轻的艾玛》,讲述了他与年轻的妻子恋爱的经历。

死神的恶作剧

死神只能作弄我一次——
假如我抱着独身主义；
他不能因为作弄了我爱人
而给我一个恶毒的打击。

今天他带走了我邻人的妻子，
给他剩下了一个孩子——
伏在他爸爸胸上啼哭，
像夜风一般狂痴。

我不断听见那孩子的声音——
告诉我，妈妈去了哪里？
死神开不成这样的玩笑——
假如我抱着独身主义。

一 念

我向镜子里看,
我自己是我唯一的担忧;
但我向池塘里看,
所有的奇迹就在那里头。

我向镜子里看,
一看就看到了一头笨牛;
但我见到一位智者,
当我向池塘里看的时候。

闲　暇

这是什么生活，充满了忧患
我们没工夫停下来浏览。

没工夫站在树枝下面，
像牛羊那样悠然闲看。

走过树林，没工夫注意
松鼠把坚果藏在草丛里。

没工夫看溪水在明朗的白昼
闪万点金光，如夜空的星斗。

没工夫关注美人的秋波，
欣赏她一双脚舞姿婆娑。

也没有工夫等到她的嘴
把她眼中的笑意加美。

这是可怜的生活，充满了忧患，
我们没工夫停下来浏览。

拉尔夫·埃德温·霍奇森

(Ralph Edwin Hodgson, 1871—1962)

拉尔夫·埃德温·霍奇森,英国诗人,出生于德勒姆郡,是煤炭商之子,在英国南方长大,从小就养成了对南方自然界的仔细观察和爱恋。他被认为是具有田园诗风格的乔治时期诗人。青年时期,他当过拳击手和台球手,在纽约的剧场里干过活。19世纪90年代,他成为伦敦的一位艺术家。他的第一部诗集《最后的黑鸟》出版于1907年。1917年出版的《诗集》使他一举成名,其中有他雄心勃勃的力作《荣誉之歌》。1913年,他创建了一家出版社。他的写作受到了诗人朋友德·拉·梅尔、萨松、艾略特等很大的鼓励。1924—1938年,他在日本讲课,之后,在美国度过他的后半生。1958年出版《云雀和其他诗》,其中除短诗外,还有两首长诗:《打扮一个女人》(这是《最后的黑鸟》的新版本)和《诗神与獒犬》。前者对人类猎杀动物提出强烈抗议。他的诗《愚人大街》《天上的钟声》等,时常被选家选入各种诗歌选集。在《愚人大街》中,他提出破坏生态将遭自然的报复,其环保观点发人深省。其他诗作如《草木般生长》《沼泽》《写自然》等,以及一些长诗也被评论家们肯定。

愚人大街

我睁大两眼看见
鸟儿再不展歌喉,
却变作人吃的美味
在食品商店里出售,
在愚人大街的商店里
把顾客恭候。

我从远景里看见
害虫把麦穗钻透,
货架上不再有食物
摆出来供人选购;
愚人大街的商店里
已空无所有!

沃尔特·德·拉·梅尔

（Walter de la Mare，1873—1956）

沃尔特·德·拉·梅尔没有上过大学。他在圣保罗唱诗班学校毕业后曾在伦敦做过书记员。此间他开始发表作品。他的作品包括小说、戏剧和大量诗歌。

德·拉·梅尔被人称作"浪漫派传统的晚期诗人"，这样的定位对他来说颇为恰当。他常常沉醉于精巧的童话般的世界，用诗歌来表现梦幻的、奇异的想象，这使得他似乎远离了现代文明，远离了现实生活。但实际上，他的梦幻与想象也传达出某种精神的空幻和一种神秘的内心体验，与现代人的精神感受是有共鸣的。孩童的天真可爱、可怖的奇幻、美丽的景象等等在他的笔下都表现出惊人的魅力。而同时他的诗又是简洁与精练的，具有警句式的风格。

稻草人

整个冬天我把头低着,
在瓢泼大雨下挨淋;
北风撒了我一身白雪,
又把我吹成原形;
夜半一片迷人的星光下,
我披着严霜闪熠,
我站在麦茬地里,像一副
铠甲,迎来了晨曦。
等到那名叫春天的孩子
带一群儿童到来,
把蓓蕾和露珠向着我家
这一方田地撒开,
我一身破衣里就升起狂喜;
我抬起窟窿眼审视
天上的乌鸦:我那怪主人——
人类——的贪婪仇敌。
我看见主人赶着牛拉犁,

大步走过,我知道
在曾经积雪的田地里,麦子
很快会蹿得一人高;
我的视线很快会越过
阳光培育的麦海,
我的勇敢的守护保证了
又一次丰收到来。

种　子

我所播下的种子
（几星期不见出土）
如今已绽开嫩芽，
几点绿色的小珠；
芽儿是那么脆弱，
你一定会有想法：
小小的石块也能
挡住那芽儿长大。
可是不！一块石子
躺在芽儿的身旁，
石子的身材大小
跟一颗樱桃相仿，
可是那一枝幼芽
竟然推开了石头，
冒出来晒晒太阳，
见一见青天白昼。

谛听者

"里面有人吗？"旅人喊道，
他叩着月光下的门；
他的马啃着地上丛生的
羊齿草，一片寂静；
一只鸟从这座楼堡飞出，
掠过旅人的头顶。
"里面有人吗？"旅人叫道，
再一次叩击那扇门。
但没人下楼迎接他，没人
从树叶镶边的窗棂
探头望一望他的蓝眼珠，
他站着，困惑而无声。

可是有一群谛听者——住在这
寂寞古堡里的幽灵，
站在死寂的月光下偷听着
这来自人间的声音；

挤在暗阶上，月色中，任阶梯
绕下空洞的大厅，
在这独行者叫声抖乱的
空气中，屏息谛听。
旅人感到他们的古怪——
以缄默答他的叫声，
他的马走动着，嚼着暗草，
上有天、树叶和星星。

于是他突然又敲门，敲得
更响，昂起了头颈：
"告诉他们，我是来践约的，
但是没有人回应！"
静听的幽灵们一动也不动，
虽然他每一个字音——
这唯一醒者的嗓音和回声
沉入了古屋的翳阴：
哎，他们听着他踏上马镫
和马蹄触石的声音，
听着静寂柔和地涌回来，
蹄声向远方消沉。

爱德华·托马斯

（Edward Thomas，1878—1917）

爱德华·托马斯是诗人、评论家和传记作家。他早年在圣保罗学校和牛津大学的林肯学院就读。为养家维持生计，他很早就创作了大量作品。在他短暂的一生中有三十多部作品问世，其中大多为传记、作家评论和游记。他的游记作品以大量的笔墨描绘自然风光，他把对自然的观察与内心感受及英格兰精神结合起来。这点在他后来的诗歌作品中也有反映。

1913年，他经人介绍结识了当时正在英国的美国著名诗人罗伯特·弗罗斯特，开始了创作的转折。因受到弗罗斯特的影响，并受到他的鼓励，他开始诗歌创作，这一转向对他来说是幸运的，带给他极大的快乐。1915年，他入伍参加第一次世界大战，在法国作战。1917年，他死于阿拉斯战役。

托马斯的诗均在他生命的最后两年多时间中完成，绝大多数诗在他死后才发表，他生前仅有六首诗问世。1978年，牛津大学出版社出版了《爱德华·托马斯诗集》，他对英格兰的乡村及自然景色有着细致的观察，并常以旅行者的身份对人生、对苦难等提出疑问。他把自己的一生看作是生命之旅。他主张写诗应该避免华丽辞藻，要用自然语言和口语化的节奏，在平淡中见出深意，音韵自然而流畅。批评家李维斯认为他能够运用技巧娴熟而细腻地表达现代人独特的感受，是具有杰出品质的、有创新意识的诗人。当代评论家对他有很高评价。

雨

雨，午夜雨，没别的只有狂雨
泻向凄凉的小屋，孤寂，还有我
重新记住了：我即将死去，不再
听见雨声，也不感谢雨，为了
雨把我洗濯得洁净些，我自从
诞生到这个孤寂中，就不太洁净。
被雨淋着的这些死者有福了，
但现在我祈求：我所爱过的人当中
没一个今夜在死去或仍然清醒地
躺在那里孤独地，听着雨声，
若不是忍受着痛苦，就充满同情，
无助地处在生者和死者之间，
像一潭冷水处在折断的芦苇间——
静止而僵直的无数折断的芦苇间，
也像我一样，我没有尚未被雨水
销蚀的爱，除了对死亡的爱，
假如它算爱：它爱完美的事物
而且不可能（暴风雨对我说）失望。

樱桃树

樱桃树向这条古老的道路俯身——
从路上通过的全是已死的大兵,
树还向草地撒花瓣,像庆贺婚礼,
在这个早春的清晨,哪有人结婚!

威尔弗里德·威尔逊·吉布森

(Wilfrid Wilson Gibson, 1878—1962)

威尔弗里德·威尔逊·吉布森生于诺桑伯兰郡,自学成才。1902年,他出版第一本诗集《竖琴师厄林与其他的歌》。此后他的作品出现在杂志《新诗》中。1912年,他来到伦敦,遇到当时影响广泛的诗歌杂志《乔治时期诗歌》的主编爱德华·马什,并为该杂志投稿,成为乔治时期诗人群中的中坚。在伦敦他结识了布鲁克,成为他的追随者。

吉布森的诗作甚丰,主题多涉及北方的乡村生活以及工业社会转型时期普通人民艰难的生活状况。第一次世界大战期间,他于1915年报名参战,但几次都因视力不好被拒绝了。1917年,他终于加入皇家军团。这一经历促使他创作了不少战争诗,这些作品短小、精悍,目光敏锐,寓意深刻,给人以强烈的印象。1926年,吉布森出版了诗选。他还作有五部诗剧,收入《四壁之内》(1950)。

给路坡特·布鲁克[①]

他去了。
我不懂。
我只知道
当他转身而去的时候,
当他挥手的时候,
他年轻的眼中突然闪射出光辉;
我顿时被夕阳的炫亮照得晕眩,
而他去了。

[①] 路坡特·布鲁克(1887—1915),英国才华横溢的青年诗人,在第一次世界大战中去世。

回

他们问我到过什么地方,
又问我做了什么,见了什么。
我能回答什么呢,
我知道那不是我,
不过有个人恰像我,
他越过了海洋,
用了我的头脑和我的手,
在外国杀了人……
虽然我必须忍受责备,
因为他有着我的姓名。

口　信

"我记不清楚了……有五个人
死在我身边，在壕沟里——还有三个人
临死的时候，有气没气地说要我带个口信……"

他从战壕里回来，像死人不像活人，
全聋，颠三倒四，折断了膝盖骨，
他呆滞地蹒跚着，漠然地自言自语。

"我记不清楚了……有五个人
死在我身边，在壕沟里——还有三个人
临死的时候，有气没气地说要我带个口信……

"他们的朋友在等他们，奇怪地看他们怎样生存——
不声不响，忍着性子等一句话……
可是他们的口信说的是什么，他们的朋友是谁？

"我记不清楚了……有五个人
死在我身边，在壕沟里——还有三个人
临死的时候，有气没气地说要我带个口信……"

约翰·梅斯斐尔德

(John Masefield, 1878—1967)

约翰·梅斯斐尔德是诗人、小说家、剧作家和记者。他的童年在赫里福郡度过,这里充满了田园诗般的浪漫色彩,对他后来的诗歌创作有一定影响。

梅斯斐尔德13岁时开始在商船队接受训练,16岁时远航到智利。1895年,他第二次出海穿过大西洋,船到达纽约时他弃船留在了那里。他尝试做各种工作,广泛阅读各类书籍,并开始诗歌创作。不久他回到英国,辛勤笔耕,创作了大量的文学作品,包括诗歌、小说、戏剧、散文、儿童故事、回忆录等等,有作品五十余部,影响极为广泛。1902年,他出版了诗集《咸水谣》,收入了他以谣曲的形式描写远航的感受和经历的一系列诗篇,其中有他的名诗《航海热》,赢得了大批读者。《航海热》后被谱成歌曲,广为传唱。继1910年他出版了《歌谣与诗》之后,广为人们熟知的叙事长诗《永恒的仁慈》问世,这部作品以通俗的语言和现实的风格描写了原罪与拯救,引起人们的争议。1923年,他出版了《诗选》,反响热烈,畅销二十万册。1930年,他获得"桂冠诗人"的称号。梅斯斐尔德的诗歌主题广泛,大多具有浪漫色彩和异国情调,通俗清新的语言中饱含深意,令人回味。评论家认为他在诗歌的通俗化方面做出了有意义的尝试。

航海热

我必须再去大海,投向寂寥的天空和海涛,
我要的只是一只大船和一颗星为它引导,
还有那舵轮的反冲和风的歌唱和白帆的振摇,
以及海面上灰色的雾幕和那灰色的破晓。

我必须再去大海,因为那潮水的汹涌呼叫
是一种不可抗拒的狂野而又清晰的号召;
我要的只是个大风猛刮的日子,白云飞飘,
还有那迸散的浪花、飞溅的泡沫和海鸥的呼啸。

我必须再去大海,去学那吉卜赛人流浪逍遥,
到海鸥的路和海鲸的路上去,那儿的风如利刀;
我要的只是伙伴们笑说着愉快的故事滔滔,
以及长时间掌舵后安恬的睡眠和美梦的来到。

哈罗德·蒙罗

(Harold Monroe, 1879—1932)

哈罗德·蒙罗是诗人和著名的出版商。他生于布鲁塞尔,7 岁时来到英国,在剑桥大学的拉德雷和凯亚斯学院学习过。

蒙罗于 1913 年创建了诗歌书店出版社,在当时出版、销售了大批著名诗人和年轻诗人的诗作,并组织各种大众诗歌阅读活动,影响极为广泛。他和马什一道出版了五卷本《乔治时期诗歌》,创建了颇具影响力的刊物《诗歌评论》及《诗歌与戏剧》。

蒙罗的《诗歌选集》由 T.S.艾略特作序,于 1933 年问世。他的诗歌被认为代表了由乔治时期到现代主义时期诗歌风格的转型。他参加过第一次世界大战,写过反映战争的诗歌。

在咸水湖边偷听来的

仙女,仙女,你那串珠儿是什么?
是绿玻璃。妖精,你为什么老是看着?
把珠儿给我。
不。
把珠儿给我。把珠儿给我。
不。
那我就要整夜在芦苇丛中喊叫,
躺在泥塘里嚷着跟你要。
妖精,为什么你这样爱这串珠儿?
这珠儿比星星、比流水更好,
比风儿唱歌的嗓子更美妙,
胜过人类任何美丽的女儿,
——你那一银圈绿玻璃珠儿。
别嚷,这是我从月亮里偷来的。
把你的珠儿给我,我要呢。
不。
那我就要在深深的咸水湖里高呼,
跟你要绿玻璃珠儿,我就爱这串珠儿。
把珠儿给我,给我。
不。

约瑟夫·坎贝尔

(Joseph Campbell,1879—1944)

约瑟夫·坎贝尔是爱尔兰诗人。他生于贝尔法斯特,曾在伦敦任爱尔兰国家文学社的秘书,后在美国生活过多年。坎贝尔的大部分诗作均为抒情诗和谣曲。它们多取材于爱尔兰神话和民间传说。他的诗作包括《蜜蜂花园》(1905)、《基督的仆人》(1907)、《垮兰的大地》(1917)。他的诗歌选集于1963年出版。

市场上的盲者

哦,盲了眼!
懂得了我所懂得的黑暗。
我听到的动荡是空虚的风,
人们来来去去,茫然往返。

太阳是黑的,尽管温暖又慈善,
在飘忽不定的风中,徒然
有骑士驰骋,旗旒飘翻——
因为我到的地方全是黑暗。

牲口向牲口叫唤,
假面戏演员在跳舞,杂耍的在投环,
变戏法的在直说他的意见——
可是我到的地方全是黑暗。

我接触到女人们,
她们的衣裙飘动,白得像雪一般,

但美丽是干枯的果壳——
因为我到的地方全是黑暗。

昨夜辣麻的月亮升得高,
落得低,光芒放射得灿烂;
但光明对于盲人是空无一物——
盲人到的地方完全、完全是黑暗。

我带着空虚的心走在白色路上,
四周缓缓地飘浮着白色的云片,
空气中波动着白色的百合——
而我到的所有的地方都是黑暗。

老　妇

如纯白蜡烛
在圣地，
是衰老面上的
美丽。

如冬天太阳的
微弱光明，
是完成劳作的
妇人。

子女已离去，
她的心
如废磨坊下的水
那样静。

帕特里克·皮埃斯

（Patrick Pearse，1879—1916）

帕特里克·皮埃斯是爱尔兰教育家、作家。他是激进的爱尔兰民族主义者。他生于都柏林，曾在都柏林的皇家大学就读。1896年，他加入了"盖尔同盟"，致力于复兴爱尔兰的民族语言和文化。1907年，他在都柏林创建了圣安达学校，将他的教育思想付诸实践。他是爱尔兰准军事组织"爱尔兰志愿者"的创建人之一。1916年的爱尔兰复活节起义中他为主要领导人，任爱尔兰共和党临时政府总统。起义失败后他被英国军事法庭处以死刑。

皮埃斯的作品大多为小册子，表达他的政治理想，宣传他的政治观点。1915年，他创作戏剧《歌唱家》，表达了他不惜牺牲生命来争取民族自由的意志。他还用爱尔兰语写作短篇小说，并用爱尔兰语和传统的形式创作诗歌。皮埃斯五卷本的作品集于1917年问世，并多次再版。

理　想

我见到你的裸体
哦，美中之美！
我使眼睛变盲，
怕我自己会后退。

我听见你的音乐，
甜蜜中的甜蜜！
我塞住我的耳朵，
怕我自己会碰壁。

我吻你的嘴唇，
甘美中的甘美！
我叫心肠变硬，
怕我会走向崩溃。

我塞听而又闭目，
闭目而又塞听，

锻一副铁石心肠，
熄灭了我的爱情。

如今我掉转身躯，
背向我造的幻梦，
如今我面向前方，
朝康庄大道起程。

如今我面向前方，
朝康庄大道迈步，
向我见到的工作，
向我将到的坟墓。

罗宾·傅劳沃

(Robin Flower, 1881—1946)

罗宾·傅劳沃是爱尔兰盖尔语学者。他生于利兹，曾在当地和牛津大学上过学。1929年，他任不列颠博物馆手稿部管理员，出版了《不列颠博物馆中的爱尔兰手稿》。他一生致力于继承和恢复爱尔兰的民族文化，收集民间传说和民谣，并将它们翻译成英语。《爱的苦糖》（1925）中收入了16世纪和17世纪的爱尔兰诗歌。此后他还出版有《诗歌与翻译》（1931）以及《爱尔兰文学通史》《爱尔兰传统》（1947）等。

特洛伊①

昨夜我断断续续地阅读着

（我精神虽好而身体吃不住）

我用一镑一先令买来的一本书：

《特洛伊战争的经济原因》，

最后睡虫爬进了我的眼帘，

书本从手中落下，我沉入安眠。

于是，夜的时辰逐渐加深，

一场梦穿越睡眠的关口来临，

梦到荷马所讲的可笑的故事：

聚拢的人声，逼近的船只，

伊菲革尼亚②死得不声不响；

特洛伊海岸边，希腊人白色的营帐，

---

① 特洛伊，小亚细亚西北部古城。约公元前7世纪，古希腊人进攻特洛伊（又名伊利翁），爆发特洛伊战争。荷马史诗《伊利亚特》和《奥德赛》描写了这场战争。
② 伊菲革尼亚，希腊军统帅阿伽门农的女儿。阿伽门农出征特洛伊时，由于他射杀了赤牝鹿而得罪了狩猎女神阿耳忒弥斯，女神降下逆风，使希腊军滞留在奥利斯港。先知卡尔卡斯预言，必须以伊菲革尼亚献祭，才能使神降下顺风。于是阿伽门农假托要伊菲革尼亚与阿喀琉斯订婚，把她从故乡接到奥利斯，然后把她向女神献祭。

阿喀琉斯的愤怒，涅斯托的学问，①

披着湿漉漉头发的英雄们

躺在宁静的已死者和呻吟的濒死者中间，

赫克托耳②耳被拖曳过战争的贪得无餍，

普里阿摩斯③的头发浆在泥土里面，

安德罗玛刻的悲愤，特洛伊的沦陷，④

还有——超越一切的

可爱的幻象：那裸体的海伦⑤！

---

① 阿喀琉斯，特洛伊战争中的希腊英雄。战争第十年，阿伽门农夺去了阿喀琉斯的女俘，阿喀琉斯与阿伽门农发生争吵，阿喀琉斯退出了战争。后因朋友被特洛伊人杀死，阿喀琉斯回到战场，最后战死。

涅斯托，特洛伊战争中的英雄，希腊军中出色的演说家，有智慧的长者。
② 赫克托耳，特洛伊王普里阿摩斯之长子，战争中的英雄，死于阿喀琉斯之手。
③ 普里阿摩斯，特洛伊的末代王，特洛伊城破后被杀死。
④ 安德罗玛刻，赫克托耳之妻，以对丈夫恩爱而博得美名。特洛伊战后，她做了阿喀琉斯之子的女奴。在荷马史诗《伊利亚特》中，描写赫克托耳与安德罗玛刻生离死别的段落是世界文学中著名的篇章。
⑤ 海伦，斯巴达王墨涅拉俄斯之妻，被特洛伊王子帕里斯拐走，这成了特洛伊战争的导火索。特洛伊战后，一说海伦与墨涅拉俄斯言归于好，一起回到斯巴达。

阿尔弗雷德·诺伊斯

（Alfred Noyes，1880—1958）

阿尔弗雷德·诺伊斯是诗人、小说家和剧作家。他出生于伍尔福汉普顿郡，在威尔士上过学，就读于牛津大学的埃克塞特学院，但因他潜心诗歌创作，没有获得学位便离开了。诺伊斯的妻子是美国人。1926年，他的妻子过世，此前的许多年他是在美国度过的。1913年，他曾在哈佛大学以"英语诗歌中海的意象"为题开设过讲座。他自己的诗也常以大海或远航为主题。此后近十年中，他在普林斯顿大学任现代英国文学教授。

诺伊斯是维多利亚朝晚期诗人，他的诗多接近传统的诗歌形式和风格，并激烈地反对文学中的现代主义倾向。他是位多产的诗人，诗作包括抒情诗、史诗、谣曲、诗剧等，拥有大批读者。以素体诗形式写成的史诗《德雷克》（1908）是他的第一部重要诗作，获得很大成功。历史学家弗朗德曾就伊丽莎白一世时期史诗中海的意象写成《16世纪的英国海员》（1895），诺伊斯从中获得不少素材。1926年，他皈依罗马天主教。三部曲《持火把者》探讨了科学与基督教的问题。

月亮上升

月亮上升,星星明亮,
风儿自由豪放!
我们今晚去寻找黄金,
越过银色的海洋!
世界已经古老而衰朽,
快快把船帆重张!
我们出发去寻找黄金的国土,
向着大海的前方。

我们厌倦了阿谀的屈膝,
卑躬的谄笑和欺骗!
上帝!愿你歌唱的海峡风
轻启我们的心灵和双眼!
愿爱情不再为现世的得失
竟然牺牲给金钱;
我们出发去寻找黄金的时代,
在这大海的前面。

超越了远方古国的微光,
超越了人类的幻想,
超越了白天和黑夜的疆域,
理想国微露着光芒,
而且展开——如展开的天空——
无瑕的明星,晶莹地放光,
这是黄金之门的光辉啊,
越过了大海的汪洋。

帕德里克·柯伦

（Padraic Colum，1881—1972）

帕德里克·柯伦是爱尔兰诗人、剧作家、民俗学家和儿童文学作家。他生于朗弗德郡，在都柏林的三一学院就读，后在都柏林的铁路上做职员。在都柏林他结识了小说家乔伊斯，两人成为挚友。他晚年写有回忆录《我们的朋友詹姆斯·乔伊斯》（1958）。

柯伦是爱尔兰文艺复兴运动的积极支持者和参与者。他与叶芝和格里高利夫人在阿贝剧院有所接触，这激励他完成几部反映爱尔兰现实生活的剧作，剧作在阿贝剧院上演，其中包括《破碎的土地》（1903）、《托马斯·马斯克雷》（1910）等，其易卜生式的现实主义格调受到一些人的攻击。

柯伦的第一部诗集《野性的大地》出版于1907年，所收诗歌多为清新明快的抒情诗。此后他又出版诗集多部，并整理了爱尔兰民间故事。1914年他离开爱尔兰，移居美国。20世纪20年代，他在夏威夷研究整理了三卷本的《波里西尼亚民间传说》。晚年他还写作了小说《飞翔的天鹅》（1957）。

路上老妇

啊,但愿有一所小屋!
但愿有火炉、家具和一切!
一堆细草,燃上了火苗,
放在墙边,泥炭一叠!

一座时钟,链条吊着
钟摆左右不停地摆动!
一个厨台,摆满了耀眼的
釉彩瓷器,斑、白、蓝、棕!

打扫地板,清除炉灰,
我可以整天不停地忙起来,
再把白、斑、蓝——各色器皿
重新整齐地放上厨台!

在夜晚我心里十分平静,
独自一人,跟炉火挨近,

还有一张床,且不愿离开
滴答的时钟,耀眼的器皿!

啊,我厌倦了灰雾,黑暗,
永不见房屋和树木的路程,
我真疲倦了,这道路,泥沼,
高呼的风,寂寞的静!

我向至高的上帝祈祷,
我向他祈祷,日夜不停:
请赐我一座自己的小屋,
永远告别风雨的路程。

埃莉诺·法杰恩

(Eleanor Farjeon,1881—1965)

埃莉诺·法杰恩,英国20世纪儿童文学作家,出生于伦敦一个有浓厚文学氛围的家庭。1921年,她出版《苹果园里的马丁·皮品》获得成功,一举成为知名的儿童文学作家。之后继续出版多种诗集、幻想作品集、故事集等。1935年出版的《九十年代的儿童室》(指19世纪90年代),是对她自己儿童时代的回忆。她是诗人爱德华·托马斯的挚友。1958年,她出版《爱德华·托马斯的最后四年》。1956年,她获第一届国际安徒生儿童文学奖。

瞭望塔上的月亮

月亮在瞭望塔上
用金色的目光
守望天上的
东方和西方。
正当"午夜"
漫步走过时，
有人开始呼吸，
有人呼吸停止。
月亮在瞭望塔上
敲起无声的钟——
也许是为了欢迎，
也许是为了送终。

（方谷绣、屠岸译）

花丛里的布蓉温

布蓉温采集野花,
从小径这边到那边;
她的手触到花朵,
花感到比雨水还甜。

一朵花开过了盛期,
一朵花正待绽开——
她射到花上的目光
闪得比阳光还快。

她逐个给花儿取名,
哦,用美名一串
她充分显示出那些
花儿的美丽娇妍。

有的名恰好给处女,
有的名给快活的太太,

她给花命名时的爱心

比花名更加可爱。

　　　　　　　　　　　（方谷绣、屠岸译）

孩子的赞歌

正当一颗星出现的时候,
一位新客光临这座城;
他的两脚踏一路祈求,
他的双手撒一片同情。

无论富翁或贫民的住屋,
为了欢迎都伸出绿枝,
每个心灵都打开门户。
请这位新客登堂入室。

我愿意打开心灵大门,
只要他高兴,就可以进来;
他的眉间蕴含着和平,
他的眼睛闪射的是爱。

他将迈步通过这城里
每个男女和儿童的心灵,
于是每个人心中就充溢
和平和爱,祈求和同情。

艾伦·亚历山大·米尔恩

（A. A. Milne，1882—1956）

艾伦·亚历山大·米尔恩，20世纪英国诗人，早年就读于剑桥大学三一学院。他一生著作极丰，出版有剧本、小说、诗歌、短篇小说、随笔等等，但这一切都为他的儿童文学作品的光芒所掩盖。他在伦敦当过一段时间自由撰稿人。1906—1914年，任《笨拙周刊》助编。第一次世界大战后，他在文坛崭露头角，开始剧作家生涯。作品有《皮姆先生走过》（1921）、《多佛尔道路》（1922）、《蟾蜍厅里的癞蛤蟆》（1929）等。1924年出版为儿童写的诗集《当我们年幼时》，获得极大成功；1926年出版《小熊温尼普》，其成就更超过了前者。之后，《今儿我们是六个》（1927）、《夯兒里的房子》（1928）更为畅销。米尔恩的儿童诗成为20世纪英国儿童文学中的重磅作品。

赶时髦

狮子有尾巴,非常漂亮,
鲸鱼也有,再加大象,
鳄鱼也有,鹌鹑也一样,
除了我,他们都有尾巴。

要是我有六便士,我要买一条;
我跟店员说:"给我来一条。"
我跟大象说:"看我的尾巴翘。"
他们都围过来看我的尾巴。

我对狮子说:"你有尾巴呀,真棒!
鲸鱼也有啊,还有大象!
瞧!那是鳄鱼!他也一个样!
你们都像我呀,有尾巴!"

(方谷绣、屠岸译)

山上的风

没人告诉我,
也没人知道:
风从哪儿来,
风往哪儿跑。

风从一个地方来,
飞得快,飞得急,
我跟不上风的步子,
跑也来不及。

可要是我不再抓住
风筝的一根线,
风筝就随风飘去,
飘一天,飘一晚。

无论风筝飘哪儿,
只要我找得见,

我知道风准定
也到了那边。

我就能告诉人们
风往哪儿跑……
可风从哪儿来,
谁也不知道。

皮毛熊

假如我是熊，
一只大狗熊，
我就甭担心
雪落冰封；
我就甭害怕
冰冻雪飘——
我会有外衣，
里外都是毛！

我会有皮靴，有围脖，棕色皮毛造，
有棕色毛皮灯笼裤，还有大皮帽。
我会有毛皮皱领子包住我下巴，
有棕色皮手套套上我棕色大手爪。
有棕色毛绒垫垫在我的头下面，
我会在毛皮大床上睡过一冬天。

谁也管不着

我绝对,我绝对,我绝对不爱听
"当心啊,小乖乖!"
我绝对,我绝对,我绝对不要
"把我的手儿紧紧抓";
我绝对,我绝对,我绝对不理睬
"别上那儿啊,小乖乖!"
说这话没用。他们懂个啥!

秋千歌

我抓住秋千往上荡,
高高地往上荡。
我就是田野的王,
城市的王,
我就是大地的王,
天空的王。
我抓住秋千往上荡……
荡完就下来到地上。

镜　子

午后的时光落到林间，
带来一团金色的晕眩，
太阳从静静的天空俯瞰
下面静静的湖水一片，
沉默的树向树鞠躬。
我看见一只白天鹅在湖上
引出另一只结伴成双；
胸膛挨胸膛，不动也不语，
他俩等待着风的爱抚……
这片水多自在轻松！

黄水仙花

她戴上金黄的太阳帽,
她穿上碧绿的长外衣;
她转身向南风,
一颠一颠地行着屈膝礼。
她转脸向阳光,
摇着她金黄的头颅,
低声对她的邻居说:
"冬天已经死去。"

(方谷绣、屠岸译)

睡 莲

一朵朵睡莲在水上

来去漂荡,

随着细浪轻漾,

湖王的女儿①懒洋洋地躺在莲叶上,

微风把她摇晃。

谁要来把她带走?

我要!我要!

别吵!别吵!

湖王的女儿正在莲叶上睡觉……

风来了,蹦蹦跳跳,

跨过水上的睡莲一朵朵;

温和的风把她唤醒,

谁来把她带走?

她一笑就溜,

穿过水上的睡莲一朵朵。

---

① 湖王的女儿指蜻蜓。

等一等！等一等！
来不及喽！来不及喽！
只有睡莲一朵朵
在水上来去漂荡，
沉浸，沉浸，
浸入水上的细浪。

詹姆斯·斯蒂芬斯

（James Stephens，1882—1950）

詹姆斯·斯蒂芬斯是爱尔兰诗人、小说家。他生于都柏林贫民窟，早年当过店员，做过律师的秘书。爱尔兰诗人艾·伊（A.E. 即乔治·威廉·拉塞尔）发现了他的文学才能，带领他踏上文坛。他积极参加爱尔兰诗人叶芝和艾·伊发起的爱尔兰文艺复兴运动。1912年，他出版了以凯尔特寓言为主题的小说《金壶》，赢得了声誉。他了解城市贫民的生活，这表现在他的小说《打杂女工的女儿》（1914）中。他的笔调严峻而带有讽刺意味，使人想到詹姆士·乔伊斯。后他又以同样的笔调写了《半神》（1914）。他钻研盖尔语，用严谨而有韵律的散文写出《黛艾德》（1923）。他还写有不少短篇小说。但使他获得更广泛的声誉的主要是他富有特色的诗歌。从1939年起，他在广播电台做播音员，直到1950年12月在伦敦逝世。

斯蒂芬斯的作品常常采用凯尔特民族题材，具有鲜明的凯尔特风格和特色。在他的对动物充满同情的诗篇和以都柏林贫民窟为实际背景的童话故事中，渗透着泛神论的神秘主义哲学。

诗人的世界观有时充满矛盾。他对人类社会是悲观的，但又抱有希望。这种心情在他的《托玛士在酒店里说的话》一诗中表露得最为明显。《贝壳》一诗表达了诗人对人间世界的依恋和割不断的联系。对于黑暗和某种神秘的势力，他又表现出一种不妥协的对抗精神，如《抑止》一诗所体现的。他的不少诗篇以构思奇特著称，描写虚幻的事物却给人以惊人的逼真感。在形式上他的诗韵脚整齐，节奏感强，匀称而又富于变化，诗的韵律同诗所表达的情绪紧密吻合。有些诗不用韵脚，但诗行内部包含着节奏，读来铿锵悦耳。

黛艾德[1]

不要让任何女人读这首诗!
这首诗是给男子们和他们的儿子们
以及他们的儿子们的儿子们读的!

现在,这样的时候到了:我们的心全都沉落了;
我们只记得黛艾德和她的故事,
而她的嘴唇已经成了尘土。

她曾经踏过这世界的土地;男子们握过她的手;
他们注视过她的眼睛,说过他们要说的话,
而她回答过他们。

从那时候到现在,已经过了一千多年,
那时候她是美丽的:她踏着生气勃勃的青草;
她观看云霞。

---

[1] 黛艾德之于凯尔特人正如海伦之于希腊人;她是凯尔特民族传说中的人物。

一千年哪!现在青草依然如故;
云霞还是和黛艾德时代的
云霞同样可爱。

但从此没有诞生过另一个女人
能如此美丽,在所有的女人中
没有一个能如此美丽。

让所有的男子走开去一同悲悼吧!
没有男子可以爱她了!没有一个男子
能够梦作她的爱人了!

没有男子可以在她面前弯腰了!没有男子可以
说——
谁能对她说什么话呢?
世界上没有可以对她说的言辞!

现在她不过是一个人们在炉边
述说着的故事了!永远没有人可以成为
这可怜的女王的朋友了!

雏　菊

在清晨芬芳的蓓蕾中——哦。
微风下草波向远方轻流，
在那生长着雏菊的野地里，
我看见我爱人在缓步漫游。

当我们快乐地漫游的时候，
我们不说话也没有笑声；
在清晨芬芳的蓓蕾中——哦，
我在爱人的两颊上亲了吻。

一只云雀离大地吟唱着飞升，
一只云雀从云端向下界歌鸣，
在这生长着雏菊的野地里，
我和她手挽着手地在漫行。

在荒芜的地方

我像一个裸体的人
恐怖地走过荒芜的地方,
虽然我吓得像个女孩子,
但我依然把头颅高昂。

狮子蹲伏在那里!我见到
它的琥珀眼在岩石之上!
它用爪子把仙人掌分开,
它注视着我走过那地方!

它将紧盯住我的行迹,
假如它知道我心里慌张!
假如它知道我这勇敢的
面孔下藏着女孩的恐惶。

它在夜里起来了,并且
张牙舞爪!它喷着鼻子!

它吼了！它沿着沙地跳跃！
它爬行！它向各处注视！

它炯炯的目光，它祸患的眼睛，
在黑暗当中，我能够见到！
它在凶猛地挥动着尾巴！
它又做姿势要把我扑倒！

我就是那狮子，也就是它的巢穴！
我就是那使我战栗的恐惶！
我就是那绝望的无边荒地！
也就是那恼怒的黑夜茫茫！

在黑夜或白天，不论碰到什么事，
我总得走到那荒芜的地方，
直到我能够克服恐惧，呼唤
那狮子出来舔我的手掌！

陷　阱

忽听得一声痛苦的哀鸣！
有一只兔子跌入了陷阱：
我又听见他叫得惊慌，
但不知那声音来自何方。

但不知那声音来自何方，
他正在叫喊着要人帮忙；
他向受惊的空气高呼，
使每件东西都感到恐怖。

使每件东西都感到恐怖，
他还皱着他小小的面部，
他又叫喊着要人帮忙，
而我找不到他在何方！

而我找不到他在何方，
陷阱里落下了他的足掌：
小小的东西！哦，小东西！
我正在到处寻你的踪迹。

人　马[1]

三个人马在山上游玩!
他们每个都举起了一只蹄!他们注视着我!
并且践踏着泥土!

他们践踏着泥土!他们向空中打着响鼻!
而他们的一切动作有一种
力量、骄傲和贪欲的猛烈的狂欢!

力量、骄傲和贪欲的狂欢!然后,啸叫一声,
他们动荡着头颅,旋转着,绕圈子奔驰着,
在狂暴的集体中!

在狂暴的集体中,周围,四处,
他们冲,他们转,他们跳!
然后,一蹦一蹦地,
他们奔入了树林中。

---

[1] 人马,欧洲神话中半人半马的怪物。

山羊小径

一条条蜿蜒的小径
弯弯绕绕地向山上爬,
穿过了石南草地,
在静寂的阳光之下。
那里,每天有一群山羊
在阳光的静寂中游荡,
止了步,转过弯,又走过,
这里啃啃,那里咬咬,
一会儿咬一小枝石南,
一会儿又啃一大口青草。

在阳光深静之中,
在没有丝毫动静的地方,
静静地,在静寂之中,
在金雀花的静寂之旁,
它们有时走来卧下,
向滚移的天空凝望。

你走近了，它们就跑开，
它们跳跃，它们凝望，
忽又发出一声怒叫，
奔向阳光静寂的彼方。
那里没有丝毫动静，
在金雀花的静寂之旁，
它们重新卧下，在阳光的
静寂之中深思，遐想。

如果我和它们一样聪明，
我就要走开去作遐想种种，
我将打开一条隐蔽的路途，
穿过静静的石南树枝，
进入那阳光的寂寞之中；
你要是走近来，我就跑开，
我将发出一声怒叫，
我将凝视，再转身，向那
更深的寂静跳跃，
到那没有丝毫动静的地方，
在金雀花的静寂之旁。

在那轻灵的静寂之中，
我将和它们深思得一样久长；

我将通过隐蔽的路途,
穿过静静的阳光,
在阳光的寂寞之中
游到别处去作种种遐想。

我要沉思,直到我找出了
我永远不能找出的东西,
那卧在地上而又卧在
我的心之深处的东西。

托玛士在酒店里说的话

我见过上帝的！你不相信吗？
你敢不相信吗？
我见过那全能的人的！他的手
正放在一座山上！同时
他向这世界和它周围的一切看着：
我看见他比你现在看见我还清楚
——你绝对不能不相信！

他很不满意，
他的样子完全是不满意！
他的胡子在风中飘动，飘到很远的看不见的地方
在地球弧线的后面！还有一种
挺厉害的光线从他的额头上射出来！他叹息了：
那个星球始终走得不对头，一开始
我就不满意它！

他举起了他的手！

我说他抬起了一只可怕的手
在转动着的地球之上!于是我说:"慢着,
你不能捶它,上帝!我正在路上!
要不然我就永远不能从我站着的地方移动了!"
他说:"亲爱的孩子,我怕你会死的——"
……他就收住了他的手!

贝　壳

于是我把那贝壳
紧贴在我的耳朵上，
我仔细地听着，
立刻，如钟声般，
低微而清晰地传来了
那缓慢而悲哀的远海的低语，
被冰似的风所鞭挞，
在一片风帚扫荡的
荒芜的岸旁。
那是一片没有阳光的海岸，
从没有印上人类的足迹，
自从有时间以来，
就从不曾感受到
任何人类体质的重量和活动，
除了凄风和波涛所感到的一切。
在水的死寂中

有滚转着的小圆石的声音，

永远滚转着而发出来的空洞的声音。

起泡的水草跟随水流

往来着，致使水草的冷而且长的

又发着光的灰色触须发出了飕飕的声音。

那里没有白天，

也永远没有这样的一夜——

群星被点亮了

对月亮发出惊奇的光：

只有昏暗，只有凄风的悲痛

或呜咽的、受惊的呻吟，

以及盲目游荡的波浪——

于是我松开了我的耳朵——啊，多快活，

我听见了一辆车子颠簸过街道的那一方。

抑 止

夜在地上爬着行进!
偷偷地爬着,没有声音,
她爬近了树木,就停留,
隐藏了树木,然后又
沿着草地,傍着墙壁偷偷前进!
——我听到她头巾摩擦的声音,
这时候她正在向各处抛撒黑暗,
向天边,地上,向空间,
更抛进隐藏着我的房间内!
但是,不管她对
屋外的一切怎样,
她不能熄灭我的烛光!
于是我向夜凝望!同时
她也庄严地回头朝我凝视!

憎　恨

我的敌人走近来了，
于是我
狠狠地注视着他的脸，
我把嘴唇卷进怪脸中，
又严厉地用缩成一线的眼睛看着他。
当我正要转身走开的时候，我的敌人，
那恶狠狠的、野蛮的心灵，对我说：
"将来有一天，这事早已过去了，
我们所有的箭也射完了，
我们可以互相问问：为什么我们要互相憎恨
却找不出一个像样的缘由讲出来。
到那时候，我们恐怕会感到：
我们以前互相憎恨，简直是个谜。"
他这样说着
而不走开，
等待着，准备听我恐怕要说的话；
但是我立即逃走了，唯恐再不走，
我将要吻他，像吻一个少女。

守护者

一朵玫瑰给少女鬓边,
一枚戒指给新娘,
一团欢乐给家宅,
清洁又宽敞——
是谁在户外雨中
期待企望?

一颗忠心给老朋友,
一片诚意给新交;
爱情能借给大地
天堂的色调——
是谁站立在那里
看露珠闪耀?

一朵微笑给别离时刻,
一颗泪珠送上路,
上帝的求爱

就这样结束——
是谁在黑风地里
坚持守护?

他,在户外雨中
期待企望,
他,站着看露珠
在四野闪亮,
他,迎着风守护——
该驰骤奔忙
(尽管苍白的手抓紧)
带着玫瑰,
带着戒指,
带着新娘,
该驰骤奔忙,
带着玫瑰的红色,
带着戒指的金光,
带着新娘的嘴唇和鬓发柔长。

对　手

黎明，我听见一只鸟
在枝头甜蜜地歌唱，
歌唱草地上露珠晶莹，
绿原上惠风和畅；
但是我听而不闻，
因为他不是为我而唱！

我就是听而不闻，
因为他不是为我而唱——
唱那草地上露珠晶莹，
绿原上惠风和畅！
这时候我也唱起来，
唱得和他一样漂亮！

我始终不断地唱着，
唱得和他一样漂亮，
歌唱草地上露珠晶莹，
绿原上惠风和畅！
所以我对他听而不闻，
尽管他歌唱在树上！

丹娜的奶头 ①

群山耸峙着傲视四方，
满脸骄矜，用沉默轻蔑一切；
群山尽管植根在大地上，
却一峰追一峰，无限地向上超越，
越过摩天楼，还继续飞翻，
超过树梢，跃过岗丘，
你终于意识到，群山要上天，
一峰赶一峰，永不止休，
直上云表——而我注意到
一只麻雀，一只百灵鸟
飞得一样高，却纵情唱歌
并不以为自己了不得。
我想，群山该受一点教育，
懂一点礼让，学一点谦虚。

---

① 丹娜（Dana）是凯尔特神话中的月神，相当于罗马神话中的狄安娜（Diana）。爱尔兰人把山比作月神的奶头。

修麦斯·贝格

有一个人,坐在一棵树底下,
在村子外面,他向我询问这里
地名叫什么,并且告诉我说他
从没有到过这里。他对我讲起
许多故事。他的鼻子扁平。
我问他这是怎么回事。他讲,
这是有一天玛丽·安的第一个男人
用穿索钻干的。但是他已经死亡;
还讲了些愉快的工作;他曾走过
一条很长的路去杀死他,他一只
耳朵上戴着金耳环;另一只耳朵
"被鳄鱼咬掉了,哎哟上帝"。
这都是他说的,他教我怎样咀嚼。
他是个真好人,他也爱我不迭。

安娜·维坎姆

(Anna Wickam, 1883—1947)

安娜·维坎姆原名伊迪斯·阿丽斯·玛丽·哈波,是 20 世纪早期一位重要的女性主义作家。她生于温布尔登,父亲是钢琴销售商,母亲曾当过演员。1890 年,她随父母移居澳大利亚,在新南威尔士和悉尼上过学。1905 年,她返回伦敦学习声乐,后又去巴黎接受歌剧指导。1906 年结婚,生有四个儿子。

维坎姆一生诗作颇丰,在诗歌的意象和主题方面,她的诗作都显示出独特的风格。她写过自由体诗、谣曲、警句诗等,大多短小精悍,充满女性所特有的情感体验与创造力。她争取女性的独立身份和人格,力图走出家庭的狭小圈子,获得真正的自由。她的诗歌因此成为女性的独特声音,并试图通过这个声音来实现真实的自我。她曾说:"我可能是个次要的诗人,但我是一个重要的女人。"她的第一部诗集《约汉·奥兰德的歌》于 1911 年出版,此后,又出版了《沉思的采石场》(1915)、《陈旧的小屋》(1921)、《新作三十六首》(1936)等,后人编有《安娜·维坎姆作品集》(1984)。

维坎姆与劳伦斯、狄兰·托马斯等人都是好友。她在 1935 年的自传中流露出她作为母亲和作为诗人的矛盾。1947 年,维坎姆自杀身亡。

火上的茶壶

在城里,人们整齐划一地居住。
街上唯一不规则的是教堂尖顶;
只有上帝知道,它指向何处,
可怜的守规矩的老百姓毫不知情!

我见到女人们一天一天变老,
她们热衷于针线,便士,肥皂。
终于,我这做妻子的心变冷了,
我的希望已失掉。

一个年轻的士兵来到城里,
他非常坦诚,把他的心里话往外掏。
他要求我立即躺下去,
说这样对我非常好。

虽然我没有把他拥抱——
我牢记着我的本分——
他随即改变了我的容貌,
把美还给了我自身。

托马斯·厄内斯特·休姆

(T. E. Hulme,1883—1917)

托马斯·厄内斯特·休姆,英国哲学家、批评家兼诗人。1908年组织英国"诗人俱乐部",是意象派理论的最早奠基人之一。休姆死于欧战。他的著作大都留存在笔记本中。他的诗都是他的理论的实证。他的理论和诗作对20世纪英国诗歌产生很大影响。1924年艾略特称休姆为"古典的、反动的、革命的……是与世纪末异乎寻常的、宽容的、民主的心态恰恰相反的对立者"。

秋

秋夜，感到一点冷意——
我出外去走走，
看见发红的月亮斜倚在篱边
像个红脸的农夫。
我没有停下步来说话，只是点点头，
四周是满怀渴望的星星，
像一群镇上的孩子白皙的脸儿。

弗兰克·斯图尔特·弗林特

（F.S.Flint，1885—1960）

弗兰克·斯图尔特·弗林特，英国诗人和评论家，《意象主义》宣言的撰稿者和忠实执行者。他们一致确认的三原则是：（1）直接处理无论是主观的还是客观的"事物"。（2）绝对不用任何无益于呈现的词。（3）要依照乐句（musical phrase）的排列，而不是节拍的机械重复。

树

榆树
榆叶在我手中孩子不喜欢
长久以前的事——
粗糙的叶,蒙着沙。

白杨
白杨叶
摸上去柔软,光滑,
气味中有一点秘密
我已忘却。

橡树
林中空地
心疼痛于惊奇、恐惧:
苦涩的橡栗。

柳树
散发气味的甲虫

我们把它包在手帕里
柳树根
伸展到河流中：
裸露，水和欢乐。

山楂
绽开芬芳的白花
宁静田野的背景，
摆动的花和草，
蜜蜂的嗡嗡嘤嘤声。

哦，这些就是现今我身边的一切，
在镇上；
我感激
我成年时期的此时此刻。

戴维·赫伯特·劳伦斯

(D. H. Lawrence, 1885—1930)

尽管戴维·赫伯特·劳伦斯以小说家和短篇小说家的身份闻名于世,他的诗作却因其独有的敏感气质和不拘形式的情感表达和心理刻画,引起了近年来众多批评家的重视。事实上劳伦斯很早就开始了诗歌创作并从未间断,一生诗作千余首。他的小说中也透露出诗人的激情和诗歌的内在韵律。

劳伦斯出生于英国诺丁汉郡的一个矿区,是一位矿工的儿子。他母亲受过较好的教育,一生希望儿子能够进入上流社会,摆脱社会地位低下的处境。劳伦斯从小便感受到人与人之间复杂而微妙的情感关系,以及工业文明对人的心灵和感情的摧残。在他的作品中,他对现代工业文明所导致的社会腐败、道德堕落和心灵的麻木,予以深刻的揭露和批判。

劳伦斯在他的诗作中常以锋利而直率的口吻,敏锐而细腻的感受,看似随意实则充满激情的表达,抨击上层社会的精神空虚,探察原始的大自然与人的关系,表现物质主义与人性的冲突。他对权威与正统势力的反叛态度,同样反映在他对诗歌形式与技巧的思考方面。他的诗作在语言形式上突破了传统诗歌形式的桎梏。他认为诗歌应摆脱表面形式的束缚,自由地表达诗人的直觉,甚至是潜意识中的情绪,并将他的直接经验融入诗歌语言之中,使得语言、经验和情感浑然一体,流畅而舒展。他崇尚美国诗人惠特曼的诗歌风格,诗多用自由体写成,不用韵,多采用跨行的诗句,诗节的划分也没有固定的规则。在他的笔下,诗歌被赋予一种动感,有内在的韵律起伏,成为活跃的语言运动,具有特殊的感染力。在这种充分的自由中,诗人丰富的想象力、富于象征的意象、深入而直接的洞察得到了很好的展现,给人以深刻的印象,使人深思,令人回味。

钢　琴

一个女子对我温柔地唱歌,在傍晚,
把我从岁月的长廊中拉回去,直到我看见
一个孩子坐在钢琴下,在琴弦的共鸣中间,
听母亲笑着唱歌,紧挨她镇静的小足尖。

我不由自主,那支歌狡狯的艺术魅力
引诱我回去,直到我的心流着泪回归
往年家中的星期日黄昏,户外是严冬,
暖厅里有圣歌,引我们唱下去的钢琴声叮咚。

如今那歌者再爆出喧声,连同那黑漆
大钢琴的热情奔涌,都没用。童年的魔力
把我攫住了。我的成年岁月被抛入
记忆的洪流,我像孩子般为过去哀哭。

资产阶级可恶透了!

资产阶级可恶透了!
尤其是这一族类中的男性——

他体面,非常体面——
我把他当作礼物送给你行不行?

他不漂亮吗?他不健康吗?他不是极好的样品吗?
从外表上看,他不像精神饱满、衣冠楚楚的英国人吗?
他可是上帝的化身?一天赶上三十英里路去打山鹑,或者踢小小的橡皮球?
你可喜欢像他那样,家境富裕,时髦风流?

哦,等一等!
让他迎接新的激动,让他面对别人的贫困,
让他充分了解一点道德上的麻烦,让生活要求他懂一点新的东西,
然后你再看,他就像落汤鸡了,像蛋糕上发潮的浇头了。

你看他狼狈不堪，变成傻子或流氓了。
注意他的表现吧，他正面临着对他的智力提出的新要求，
一个新的生活的要求。

资产阶级可恶透了！
尤其是这一族类中的男性——
干净整洁，像一只蘑菇，
那么油光光的，挺直，悦目，站在那里——
像一只霉菌，寄生在以往生命的残骸上，
从比他伟大的生命之枯叶中为自己吸吮生命之汁。

即便如此，他还是馊了，他搁得太久了。
触一触他，你会发现他内囊里尽了，
恰如一只老蘑菇，里面全蛀坏了，外面是
光洁的皮肤，轩昂的仪表，里面全空了。

充满着骚动的、虫蛀的、空洞的感觉，
简直叫人作呕——
资产阶级真是可恶透了！

在阴湿的英国这类人千万个，一只只面孔保持不变，
太遗憾了！没法把他们全部踢翻，
像令人毛骨悚然的毒蕈，让他们烂掉，
在英国的泥土中快快烂掉。

西格里夫·萨松

(Siegfried Sassoon,1886—1967)

西格里夫·萨松生于伦敦,父母为西班牙系犹太人,家境殷实。他小时父母即分开了,不久父亲去世,他由母亲带大。母亲一心想把他培养成诗人。萨松的童年时代是充满平和与欢乐的。他早年曾在马尔波罗文法学校和剑桥大学的克莱尔学院就读。自幼喜爱打猎和诗歌。第一次世界大战前他就发表了抒情长诗《水仙花的凶犯》,表达了对下层人民生活境遇的同情,语言直白而自然。他也因此被认为是乔治时期诗人中的一员。

1914年,第一次世界大战爆发,萨松随即报名参战,来到法国战场。战争早期,他的诗作表现出一种骑士般的理想,对战争充满了新奇与希望。但很快他就失掉了这一幻想。战争的残酷,血的教训,使他的头脑清醒起来。1917年和1918年,他分别出版了诗集《往昔的猎人》和《反击》,其冷峻的现实主义手法表达出他对战争的蔑视,对伪善的爱国主义宣传的批判以及对他的同伴们的深切同情,诗集产生了广泛的影响。战争期间他曾因受伤被送回国。他对战争产生的极大厌恶情绪,对那些因战争发不义之财的人的痛恨,导致了他将所获得的十字勋章抛入大海,并组织反战游行。

战后萨松继续发表诗作,20世纪20年代的作品使他获得了更高的声誉。他在40年代和50年代也都有诗作问世。但他后期的作品更多地转入对宗教的思考，表现灵魂与精神的升华。他曾到美国游历，朗诵他的诗作，宣传反战思想。他战后的主要作品还有自传和回忆录。

　　萨松的诗歌风格没有脱离传统。他的诗歌语言直白易懂。尽管当时的现代主义诗歌时尚更欣赏复杂多变的情感，简洁自然的陈述似乎已经过时了，但萨松始终坚持自己的诗歌追求，力求表现"完美而鲜活逼真的声音——那些声音有最美的词语，最好的形式，且富于真诚和灵感"。他的诗作往往将战争的现实与怀旧的情绪很好地结合起来，给人以回味。

每个人都歌唱了①

忽然每个人都爆出了歌声；
我心中充满了这样的欢欣，
就像笼鸟得到自由时的感觉，
——它狂喜地飞过白色果树林，
飞过暗绿色田野；飞，飞，终于不见了踪影。

忽然每个人都提高了嗓门，
一种"美"如西沉的太阳般来临。
我的心满含着泪水震抖，恐怖已经
销声匿迹……哦，而每一个人
是只鸟，歌是没词儿的，吟唱将永远不停。

---

① 这首诗写的是1918年11月11日第一次世界大战停战协定签字后举世人民狂欢的情状。

妇女的光荣

你们爱我们当英雄回家度假,
或在被人颂扬的战场上受了伤。
你们崇拜胸前的勋章;并确信
勇气已经把战争的耻辱补偿。
你们为我们造炮弹;①高兴地聆听
泥地上遇险的故事,天真地激动着;
给我们在远方作战的锐气加冕,
为悼念头戴桂冠的阵亡者哀恸着。
你们不相信英国军队会"后撤",
可他们被极度的恐怖击倒而奔逃,
踏过可怕的尸体——浸在血泊里。
哦,在炉火旁做梦的德国母亲啊,
你还在织袜子准备给儿子送去,
他的脸已经被踩进更深的烂泥。

---

① 战时许多妇女被招聘到军工厂干活。

将 军

上星期我们上前线在路上遇到,
将军含笑说:"早上好,早上好!"
他笑迎的士兵如今大都已牺牲,
我们骂他的参谋部猪猡般无能。
哈里对杰克嘟囔:"他是个和蔼的怪老人。"
他们正扛枪带背包艰难地向阿腊斯[①]进军。

但他也确曾为他们把进攻方案制订。

---

① 阿腊斯是法国北部城市,第一次世界大战时处于前线。英军在西线的进攻开始于1917年4月9日,这是著名的阿腊斯战役,英军伤亡四万八千人,毙伤德军七万五千人,俘获德军一万三千人。

鲁伯特·布鲁克

（Rupert Brooke，1887—1915）

鲁伯特·布鲁克是 20 世纪初期的诗人，也是乔治时期的诗人。乔治时期诗人指 20 世纪一二十年代其诗作被收入五卷本《乔治时期诗歌》的诗人。当时的英国正处于英王乔治五世统治的时期，因此该五卷本诗集被称作乔治时期诗歌。这批诗人对维多利亚时期的诗歌传统仍然有所留恋，在诗歌形式上具有传统的风格，在诗歌的内容方面则具有怀旧和田园式的、异国式的浪漫情调。

布鲁克毕业于剑桥大学的国王学院，此后曾游历欧洲、北美等地。第一次世界大战爆发时，他担任英国海军军官，曾参加防卫比利时安特卫普港的战役，后又随军远征达达尼尔海峡，途中不幸患败血症身亡。

布鲁克于 1911 年发表《诗集》，1915 年发表十四行诗集《1914》。他被认为是第一次世界大战之前英国自由文化的代表。在战争中他所创作的诗歌，热情歌颂英国青年军人的爱国精神和英雄气概。他被看作为国捐躯的英国青年的典型和战争诗人的典范。当然，他作为资产阶级诗人不可能认识到这场战争的帝国主义性质，他的早逝也使他无法体验到战争过程中和战争后期的英国青年的精神历程。事实上，他的早逝被认为是那一代爱国青年被毁灭的象征。

布鲁克早期的诗受浪漫派影响，重抒情，富于幻想；后来的诗作则表现出机智，有 17 世纪英国诗歌的风韵。他的诗歌在当时的英美年轻诗人中流传很广。稍后于他的战争诗人多描写战争对心灵的摧残，人们内心的痛苦，精神的空虚和对理想的幻灭意识，这对战后的英美现代派诗歌产生了直接影响。这一切，在布鲁克的诗歌中是找不到的。

死　者[①]

这些心原是由人类的哀乐所织成，
奇异地被悲哀冲洗过，又易于欢乐。
他们是岁月的宠儿：享受过黎明，
日落，以及地球上所有的彩色；
见过运动，听过音乐，经历过：
安睡和觉醒；爱情，为友谊而骄傲；
敏锐地为奇迹而激动；独坐；抚摸
花朵、毛皮和面颊。这些已终了。
有河流整天在清风下发笑，且又
整天让华美的天空照耀。不久，
冰雪一挥手，凝固了舞蹈的波浪，
凝固了流动的美。冰雪在夜空下
留下了一种洁白的、坚固的光华，
集结的辐射，广度，闪光的安详。

[①] 原诗的韵式是：abab cdcd eef gfg，译文在末二行略有变动，为：abab cdcd eef ggf。

山

我们一口气奔上风吹的山头,
迎着阳光笑,吻着可爱的绿草。
"我们经历了光荣和狂喜,"你说道,
"而等到我们老了,老了的时候——
大地上照样有鸟叫,日暖风和……"
"我们一死,我们就完结了;生命将
在别的爱侣们嘴唇上燃烧,"我说,
"亲爱的,我们现在就得到了天堂!"
"我们听大地的教训,是她的精英。
生命是呐喊。我们已坚守誓言!"
我们说:"戴上蔷薇冠,毫不踌躇——
我们将走下去,向黑暗!……"我们骄矜,
又欢笑,因为话说得真实而勇敢。
于是你忽然哭起来,转向了别处。

云

无声的骚扰中,无穷无尽的柱列
沿蓝夜压下来,裂开,波动,流泛,
又踏过遥远的南方,或举起一团团
白雪,涌上那幽隐的美的白月。

在自己孤独地流浪的坟上,云停歇,
以深沉、飘忽而缓慢的姿势侧转,
好像是要为世界祝福,又深谙
自己的祝福是空的,在祈祷的时节。

据说死者没有死,而是存留在
继承他们的哀乐的富有者身旁。
我想他们在平静的中天驰骋。

像一串柱列,明智、庄严又凄哀,
注视着月亮,和永远咆哮的海洋,
以及在大地上来来往往的人们。

士　兵①

假如我死去，只须这样想到我：
域外大地上有个小角落，它将会
永远属于英格兰。在那丰美的
大地里隐藏着一块泥土更丰美。

这块土，英国所诞生，塑造，教育，
给予可以爱的花，可以走的路，
英国的躯体，呼吸英国的馥郁，
故乡水所洗涤，故乡的星辰所祝福。

想想啊，这颗心，摆脱了一切邪恶，
永恒的意愿的脉搏，把种种思索，
英国所赐予的，同样回报给祖国。

祖国的光和声，她那开朗的好梦；
朋友感染的笑；温雅的举动，
心里一片静，头上，英国的天空。

---

① 原诗的韵式是：abab cdcd efg efg，译文韵式变为：abab cdcd eee fff。

十四行诗

啊！我凝望着你，还远没倦意，
死神却会找到我，会把我突然
掷进绝域的阴影、孤寂和污泥
之中！在那里耐心等待着，有一天，
我想，我感到一阵吹拂的凉风，
我见到迟钝的光线照射着冥河浪，
我听到周围无知的死者在移动，
在颤抖。我该知道，你已经死亡，
我凝望着你——宽额微笑的梦哟，
你轻如往常，飘过暗淡的一群，
静静地思索，惊起，摇曳，闪烁——
你这无比独特的、惑人的幽灵！——
你转身，好兴致，你摇动愉快的褐色
头颅，四周是一群古代的死者。

忙碌的心

既然好和歹我们都干了，分了手，
我将使心中充满不可分的思念，
（心啊！我不敢变成个没心的空头）
将想到书中的爱，无涯的爱恋。

抱孩子的女人，满足的；老人在睡觉；
耕地，潮气浓，负载着禾谷一行行；
婴儿，哭泣着，而后把哭泣又忘掉，
年轻的天空，雨后就变得健忘。

黄昏，被归鸟的翅膀划破了宁静；
高贵的歌声，神圣的智慧，都存在，
我们死了。我想到千桩事，万种情，
可爱而耐久的，对这些我要慢慢来
一件件品味，像品尝甘甜的食物，
我需要用安静使我的心儿忙碌。

伊迪斯·西特维尔

（Edith Sitwell，1887—1964）

　　作为 20 世纪上半叶的诗人，伊迪斯·西特维尔是杰出的，也是有争议的。她生于达比郡的一个贵族之家。但童年的生活并没有给她带来多少快乐。在她的自传中她写道："对我来说，我的父母自我出生时起就是陌生人。"给她些许快慰的是同她感情笃深的两个弟弟：奥斯伯特和萨切维瑞尔，他们也是诗人。还有她的家庭教师海伦·露萨姆，她曾引导西特维尔阅读法国诗歌。

　　早年的西特维尔受到艾略特的影响，后者为她打开了一扇新的诗歌大门，启迪她以不同寻常的眼光来观察这个世界。她最初的诗作发表于 1915 年，是一本自费出版的薄薄的小册子。当时的英国诗坛正是乔治时期诗歌盛行之际。西特维尔对这种恋旧的田园诗风十分反感。她所推崇的是波德莱尔、晚期象征主义诗歌以及俄国作曲家斯特拉文斯基的音乐。1916—1921 年，她与弟弟们一同编辑文学年刊《轮》，与马什主编的《乔治时期诗歌》针锋相对。西特维尔的诗在形式方面具有实验性和创新性，尤其在诗歌的音韵和语言方面具有创造力。20 世纪 20 年代，她创作了一批极富新意的作品，影响广泛，引起批评界的关注。《门面》（1922）包括了一组内容抽象的诗作，它们在音律上极具特质，是"声音的图案"，传达出诗人独特新颖的感受。1923年由维廉·沃顿改编成音乐作品上演，引起批评家的强烈不满，招致众多的谴责。她的这一举动也预示出她在以后的文学生涯中追求大众化的意识。

西特维尔的诗作注重对事物细腻尖锐的观察，但她所传达出的意境往往是超越客观事物的。她注重感觉的发展，而这种感觉既是现实所触动的又是某种幻象所引发的，它们交糅混杂，表现出象征主义的意象和超现实主义的特质。她在1929年出版的诗作《金岸海关》中转向社会讽刺和批判的主题，与她在第二次世界大战期间创作的优秀诗作在思想情调上是相通的。第二次世界大战期间，西特维尔在诗作中把她对战争、对社会，以及对人类命运的思考同她个性化的敏锐观察和感受融为一体，创作了多首广为人们称道的艺术水平高、思想内容深刻的诗作，这使她的声誉大为提高。诗集《大街之歌》出版于1942年，其中就包括著名的《雨还在下着》，《该隐的影子》（1947）等。战后西特维尔曾去美国巡回演讲，大获成功。

西特维尔在20世纪30年代的作品大多为散文、传记、小说等。此外她也写过评论。她的诗选于1957年出版。50年代之后，她的声誉有所下降。她晚年的诗歌风格也与前期不同，追求表现力和修辞，具有歌颂式的情调。尽管她仍然是公众关注的焦点，但这主要是因为她怪异的服装和举止，它们常引起艺术家和摄影家们的兴趣。晚年的西特维尔被封为女爵士。

雨还在下着

空袭,1940,黑夜,黎明①

雨还在下着——
阴暗如人的世界,乌黑如我们的损失——
盲目如一千九百四十个钉子
钉在十字架上。

雨还在下着,
雨声如心跳,心跳变成捶击声
响在陶匠的血田②里,还有不敬的脚步声。

响在坟墓上:
雨还在下着,

---

① 第二次世界大战期间,1940年不列颠岛上空战中,德国空军多次袭击伦敦,投下大量燃烧弹。
② 《圣经·新约·马太福音》第27章:"出卖耶稣的犹大看见耶稣被定罪,后悔了,就把三十块银币拿去还给祭司长和长老,说:'我犯了罪,出卖了无辜者的血!'他们回答:'那是你自己的事,跟我们有什么关系?'犹大把钱丢在圣殿里,走出去,上吊自杀。祭司长把钱捡起来,说:'这是血钱,照我们的法例不可放在奉献箱。'商议的结果,他们同意拿这钱去购买陶匠的一块地皮,作为埋葬外国人的坟地。因此,到今天人家还叫这块地为'血田'。"

下到血田里,这里,小的希望在产生,人的脑子
滋长着贪婪,那个长着该隐①的额头的可怜虫。

雨还在下着——
下到钉在十字架上的饥饿者脚上。
每日每夜钉在那里的基督啊,对我们发发慈悲吧——
对财主和拉撒路②也发发慈悲吧:
在雨点下面,疥疮和黄金是同一个东西。

雨还在下着——
饥饿者受伤的肋旁流出的血③还在滴着:
他把所有的创伤忍受在心里——消逝的"光"的创伤,
那最后微弱的火花
闪在自我谋杀者心间,可悲的、不理解一切的"黑暗"的创伤,
被狗撕咬的熊④的创伤——

---

① 该隐是世界上第一个谋杀者(《圣经·旧约·创世记》第4章)。
② 在《圣经》寓言中,一个财主吃得好穿得好,一个叫拉撒路的乞丐,身上生疮,常到财主门口讨饭。乞丐死后升天堂,那财主死后进了地狱。(《圣经·新约·路加福音》第17章)
③ 耶稣死后,罗马总督彼拉多叫人打断受刑者的腿,然后把尸首取下来。兵士奉命而去。"他们走近耶稣,看见他已经死了,就没有打断他的腿。但是,有一个兵士用枪刺他的肋旁,立刻有血和水流出来。"(《圣经·新约·约翰福音》第19章)
④ 中世纪和英国伊丽莎白一世女王时代的一种游戏:把熊拴在柱子上,让狗去跟它斗。

瞎眼的、哭泣的熊啊,无助的躯体还要

挨看守人的揍……被追猎的野兔的泪。

雨还在下着——

于是——哦,我要跃向上帝:谁把我拉下来——

瞧,瞧,基督的血在苍天涌流,①

血从那个被我们钉在树上的额头流出,

深入到垂死的、干渴的心灵,

这包容着全世界的大火的心灵——因痛苦而被染黑了,

像凯撒的桂冠②。

于是一个人的声音响起来,此人像人的心

曾经是躺在牲口中间的婴儿③——

"我始终爱你,始终泻出我真纯的光,流我的血,为了你。"

---

① 这是英国剧作家马洛(Christopher Marlowe, 1564—1593)的剧作《浮士德博士》结尾处浮士德的绝望的哀叫,此时他已认识到他跟梅菲斯特签订契约使他受到了惩罚。
② 桂冠按传统戴在凯旋的将军头上,这里也可能联系到被戴在耶稣头上的用荆棘编成的华冠(《圣经·新约·马太福音》第27章)。
③ 耶稣出生后,他的母亲马利亚把他用布包起来,放在马槽里(《圣经·新约·路加福音》第2章)。

托马斯·斯特尔那斯·艾略特

(Thomas Stearns Eliot, 1888—1965)

托马斯·斯特尔那斯·艾略特是20世纪的重要诗人、文艺批评家和剧作家。他的作品对20世纪20年代之后的英美诗歌、戏剧和文艺批评产生了重大影响,开创了现代主义文学和文艺美学的先河。

艾略特生于美国的密苏里州,曾在哈佛大学和英国牛津大学就读,并在牛津大学获得博士学位。1914年,他结识了诗人庞德,得到后者的鼓励,开始诗歌创作。次年,他定居英国,此后他入英国国籍并加入了英国国教。第一次世界大战期间,他曾在学校任教并做过银行职员。此时,他发表了重要诗作《阿尔弗雷德·普鲁弗罗克的情歌》(1915)。他在作品中通过一个中年知识分子的内心独白,运用现代日常生活中的多种意象与古典意象的叠加,表现了现代知识分子彷徨、苦闷而空虚的心态,具有可触的现实感和深刻的寓意。1917年之后,他参与编辑《自我主义者》杂志。1922年,他创办刊物《标准》。是年,他在该刊物上发表代表作《荒原》(1922),将整个现代西方社会描绘成一片精神的荒漠,预示了人类文明在进入20世纪之时所遇到的全面危机。作品将西方传统和文明置于现代的精神世界中,把古老的神话、传说、宗教与现代心理学、人类学和哲学观念并置或糅合起来,通过声音、联想以及不和谐的意象碎片，拼贴出一幅现代工业文明的混乱图景。该作品建立了他作为20世纪迷惘的一代代表作家的地位，开拓了20世纪英美现代主义诗歌的发展方向。从这时起他被视为英美现代主义文化的权威。

1925年，艾略特担任费伯-费伯出版社总编辑，他推出了一批新人新作，对开拓现代主义文学起到很大作用。20年代中后期，他的诗作更加富于深意，展示了他对人生、哲学、传统、宗教等的思考，从文化与心理的角度揭示现代人复杂的精神世界，如《空心人》（1925）、《灰星期三》（1930）等。直至30年代后期他创作《四个四重奏》（1935—1942），他的诗歌创作达到了顶峰。30年代至50年代，他以极大的热情创作诗剧并试图复兴17世纪英国诗剧的繁荣。虽然他的诗剧作品在当时也一度被搬上舞台，但除《大教堂谋杀案》（1935）等少数作品外，其他诗剧已被人遗忘。

作为文艺批评家，艾略特的地位似乎更加重要，影响更加深入和广泛。尽管他的诗歌和美学理论开创了现代主义的文艺观，但令人深思的是：他的落脚点却是英国16世纪和17世纪的玄学派诗歌和新古典主义戏剧。他提出诗歌要避免"感觉的分离"，要注重"客观关联物"的作用，要提倡"非个人化"而返归传统，并创新传统等主张。重要的理论作品有《圣木：关于诗歌与批评的论文集》（1920）、《诗歌之用与批评之用》（1933）、《诗歌与戏剧》（1951）、《论诗人与诗歌》（1957）等。他在理论上和实践上将文艺美学带入了一个新的时代。

阿尔弗雷德·普鲁弗罗克的情歌[1]

假如我想到我在跟一个
能回到阳间去的人答话，
那么火焰就不会再闪动。
但既然（只要我所闻是真）
从来就没人从此地生还，
我就回答你而不怕蒙恶名。[2]

那么，我们走吧，你和我一起，
乘着黄昏正伸展向无际，
像病人被乙醚麻醉在手术台上；
我们走吧，穿过几条凄清冷落的街巷，
走过夜夜不安的便宜过夜栈房，

---

[1] 诗题暗示"情歌"的浪漫意味与阿尔弗雷德·普鲁弗罗克这个平凡乏味姓名之间含有讽刺意味的对照。诗名"情歌"，而整首诗除有一些"情"的暗示外没有涉及爱情，这也是作者的一种寓意。

[2] 这一段原为意大利文，引自但丁《神曲·地狱篇》第27章。但丁在地狱里问基多·达·蒙特凡尔特洛伯爵（1223—1298）是何许人，基多就回答这样的话（即这段引文）。基多犯了阴谋欺诈罪而被烈火包围，所以他的话只能通过火焰的闪动而说出来。他以为但丁也不可能回到阳间，所以这样说。

有人窃窃私语的僻静地方,
走过满地牡蛎壳粉,木屑地板的饭馆,
街道相连,像单调乏味的论辩
带有阴险的用心
他以为但丁也不可能回到阳间,所以这样说。
把你引向一个压倒一切的大难题……
哎,不要问,"是什么问题?"
我们走,我们去访问。

房间里女士们来来往往,
谈论着米开朗基罗[①]巨匠。

黄色雾在窗玻璃上蹭它的背,
黄色烟在窗玻璃上蹭它的嘴,
把舌头舔进黄昏的角落,
徘徊在即将干涸的池塘边,
让落自烟囱的煤灰落上它的背,
它溜过露台,突然一跃,
看到这正是温馨的十月之夜,
便蜷伏在房子附近,沉沉入睡。

---

① 米开朗基罗(1475—1564),意大利佛罗伦萨画家、雕塑家、建筑家、诗人,是文艺复兴时期的文化巨人,艺术卓绝,人格超群。作者让社交场上的女士们谈论米开朗基罗具讽刺意味。

确实地，会有时间
让沿街滑行的黄色烟
在窗玻璃上蹭它的背；
会有时间，会有时间
准备一副脸去会见你要会见的那些脸；
会有时间去谋杀，去创造，
有时间让逐日劳动的胼手胝足①
拿起一个问题再放进你的盘子里；
有时间给你，有时间给我，
有时间迟疑不决一百遍，
看见一百种幻象和幻象的变易，
然后吃吐司，用茶点。

在房间里女士们来来往往，
谈论着米开朗基罗巨匠。

确实地，还会有时间
提疑问："我敢不敢？""我敢不敢？"
有时间转过身，下楼梯，
露一块秃顶在我头发的中间——
（她们会说："他头发怎么越来越稀！"）

---

① 公元前8世纪希腊诗人有诗《逐日劳动》（亦译作《工作与时日》），歌颂农事劳动，介绍农作知识。这里，作者把"逐日劳动的胼手胝足"与毫无意义的社交动作联系起来。

我的晨燕尾服，领子顶下巴，笔挺，
我的领带精致而文雅，用一只简朴的别针固定——
（她们会说："他的胳膊、腿怎么那么细！"）
我敢不敢
把这个宇宙搅乱？
一分钟内有时间
做决定，改决定，一分钟内再倒转。

我已经熟悉了她们，熟悉了她们全部——
熟悉了一个个黄昏，上午和下午，
我已用咖啡勺量走了我的寸寸生命，
我熟悉远处房间里传来的音乐声底层
有说话声越来越微弱直到消失。
我怎能擅自行事？①

我已经熟悉了那些眼睛，熟悉了眼睛全部——
那眼睛用一个公式化词语把你固定住，
当我被公式化了，在一只图钉上挣扎爬行，
当我被钉住，在墙上蠕动，
这时候我该怎样开始
吐出我日常生活方式的全部烟蒂？
我怎能擅自行事？

---

① 可能指提出那个将搅乱宇宙的压倒一切的大问题。

我已经熟悉了那些胳臂,熟悉了胳臂全部——
那些戴着镯子的胳臂,光洁,袒露
(只是在灯光下显出淡褐色茸毛一层!)
是否那来自衣裙的香水气息
促使我这样地转向离题?
那些胳臂或倚着桌面,或裹着披巾。
此刻我该不该擅自行事?
叫我怎样开始?

……

我可否说,黄昏时我走过狭窄的街道
见到烟斗里烟雾升起
来自身穿衬衫,倚向窗外的孤独的男人们?

我本该是一对带毛的蟹螯①
飞快地掠过静寂的海的底层。

……

下午,晚上,睡得如此安宁!
让细长的手指轻轻抚遍,

---

① "我"但愿是一只海底的蟹。蟹的行动象征无聊和变老。参阅莎士比亚悲剧《哈姆雷特》中哈姆雷特对波乐纽斯说的"疯"话:"先生,你自己也会长到我这样年纪的,只要你能像一只螃蟹一样地越走越倒退回去。"(第二幕,第二场)

睡了……累了……或者它①装病,
伸展着躺在地板上,在你我身边。
在用过茶点、冰糕之后,我是否
应该有力量把此刻逼向紧急关头?
但是,尽管我哭着斋戒过,哭着祈祷过,
尽管我见过我的头(有点儿秃)放在木盘里端进来,
我不是先知②——这也没有什么大不了;
我见过我的伟大时刻的闪现,
我还见过永恒的"步行者"③拿着我的外衣,窃笑,
总之,我感到害怕。

说到头来,究竟值不值,
当饮料、果酱、茶点已用过,
在杯盘之间,有人谈论你我之时,
究竟值不值用一个微笑
把这件事情咬掉,
把宇宙挤压成一只球④

---

① 这里的"它"是一只贪睡的猫。
② 《圣经·新约·马太福音》第十四章:加利利的希律王娶其兄弟腓力之妻希罗底,遭施洗者约翰反对。约翰被民众视为先知。希罗底唆使女儿莎乐美通过希律杀死约翰,把他的头放在盘子里端进来,女儿把它给了母亲。王尔德曾据此写成独幕剧《莎乐美》。
③ "步行者"指死亡或命运。
④ 参阅马弗尔诗《致怕羞的情人》:"让我们把自己拥有的一切甜蜜/和一切力量都碾进一只球里/然后,通过生命的重重铁门/再奋力一搏,攫取我们的欢欣。"

让它滚向一个压倒一切的大问题,
说:"我是拉撒路①,从死者那里
我回来告诉你们一切,我要告诉你们一切——"
要是一个人,一面把枕头放在她头下,
一面说:"这根本不是我的意思。
不是的,根本不是。"

说到头来,究竟值不值,
究竟值不值在几次日落以后,
几次走过庭院、水洒街道以后,
几次读小说、喝茶、长裙拖过地板以后——
这些,还有许多许多事?——
把我想说的话说出来决不可能!
但似乎有魔灯把神经变成图样投到幕上;
究竟值不值
要是一个人,放下枕头或抛开披巾,
转身向窗子,这样讲:
"不是的,根本不是,
这根本不是我的意思。"

……

---

① 《圣经》里有两个名叫拉撒路的人。《新约·约翰福音》十一章:马利亚和马大的兄弟拉撒路,死了四天后,耶稣使他复活。《新约·路加福音》十六章:有一个财主,过着穷奢极侈的生活,同时有一个讨饭的拉撒路,浑身生疮。他们死后,财主被打入地狱受苦,乞丐升到天堂享受盛筵。

不！我不是王子哈姆雷特，注定不是；

我是个宫廷侍臣①，只能做这些事：

给巡游②壮壮场面，开演一场戏，

给王子出主意，无疑，是一件好使的工具，

恭恭敬敬，很高兴能给人派上用场，

有算计，一丝不苟，小心翼翼；

满口唱高调，却有点愚钝；

有时候，确实，近乎可笑，

有时候，差不多是个丑角。

我老了……我老了……

我要翻卷起我的裤脚。③

要不要把我的头发向后分开？④我敢吃桃子吗？

我要穿上白色法兰绒裤子，在海滨步行，

我听到了美人鱼在唱歌，彼此呼应。

我不认为她们会唱给我听。

我见到了她们骑着波涛驰向大海，

梳理着被风吹回的波涛的白鬓，

当大风把海水吹得黑里夹白。

---

① 宫廷侍臣可能指《哈姆雷特》中的御前大臣波乐纽斯。
② 巡游指英国伊丽莎白一世女王时期君主或贵族的正式出巡，当时的戏剧舞台上常有这种"巡游"场面出现。
③ ④ 20世纪初，卷裤脚和梳分头是时髦。

我们曾在大海的内室里盘桓，
海女儿给我们戴上红棕色海藻的花环，
等到被人间的噪音唤醒，我们就淹死。

早晨在窗前

她们在地下室厨房里碰响早餐盘子,
沿着行人踩踏的街道边,
我知道许多女仆潮湿的灵魂
在地下室采光井门边沮丧地萌苗。

阴郁的雾浪从街底把几个
扭曲的面孔给我掷上来,
从一个裙子带泥的路人身上
撕下一道无目的的微笑在空中摆动
又沿着一排排屋顶的平行线消去。

理查德·奥尔丁顿

(Richard Aldington, 1892—1962)

理查德·奥尔丁顿是意象主义诗歌奠基人之一,也是意象派诗人、小说家和传记作家。他生于汉普郡,在多佛尔学院和伦敦大学学习过,但未获学位便离去。

奥尔丁顿在文学生涯的早期结识了庞德,并通过庞德认识了美国女诗人希尔达·杜丽特尔(H.D),两人于1913年结为夫妇。他们共同主编了意象派诗歌刊物《自我主义者》。1915年,奥尔丁顿出版了第一部诗集《意象,1910—1915》,此后又出版了《战争意象》(1919)和《丛林中的傻子》(1925)等。

第一次世界大战期间,奥尔丁顿志愿参军,曾在法国参战。他受到过毒气的侵害并经历过炮弹休克,深刻认识到这场战争给人们造成的危害。他创作了强有力的反战作品,包括小说和诗歌。小说《英雄之死》(1929)反映了战前的社会形势、中产阶级的生活方式及思想状态,并对这场战争进行了批判。另一部小说《通向光荣之途》(1930)也对这段经历进行了描绘。

奥尔丁顿的后期创作多为传记作品。他曾编辑了劳伦斯的散文,并写有《劳伦斯传》,但该作品引起了广泛的争议。他于1941年出版了自传《为了生活而生活》。

两年以后

她是这样轻盈,
温柔,素白,
像五月的早晨。
她在黄昏时走路
不披头巾。听她唱
是幸福的事情。

这是上帝的意志,
使我永远爱她
像他爱玛丽一样,
啊,朝朝又暮暮
我愿意前去祈祷
希望她把我也爱上。

她像可爱的金子,
却比黄金冷得多。
你应该祈祷,为了我;
如果我赢得她青睐
两次吻她的面颊,
上帝已待我不薄。

休·麦克迪亚密德

（Hugh MacDiarmid, 1892—1978）

休·麦克迪亚密德是苏格兰诗人，一生致力于苏格兰民族文学的兴盛。他生于苏格兰的邓弗里斯郡，曾在当地的学校和爱丁堡大学读书。第一次世界大战期间他曾服过兵役。战后他做过多年的记者。他早年的一些诗作是用英语写成的，被收入苏格兰诗歌选集，于1920年发表。两年后他首次用"麦克迪亚密德"的笔名在《苏格兰诗歌集》中发表诗作，此后他一直用这个笔名发表作品。他最初的几本诗集出版于20世纪20年代中期，《看蓟的醉汉》（1926）收入了他许多优秀的诗作。

麦克迪亚密德是一位苏格兰民族主义者和共产主义者。他以饱满的激情和昂扬的斗志呼唤苏格兰的民族精神和民族品格。他在文学艺术方面力图复兴苏格兰的传统文学及文化。他用一种特殊的苏格兰方言进行诗歌创作，形成他的特殊创造。他从乔伊斯的作品《芬尼根的苏醒》中的混合语言得到启发，将几种苏格兰方言糅合在一起，形成一种独特的综合性的方言（Lallans），他用这一独特的苏格兰方言创作的抒情诗，音韵铿锵有力，达到了意想不到的效果，获得了成功。同时他还在苏格兰的民间传统和苏格兰中世纪晚期的一批诗人的作品中，寻找文化渊源和灵感，并将这一渊源同现代的生活和现代的思维结合起来，创造出了真正属于苏格兰民族的而又充满现代精神与活力的诗歌作品。

麦克迪亚密德诗作另一个方面的特点是他的政治性。20世纪30年代他写过歌颂列宁的颂诗，探讨诗歌与政治、生活的关系，抒发对未来、对革命的思考和理想。

麦克迪亚密德晚期的诗作十分宏大，篇幅较长，具有史诗般的气质。

在儿童医院里

"怎么样？丢了你的两条腿？"

——西格弗里德·萨松

让这个缺腿的男孩向高贵的夫人
表演吧：他能够把拐杖运用自如。
有什么关系？尽管护士长不同意：
"他还没练好啊！"既然这是公主
提出的意愿。来吧，汤米，拼死
也要在病房里试着来回走几步。
王亲国戚的手会拍拍你的头，
生活一下子会变得不再那么苦。
失去两条腿显然没什么可恼，
既然因此能得到这样的荣耀！
要知道，尽管别的孩子们心中
嫉妒，这件事办得可完全成功！
但愿那拐杖触击地板的响声
永远在她的头颅里电闪雷鸣！

摇摇欲坠的石头

寒冷的收获季,宁静的夜之中央,
世界像一块摇摇欲坠的石头
在天空里晃荡;
我的怪异的记忆像被风儿
吹逐的雪片般沉降。

像被风吹逐的雪片,我不能读出
墓石上镌刻的字样,
即使荣誉的苔藓
和历史的地衣
还没有把字迹埋葬。

天边彩虹的断片

潮湿的下午,剪毛羊感到冷,
我见到罕见的奇观:
轮廓不清的彩虹,抖动着光线,
出现在倾盆大雨的上面;
我想到你最后的疯狂神态
在你死去之前。

云雀的巢中没有烟,在黑夜
我的屋里也没有烟;
但是,从那以后
我一直想着那愚蠢的光线,
我想,你的神态意味着什么
可能我已经终于了然。

威尔弗雷德·欧温

(Wilfred Owen, 1893—1918)

　　威尔弗雷德·欧温是第一次世界大战期间的战争诗人。他很有才华，并试图对英语诗歌的形式及语言表达进行新的尝试，是当时最有前途的一位年轻诗人。不幸，战争夺去了他年轻的生命。

　　欧温早期的诗歌受到济慈诗风的影响，比较注重诗歌中的感官效果。战争的残酷使得他不得不面对现实，在思想和情感两方面他都经历了痛苦的磨难。他的诗歌内容多表现战争给人们带来的内心的伤痛、思想的混乱以及精神的空虚。这些诗不仅描绘了战争场面的惨烈，而且在一定程度上探索了现代战争对人性的摧残，表现了现代人的精神幻灭。他将个人的情绪融于整个现代人痛苦的精神历程中。在诗歌形式与技巧方面，他的诗很快趋于成熟。他曾热心于改革传统的诗歌形式，采用半韵或非完全韵，在诗节的划分上比较灵活，不讲究一定的规则。这些都使他有别于维多利亚时期的诗人而表现出他的创新性和深刻性。

青年阵亡者的赞歌

什么钟为牛马般死了的青年报丧?
只有大炮的巨怪一般的怒叫。
只有步枪急促的突突鸣响,
匆匆忙忙地做出了一些祷告。

不要笑他们:没人祈祷,没丧钟,
没有悲悼的声音,除了那唱诗班——
尖声哭叫的炮弹唱诗班,发了疯,
和号角,从悲哀的州郡向他们呼唤。

拿什么蜡烛来祝福他们每个人?
孩子们手中没拿,孩子们眼睛里
将射出告别时刻神圣的亮光。

姑娘们额上的苍白给他们作柩衣;
他们的花圈是忍痛者心中的深情,
渐暗的黄昏是一次次帘幕的徐降。

罗伯特·格雷夫斯

（Robert Graves, 1895—1985）

格雷夫斯虽出生在20世纪即将来临之际，经历了20世纪现代主义诗歌的冲击，但始终固守传统的诗歌风格。他出生于伦敦附近，父亲是爱尔兰人，也是诗人，母亲是德国人。第一次世界大战爆发时他即参加了军队到法国作战，目睹了他的许多同伴被战争毁灭。他自己也在21岁生日那天被报道死于战场。在他的自传《告别一切》（1929）中，他对残酷的战争生活有所描述。他与萨松是朋友，但与萨松等反战诗人不同，他把这场战争看成是生活的延续。战后他入牛津大学的圣约翰学院学习，但未获学位。

格雷夫斯的著述丰厚，并从事过多种文学工作，他是学者、神话收集家、文学理论家，写过评论、游记，翻译过许多文艺作品，他还是剧作家和小说家。但他对诗歌的追求和热情始终未减，一生潜心侍奉诗歌女神。对于他来说，现实是在诗歌中展开的。

格雷夫斯的诗歌形式工整，语言清晰畅达，属于传统式的诗歌风格。但他写得并不拘谨，而是在自然中见出匠心。在传统形式的背后他也表现内心的冲突，也流露出非理性的和虚幻的气息。1948年，他完成了"诗歌神话的历史书"《白色女神》，构想了他的神话体系。他认为诗歌的创造力来源于诗神，来源于原始母性及女性，然而这种源泉却被男人的理性与逻辑的价值观毁灭了。在这部作品中他对历史、个性与诗歌创作等进行了思考。许多读者都喜爱他的这部作品，其中的许多诗写得十分优美，而他的诗歌主题也常引起人们的回味。1955年，他出版了诗歌选集，获得广泛赞誉。格雷夫斯的诗歌不属于任何流派，他也不追随任何诗潮，而始终以自己独特而个性化的声音赢得读者的心。他的爱情诗写得尤具特色，此外他还写过歌谣、给孩子们的诗、戏剧独白及叙事诗等。

一个爱情故事

满月从东方升起,一脸狂怒,
面对着红云斑驳的冬季的天空;
树篱在积雪中怒茁,猫头鹰口出呓语——
那种难以承受的庄严,
一阵颤抖震撼着脊梁骨。

在童年,曾遇到这种情景,
我经历过恐怖:我把月亮请到家里,
带着猫头鹰和白雪,以便在头脑里培育
(贯串新春的种种磨难)
那未曾减轻的饥荒。

但是堕入了情网,让爱情
居住在这些阴冷的堡垒上。
她的形象是我的旗帜:雪化了,
树篱抽枝了,月亮温柔地照耀着,
猫头鹰用夜莺的嗓子啭鸣。

这些都是谎言,虽然它们配得上时令,
给我带来的不是好运气;她的形象
在恶劣天气里扭曲,变成丑老太婆。
然后冬天一跃,弹回到我身边,
苍白的天空因月震而起伏。

带着爱情的音调向饥荒女王
歌唱小夜曲,那是危险的。
我流着泪重新组织从前的情景,
让白雪平卧,看月亮升起,忍受猫头鹰叫,
向这些平淡无奇的东西致敬。

魔鬼对说故事人的忠告

有人说，可能性应该让人见得着，
否则人们想：你的故事真不了。
但是我对说故事人的忠告是这样：
不要把可能性称出几斤又几两，
也不要孜孜不倦地抄袭那谁都
知道的关于善恶或爱情的掌故。
想瞎编一个场景冒充真家伙，
你就得认真地像说谎人那样去做——
天生的说谎人，不次于那些能从
别人嘴巴里劫夺存货的孬种；
首先要随时搜集鸡毛加蒜皮，
这些也许能凑成一整个天地；
让这个偶然建成的世界里充斥
那些你并不认识的张三或李四——
同性恋之类，或者火车上的旅人，
出现一次，随便猜，再不见踪影；
让他们驾驶的无轨车使他们自个、

使你、使读者惊异得瞠目结舌；
叹气吧，皱眉吧，但是在绝望之余，
让主题、结尾、寓意全随风飘去；
情节间美妙的自相矛盾使全书
读起来充满人情味又恰到好处。

不抱希望的爱情

爱吧,别抱希望:当年轻的猎鸟人
向着乡绅的女儿脱帽致敬,
你就让笼中的云雀出笼飞翔,
她骑马而过,让云雀绕着她歌唱。

辩护词：致男孩儿女孩儿们

你们在心里记里亚的《胡诌歌》[①]，不死记；
却死记蒲柏的《伊利亚德》[②]，心里记不牢；
孩子们，你们如果复诵我的诗，
必须极端分明地区别这两条。
这是撒谎：如果谁说我写诗不是
充满了爱心而是为了爱技巧。

[①] 爱德华·里亚，英国儿童诗人。他的《胡诌歌》为儿童所喜爱，他们不需死记，能随口背诵。本书选有他的两首诗。
[②] 亚历山大·蒲柏，英国诗人，曾用英文译出希腊荷马史诗《伊利亚德》。

凉 网

孩子们不会说天气多么炎热,
夏季玫瑰的香味多么火辣,
黄昏天上的黑色荒原多可怕,
敲着鼓走过的高大士兵多可怕。

但我们会说话,说话使大热天清凉,
说话能冲淡玫瑰凶猛的芳香。
我们念咒语赶走头上的夜空,
我们念咒语赶走士兵和惶恐。

语言的凉网把我们卷绕在里面,
撤退自过多的欢乐或过多的恐惧:
我们终于变成了海绿色,在话语
悬河和言辞大海中冰冷地死去。

但假如我们让舌头失去自制,
在我们死前而不是在死亡到来时

抛出言辞和一连串言辞的唾沫,
面对孩子们光灿耀目的白日,
面对玫瑰、暗的夜空和鼓手,
我们就肯定会发疯,疯狂地死去。

丝蒂薇·斯密斯

(Stevie Smith, 1902—1971)

丝蒂薇·斯密斯是诗人和小说家,原名弗洛伦斯·玛格丽特·斯密斯,"丝蒂薇"是她的昵称,意为"小的"。斯密斯生于约克郡,3岁时举家迁至伦敦。在那里她一直住到去世。1953年,她在伦敦一家出版社工作过,此后她一直为英国广播公司写作并播音。

斯密斯是以小说创作初登文坛的。1936年她的小说《黄纸上的小说》出版,此后她又出版了《越过边境》(1938)和《假日》(1949)。1937年斯密斯出版了第一本诗集《大家拥有的美好时光》,后又有七本诗集先后问世。她的诗作都配有她自己做的插图,她称之为"胡乱涂鸦之作",幼稚可爱,同诗的主题似乎毫无关系。她的诗歌初看起来也是滑稽而天真的,有一种童谣的风格,节奏明快,语言质朴。但细心的读者会发现在表面的稚气背后隐藏着一丝痛苦和困惑,也蕴含着硬实与坚韧的一面。她的诗常探讨死亡的主题,在她眼里,死亡是值得人们去获取的酬劳,它能使人性更为完美。她的诗歌选集于1975年出版。1969年,斯密斯获女王诗歌金奖。她的诗在她过世之后受到越来越多的人的赞赏。1977年,一部根据她的生平编写的剧作上演,此剧后又被改编成电影。

唱歌的猫

那是一只不自由的小猫
在一节拥挤的车厢里,
女主人把他从匣子里取出
来缓解烦躁的情绪。

她把他放牢在自己的膝上,
这动物体面,得体,
所有的乘客都在观看他,
他是如此的美丽。

啊他耸立了,啊他拉人了,
在她的膝上翻身,
他提高他的天真的嗓子
唱出悲哀的乐音。

他提高他的天真的嗓门,
他提高嗓子,他歌唱,

他显出优雅的笑容,投给
每一个人的脸庞。

他举起他的天真的爪子
紧挨着她的胸膛,
每个人都喊出声来,瞧啊,
那猫,那猫在歌唱。

他提高他的天真的嗓门,
他提高嗓子,他歌唱,
他的美丽带来的爱意
温暖着每个人的心房。

这是否明智？

这是否明智——
去拥抱苦难，
做一首歌颂扬忧郁
把叹息的花环编织，
整个地放弃希望？
不，这不明智。

这是否明智——
去钟爱死亡，
做一首歌颂扬腐败，
颂扬一连串谎言欺世
把变异捆住？
不，这不明智。

这是否明智——
去忍受痛苦，
唤起陈年的怒火，
当死亡成为
一笔易得的横财时
为烈士遗孀应得的遗产而痛苦？
不，这不明智。

我们的吧嘎是嘟嘟①

我们的吧嘎是嘟嘟,是嘟嘟,
他们口齿不清地发软音,
但是当我要他们说清楚,
他们就变得有点儿任性。
你怎么知道吧嘎是嘟嘟,
孩子啊,我的小亲亲?

我们知道,因为我们愿意这样,
这就行了,他们嚷。
立刻在幼儿的每只眼睛里
燃起骄傲的火光,
假如你不这样认为,你就得
钉死在十字架上。

---

① 此诗原题是 *Our Bog Is Dood*。这里有幼儿发音含糊不清的两个词。Bog 可能是 God(上帝)。dood 可能是 good(善),也可能是 dead(死)。如果读作 Our God is good,那就是"上帝是至善者"(但又隐含着 Our God is dead 即"上帝已死")。

那么告诉我，亲爱的小家伙们，
就算吧嘎是嘟嘟，嘟嘟是啥？
那就是我们想的，他们回答，
我们就是这样想的呀。
他们点着头。吧嘎是我们的，
我们全都属于他。

但是等他们再次抬起头来，
他们已把我忘记。
他们彼此瞪大了眼睛，
又骄傲又悲戚，
因为嘟嘟是什么，吧嘎是什么
他们的解释永远不统一。

哦，那么离开他们是惬意的，
看不见他们更惬意，
在得寸进尺的大海旁边
独自散步最惬意，
那永远不会淹没我的大海很快
会淹没他们全体。

新时代

我可否告诉你正在到来的新时代的标记?
那就是流着泪的人们的啜泣
和辱骂的声音,我们已衰老,我们已衰老
太阳在降落,在变得冷峭
啊,罪恶的悲伤的我们种族的最后一茬
假如现在我们求助于上帝你想他会动心吗?
于是他们俯身下跪开始哭哭啼啼诉说
艺术本身的状况预示着衰落
仿佛艺术过去和现在总是
跟文明(好的或坏的)有关系。
艺术像猫一样狂野,跟文明远离
但那是另一个目前不予考虑的问题。
啊,这些带来叹息和罪孽的人是傻子
为什么"人"该面临末日?他几乎还没有开始。
新时代将以他们的哭声为借口悄悄地溜进来
降临到他们头上而他们还没有把眼睛睁开。
好吧,说地质时期是一把一英尺长的尺子

那么"人"在这里只是用了大约半英寸时间来当傻子
或当聪明人（假如他喜欢）正如他常做的那样
哦，天哪，这些流着泪的人啊是在糟蹋美丽的地质景象。

不是在挥手而是在没顶

没有人听见他,那个死人的声音,
但他仍然躺在那里呻吟:
我走得比你想的更远
并且不是在挥手而是在没顶。

可怜的家伙,他总是喜欢闹着玩
而现在他死了
对他来说一定是太冷了他的心脏垮了,
他们说。

哦,不不不,那总是太冷了
(死人仍然躺在那里呻吟)
我这一辈子总是走得太远了
并且不是在挥手而是在没顶。

路易斯·麦克尼斯

（Louis MacNeice，1907—1963）

路易斯·麦克尼斯生于北爱尔兰的贝尔法斯特。他父亲是爱尔兰大教堂的一位牧师，后做了主教，很有学问，麦克尼斯对他充满了爱。虽然成年后的麦克尼斯大部分时间是在伦敦度过的，但他在诗中常常回忆起童年的时光，为他的爱尔兰文化感到自豪。麦克尼斯早年在马尔伯罗公立学校就读，后来到牛津大学学习。其间他爱好古典哲学和诗歌，诗中常流露出他对古典哲学问题的思考。在那里他结识了奥顿、斯本德和路易斯。他后来在伯明翰大学教过古典文学。1941年，他来到英国广播公司做编剧和制作人，直到他去世。这期间，他创作了大量的优秀广播剧，其中《哥伦布》（1944）及《黑暗的塔》（1947）都是成功之作。他还用诗体翻译了埃斯库罗斯的《阿伽门农》和歌德的《浮士德》。

作为诗人，麦克尼斯被认为是"奥顿的一代"的成员之一。他曾随奥顿一起访问过冰岛，并与其合作出版了诗集。他与奥顿等人的作品常一同刊登在《新信号》中。1938年，他出版了《现代诗歌：个人的评论》，呼唤一种将诗人的个人感受与他对自然和社会的理解交融起来的"非纯诗"。他与"奥顿的一代"中的其他诗人接受了艾略特等人的现代诗歌传统，但希望超越他们，显示自己的个性，主张摒弃诗中的深奥难解的风气。

然而，麦克尼斯的诗作及思想倾向与奥顿等人也是有所不同的。他早年虽确有"左"的倾向，但在政治上他是怀疑和暧昧的。他曾说："我同情左派，但不是在心里，是在骨子里。"他的诗歌更体现出现代人的怀疑气质和飘忽不定的心灵感受。他用画家般敏锐的目光观察这个世界，对固有的模式发出疑问。在诗歌形式方面他是传统型的，常有古典形式出现在他的诗中，不过他的诗受到爱尔兰民歌的影响，常用行内韵、半韵，以及民谣的重复音，促进了英语诗歌在音韵方面的发展变化。

观星者

四十二(这数字如果不对别人,至少对我说
是颇感兴趣的)年前一个星光灿烂的晚上
西去的列车是空的,没有走廊
我从一侧奔到另一侧,抓住异常的景象
那是些圆洞,几乎令人难以忍受的炫亮
被按进天空里,它们使我激动,部分地由于
它们的拉丁文名称,部分地由于我曾在课本上读到:
它们间相距多遥远,似乎它们(至少有几个)的光
在我诞生前多少多少年已经飞离自己。

现在我保留着这个记忆,我记着
那时候什么光在飞离它们之中的几个,
四十二年前的景象将永远不再出现
让我来得及抓住它,那光到达
这里的时候将发现
没有任何人还活着在一列夜行的
火车车厢里从一侧奔到另一侧
赞美这景象。徒劳地加几句废话。

照临花园的阳光

照临花园的阳光
变硬又变得冷酷,
我们无法把分秒
在阳光的金网里罩住,
一旦说出了全部,
我们就不能求原谅。

我们的自由如长矛
向它的目标飞射;
大地有引力,十四行诗
和鸟雀向大地降落;
我的朋友啊,顷刻
我们就没时间舞蹈。

天空适宜于飞翔,
藐视教堂的钟声
和一切刺耳、不祥的

警笛宣布的凶讯:
大地有引力在吸引,
我们要死了,埃及女王! ①

不再期望原谅,
重新变硬了心肠.
很高兴能跟你冒着
大雷雨并坐在一起,
而且心里感激
照临花园的阳光。

---

① 莎士比亚剧本《安东尼与克莉奥佩特拉》第四幕第十三场中安东尼有一句台词:"我要死了,埃及女王,我要死了。"埃及女王指克莉奥佩特拉。这里借用这句台词,把"我"改为"我们"。

威斯坦·休·奥顿

(W.H. Auden, 1907—1973)

威斯坦·休·奥顿是 20 世纪上半叶英国的重要诗人,在两次世界大战之间及二战之后,他的诗对英美诗歌的发展进程均产生了相当大的影响,感染了英美诗坛的众多年轻诗人,并拥有一批追随者。30 年代,他与当时另三位在政治观点和诗歌主张方面观点相近的诗人路易斯、麦克尼斯和斯本德一道,代表了当时现实主义的左翼诗歌风格,被称为"奥顿的一代"。他们的诗歌摒弃了乔治时期的诗歌传统,将现代的城市生活和现代人的精神追求写入诗中,给诗坛带来一股强有力的新鲜气息。

奥顿生于英格兰的约克郡,父亲是一名医生。受他父亲的影响,奥顿从小就对医学书籍感到好奇。他后来常在诗中对身体或心理的疾病有细致的描述,冷峻、直接而少有阐发。这一方面是因为他受到了弗洛伊德心理学的影响,另一方面也同他从小受父亲和家庭的熏陶不无关系。奥顿曾就读于牛津大学,在这期间,他创作了大量诗篇并结集于 1928 年出版,显露出他在诗歌方面的才华。

毕业后奥顿出游德国,从此开始了他一系列的远游。在德国,他邂逅美国现代预言家荷马·雷恩,受到他的宗教思想的熏染。而弗洛伊德的心理分析则更加令他倾心。他曾写过挽歌悼念这位现代心理学家。他的第一本诗集是由艾略特安排在"费伯和费伯"(Faber&Faber)出版社于1930年出版的。1937年他先后去了冰岛和西班牙。在西班牙他亲历西班牙内战,支持西班牙的共和政府,反对佛朗哥,写出著名的诗篇《西班牙》,以完美的形式表现了西班牙内战的现实,广为传诵。次年,奥顿与小说家伊修伍德一道来到中国的徐州前线和武汉访问,两人合作,奥顿作十四行诗,伊修伍德作散文,于1939年出版了他们的战场见闻《战地行》。奥顿在诗中将生活的真实与现代的笔法相结合,表达了他对中国人民抗日战争的关注与对中国普通士兵及下层百姓的同情,感情真挚,感染了当时许多中国青年诗人,这些诗成为他最出色的作品中的一部分。

奥顿的诗作受到哈代、霍普金斯以及拜伦和蒲柏等人的影响,在形式上具有古典主义的倾向,观察敏锐,技巧纯熟。同时他更受艾略特和庞德等人的现代主义诗风的启发,将现代人的意识和情调与对传统的反思交融并置,以充满戏剧性的、口语化的和反讽的笔调表现了一个现代诗人的良知。

1939年,奥顿在英国面临法西斯德国的武力威胁之际,来到美国,并成为美国公民。他晚年的大部分时间也是在美国度过的。对于他的这段经历,不少人是有非议的。随着他诗歌创作的发展,他所关注的问题也与早期诗作有所不同,他把诗歌看成是"知识的游戏",强调语言的真诚,技巧的娴熟。他的诗更富于沉思性,更富有宗教的气息,甚至具有一种启蒙式的说教色彩,复杂而晦涩。1939年,他发表了诗集《另一个时代》,被认为收入了他最优秀的诗作，包括《1939年9月》。他逐渐放弃了政治题材，思考困扰人们的孤独感，而宗教的情感则越来越浓厚了，以至于在他后来的诗歌选集中，他不再收入早期的政治诗。然而他后期的诗作仍然是高质量的，且数量很多。1956年，他被选为牛津大学的诗歌教授。他在晚年注重诗歌与音乐的关系，为歌剧写过歌词。

奥顿在诗坛上的地位一直是稳固的，且越来越受到人们的关注。

名人录

一先令传记会给你全部事迹：
他父亲怎样揍他，他怎样逃去，
年轻时怎样奋斗，干了什么事
使他成为那时代最拔尖的人物；
他怎样作战，钓鱼，打猎，干通夜，
爬新山不顾头晕，给海起名字；
最近某些研究者还这样描写，
爱情使他像你我一样哭鼻子。

他誉满天下，只是仰慕一个人，
此人，吃惊的论者说，就住在家里；
就在屋里干一些熟活，干得少，
无所事事，会静坐，会吹吹口哨，
在花园里晃晃荡荡，回几封奇异
又冗长的信函，但一封也不留存。

在这座岛上

瞧,陌生人,此刻在这座岛上
使你愉悦的跃动之光显现,
稳稳地站在这地方,
不要作声,
让大海动荡的声响
能通过耳朵的渠道
像一条河那样流浪。

这里在小块田地的边缘暂停
当白垩峭壁和高耸的岩脊坠落到海中时
制止潮汐的
拉扯和叩击,
以及在吮吸一切的激浪冲击下沙石的
冲突摩擦,
而海鸥全靠它身体的一侧
作片刻的栖息。

老远处像飘荡的籽粒,船只
为自愿的紧迫任务而分航,
全部景象
真的会进入记忆,
会在记忆里移动如现在这些云朵动荡,
这些云朵飘过港湾明镜
穿过海水闲逛在整个夏季。

"他效命于远离文化中心的野地"①

他效命于远离文化中心的野地:
被他的将军和他的虱子所遗弃,
在棉袄覆盖下他合上一双眼皮,
永远消逝了。有一天这场战役
被编成史书,不会写他半个字:
他脑子带去的不会是重要的知识;
他开的玩笑发了霉;他麻木,像战时;
他的姓名和形貌已永远消失。
他不懂、不选择行善,却教了我们,
像个逗号增添了含意:他化为
中国的泥土,使我们的女儿能够
理直气壮地热爱这大地;不再受
恶狗的欺凌侮辱;更使得有水
有山有房屋的地方也能够有人。

---

① 奥顿于1938年春天和伊修伍德一起访问中国,曾到徐州前线看了一下。这首关于一个阵亡的中国士兵的十四行诗就写于此时。在武汉的一次文艺界招待会上,奥顿朗诵了这首诗。当时的翻译者将此诗的第二行译成"穷人和富人联合起来抗日"。

小说家

一个个装在才能里像穿上制服,
每一位诗人的等级乃众所周知;
他们可以像雷鸣把我们震住,
年轻时就死去或多少年单身度日。

他们可以像轻骑兵冲锋,但是他
必须从幼稚的天赋中挣扎脱身,
去学会朴素和粗拙,他必须设法
做人人都认为不屑一顾的那种人。

因为,为了实现他最小的心愿,
他必须变得极端的无聊,迁就
言情类庸俗的怨诉;在义士中间
讲义气,在臭水沟里合污同流;
假如能够,他还须以孱弱的身躯
麻木地忍受人类的一切冤屈。

"当新闻报道的所有工具全都"

当新闻报道的所有工具全都
确认我们的敌人取得了胜利,
我们的防线被突破,我军在后撤,
暴行得逞,像一种新的瘟疫,
邪恶如迷人的妖女,到处受欢迎;
当我们抱憾自己出生在当今——
别忘了一切似被遗弃的孤魂。
今夜在中国,我要追忆一个人:
他在沉默的十年里工作,等待,①
直到在穆佐他爆出全部的热能,
一劳永逸地把一切都献了出来:
他怀着完成了事业的感激之情,
在一个寒冬之夜他终于出外
去抚摸小城堡,像个奇异的巨灵。

---

① 奥地利诗人里尔克(1875—1926)从1913年起沉默了十年,之后在瑞士穆佐小城堡里完成了著名的诗篇《杜伊诺哀歌》(1922)和《致俄耳甫斯十四行诗》(1922)。

我们的偏好

计时的沙漏对雄狮的吼声低语,
钟楼连日连夜地向花园倾诉:
世上有多少谬误要时间忍住,
永远正确的人们犯多少错误!

时间啊,尽管钟声高亢或低沉,
尽管光阴的洪流飞逝如泻,
时间永远不阻挡雄狮跃奔,
不动摇玫瑰自信能放出光烨。

因为它们似乎只关心成就,
而我们选词要考虑抑扬动听,
判是非要找出问题在哪里棘手。

时间总是让我们留恋喜爱,
我们难道不曾想:宁可绕道行,
也不要直趋目前我们的所在?

布鲁塞尔之冬

徘徊在线网交错的寒冷街衢，
走近霜冻中凝成固体的喷水池，
它的常态你忘了，它已经失去
构成一种事物的确定的模式。

只有那些个贱民，老人和饿汉
在如此低温下才感到地点的意义，
承受着苦难，他们紧挤在一起；
严冬包容着他们像座歌剧院。

今夜耸现着富人住宅的屋脊，
那些孤立的窗户如农舍闪熠，
一个词语像货车装满了意义。

一种脸色包含着一个人的历史，
五十个法郎能使陌生人获致
拥抱颤抖的城市入怀的权利。

史蒂芬·哈罗德·斯本德

(Stephen Harold Spender, 1909—1995)

史蒂芬·哈罗德·斯本德是20世纪英国诗人、评论家。他父亲是著名的新闻记者。他从母亲身上继承了部分德国犹太血统。早年就读于伦敦大学学院和牛津大学学院。在牛津他结识了诗人奥顿、麦克尼斯和作家伊修伍德。后来在德国居住了一段时间,他的政治意识敏锐起来。1930年出版《诗二十首》。1932年出版诗集,其中有个人抒情诗也有政治诗,包括著名的《廊柱》,这首诗使他和他的朋友们赢得了"廊柱诗人群"的称号。这群人包括斯本德、奥顿、麦克尼斯、戴·路易斯等左翼诗人,他们的共同特点是在作品中自觉地运用工业化意象。1935年斯本德出版评论著作《消极因素》,评论了亨利·詹姆士、艾略特、叶芝等人的作品。西班牙内战时期,他站在西班牙共和政府一边,此时的诗作结集为《沉静的中心》(1939)。第二次世界大战时期,斯本德是国家消防服务队成员。从1939到1969年,他先后担任《地平线》和《相遇》杂志的编辑。从他的诗歌和评论中可以看到他的政治倾向的逐渐转化。1953年,他出版《创造性因素》。1950年,克罗斯曼编辑出版的《失败的上帝》一书中收入的斯本德的作品,表明他对共产党和共产主义的同情。1951年,他出版自传《世界里的世界》。他对公众和社会的关注,以及他的作家责任感,甚至冲淡了他的诗歌作品的个人色彩。他出版的其他诗歌作品有《献诗集》(1947)、《1928—1953年诗集》(1955)、《1982—1985年诗集》(1985);还出版了小说《神殿》(1988),此书再现了纳粹上台前德国短暂的"黄金时代"风貌。斯本德曾把席勒、里尔克、加西亚·洛尔加的诗译成英文。

廊　柱

一座座山的秘密是石头，和那石头
筑成的一座座村舍，
一条条崩坍的道路，
道路会突然变成隐蔽的村落。

他们越过小山建造水泥建筑群，
曳着黑色的电线：
一根根廊柱，这些柱石，
袒露如裸女，没任何秘密的巨型女孩群。

村庄，裹一层金色，融入黄昏的景象，
一棵绿色的栗树
有着通常的根株
被愚弄到干涸，像小溪焦枯的河床。

但是远远地在高处，远远地竭目光之所至，
有如愤怒的皮鞭

含着闪电的危险,
奔驰着对未来的迅疾的透视。

这使得翠绿的乡村变成矬子,
通过预言中长长的移民队,
梦想着一座座都会,
城里的白云时时仰起天鹅般的白脖子。

乔治·巴科

（George Barker, 1913—1991）

乔治·巴科生于埃塞克斯郡，父亲是英国人，母亲为爱尔兰人。他曾在工艺学校受过教育。1939年在日本大学授过课，后在美国和加拿大教书，在意大利居住过。

巴科的诗歌被认为代表了20世纪的"新浪漫主义诗歌"风格。1991年他去世时被人们称为"最后的浪漫诗人"。事实上，他的诗歌糅和了现代主义、浪漫主义和超现实主义的诗风，带有其独特的含有狂放飘逸气质的波希米亚精神。他在20世纪30年代的早期诗作表现出不凡的诗才，叶芝曾称赞他具备"可爱而敏感的头脑"。但那时他更多地依赖于天分，对诗歌的内在质性不加控制，注重辞藻，常用变换的节奏，富于音乐性，充满了狂欢式的情调，有一种超现实主义风格，但并不深刻。当时他被认为是继奥顿及麦克尼斯之后最重要的新一代诗人之一。诗集《巴科的真实自白》（1950）引起极大反响。但随着狄兰·托马斯在1953年的去世，人们对他的关注渐趋冷淡。直到1983年他70岁时出版了《阿诺·多米尼》之后，他的诗歌重又引起人们的兴趣，人们惊叹他长久不衰的诗才和在浪漫主义传统背后所蕴含的独特创造力。

巴科在50年代之后的诗歌作品在风格上有所改变，语言趋于清澈明朗，有一种警句般的质朴，格调深沉而阴郁，表现出他的疑虑与质询。1987年巴科的诗选出版。

十四行体悼诗①

为追悼两位年轻水手而作：1940年1月，他们
在太平洋中部一次暴风雨中落水身亡。

海鸥，张开翅膀，乘风翱翔，
全身后翻，尖叫着，腹部朝上，
向后飞逃，心中带着一把钻子，
看着两个年轻人拉着手漂浮在
无穷的碧浪中。啊，他们被卷出舷外，
三十英尺阔的海浪巨颚分不开他们，
暴跳着扫过他们身体的海浪衣裙
也不能把死亡宣布的爱拆散。

我见到他们，一只手扑动着像旗帜，

---

① 1940年1月作者乘轮赴日本时，在太平洋中部目击一次暴风雨使两名年轻水手落海身亡的事故，因而写此悼诗，共三首，这是第一首。原作除构架上作八、六的分段，共十四个诗行外，没有韵式，没有"格"，没有一定的音步数。译文依原诗，也没有韵式，也不作顿的处理。仅从形式上看，它基本上是一首自由诗，或者是一首十四行诗的变种。

另只手像海豚带着幼儿支撑着
他的身体。他们带着希望,向我
转动眼珠,见到我满脸惊惧,呆站着,
因同情而陷于片刻岑寂的瘫痪——
在他们眼里,我可是耶稣的形象?

狄兰·托马斯

（Dylan Thomas，1914—1953）

狄兰·托马斯出生于威尔士，年轻时在当地的文法学校就读，后当过报社的记者。托马斯年少时就表现出非凡的诗才。1934年，他发表了《十八首诗》，因诗中奇特、强烈而晦涩的意象而引起人们的注意，使人感受到浪漫气息的重新抬头。尽管朦胧晦涩，但其诗歌中浪漫而乐观的气质及其不同凡响的修辞风格，使他获得了大批的追随者，他被认为影响了当时反古典主义倾向的"新神启运动"。《死亡与登场》（1946）收入了他最优秀的诗作，获得了更加广泛的声誉。

托马斯后来的诗作所表现的意象则有别于他最初的诗作，少了狂放奇异的幻景，更加趋于有序，是经过思虑后的产物。在诗中许多意象交织融会在一起。他的诗受到《圣经》、威尔士的民间文学以及弗洛伊德潜意识理论的影响，形成多侧面多角度的意象，而最终它们又成为一个整体。

托马斯诗歌的主题也常常表现一种整体，比如生与死的循环形成一个整体，个体生命与其他生命、与前代生命的连接形成一种整体等等。他认为生物界中生命的转化使得个别的和多样化的生命能够生成整体的生命。他的一些诗作带有怀旧的情感和自传的性质，意象自然简洁，观察细腻而表达生动，将强烈与温和的情绪融合在一起，具有浓厚的抒情性。

托马斯在20世纪50年代初曾在美国举办诗歌朗诵会，获得极大成功。他的《1934—1952诗集》受到极大欢迎，成为畅销书。他去世之后一些批评者认为他运用情感的渲染过多，但他最优秀的诗作中独具美与力量的魅力，这点是得到公认的。

托马斯还是散文家和小说家，出版过多部短篇小说和散文作品。

公园里的驼子

公园里的驼子

孤僻的人

逗留在树木和流水之间

从园门的铁锁打开

让树木和流水进入

直到礼拜天天黑时阴沉的晚钟声起

从报纸上取面包嚼食

从喷水池边(我在那儿放纸船)

用链条拴着的杯子里喝水

(孩子们在那杯子里放满了砾石)

到夜晚睡在狗窝里

但没人把他用链子拴起

像园禽般他很早来这里

像水一样他坐下来

"先生"他们叫"喂,先生"

那些从城里逃学来的男孩

奔跑着而他已清楚地听见他们叫喊

直到声音消失

经过湖面和假山石

笑着而他挥动报纸

脸带嘲笑的驼子

从柳林间喧闹的动物园中穿越

闪身躲开公园看守人

以手杖扒开落叶

年老的狗一般的瞌睡人

单身处在保姆和天鹅之间

而柳树林中的男孩

使老虎在不受注意时跳起来

朝着假山石吼叫

而树丛随着海员变蓝

整个白天直到晚钟声起

变作一个没缺点的女人形体

笔直如一株年轻的榆树

从他弯曲的骨头变为高大笔直

以至她能够站立在夜里

在上锁上链之后

整夜在这尚未建成的公园里

在栏杆和矮树后面

禽鸟草地树木湖水

野孩子们天真得像草莓一般

跟在驼子后面

到他阴暗的狗窝里

不要温和地走进那个良夜[①]

不要温和地走进那个良夜，
白昼告终时老人该燃烧、该狂喊；
该怒斥，怒斥那光明的逐渐消歇。

聪明人临终时虽知黑暗理不缺，
由于他们的话语没迸出闪电，
他们也没有温和地走进那良夜。

最后一浪过，善良人——喊叫说自己的事业
虽脆弱，本可以光辉地舞蹈在绿湾——
他们也怒斥，怒斥那光明的消歇。

狂人们——抓住并歌唱太阳的奔跃，
懂得（太迟了！）他们使太阳在中途悲叹——
他们并不温和地走进那良夜。

[①] 此诗作于诗人的父亲死前病危时。原诗各节韵式为 aba，最后一节为 abaa。每行为轻重格五音步。译文韵式依原诗，以五顿代五步（个别行为六顿）。

严肃的人们——临终时用盲目的视觉
见到瞎眼能放光如流星而欢忻——
他们也怒斥,怒斥那光明的消歇。

而你啊,父亲,在高处心怀悲切,
请用烫泪诅咒我,祝福我,我祈盼。
不要温和地走进那个良夜。
该怒斥,怒斥那光明的逐渐消歇。

通过绿茎导火索催开花朵的力

通过绿茎导火索催开花朵的力
催开我青绿的年华;摧毁树根的
也是摧毁我的力。
我沉默,不能告诉弯腰曲背的玫瑰花
我的青春已为同样的冬季热病所压弯。

驱动流水穿越岩石的力
驱动着我红色的血液;使张口的川流干涸的力
把我的脉流变成蜡。
我沉默,不能把话语注入我的血脉
说同一张嘴在怎样吮吸山泉。

搅动池塘里水波的那只手①
搅动着流沙;牵系着吹动的风的那只手
拖曳着我的尸布帆。
我沉默,不能告诉那吊在绞刑架上的人

---

① 搅动池水的天使的手,使池水有疗效。参见《约翰一书》第五章第一至四节。

何以绞刑刽子手的石灰①是由我的肉体制成。

时间的嘴唇如水蛭吸干泉水的源头,
爱情滴下又积聚,但落下的血滴
将抚慰她的创伤。
我沉默,不能告诉刮风天气
何以时间已报出一个围住众星的天堂。

我沉默,不能告诉情人的坟墓
何以同一只弯曲的蠕虫爬行在我的床单上。

---

① 被绞死者的坟墓里有时被倒进石灰以加速尸体的分解。

拒绝哀悼一个被大火烧死在伦敦的女孩①

即便等到那创造人类
养育鸟兽和花朵
并且贬低万物的玄黑
以缄默宣称最后的光在迸飞
还有那寂静的时刻
正来自在轭下翻滚的海水

等到我必须再一次走进
一颗水珠的圆形圣庙
和一粒麦穗的犹太会堂
我还是要祈祷一个声音的幻影
或者把盐湿的种子撒到
穿丧衣的峡谷去表示哀伤

---

① 此诗作于二次大战期间德国空军向伦敦大轰炸时。此诗原作四节,每节六行,各节的韵式为abcabc,各行的"格"和音步无规定,但每节各行的长短有排列,第一、三、四、六行较长,第二、五行较短,从参差中见均齐。译文韵式依原诗,各行长短排列大体依原诗。原诗的标点安排很特别,第一、二节没有标点,第三节第一行和末行用了一个句号;第四节用了七个标点。译文依原诗(有的逗号根据语气改为顿号)。

燃烧中的女孩那死亡之庄严
我不会用不苟言笑的说教
来扼杀她的死去的全人类性
也不会沿着生命的驿站
用任何哀悼青春年少
和童稚天真的挽歌去亵渎神圣

伦敦的女儿同第一批死者深埋在一道
被裹在一长串友伴中间
在永恒的尘粒、她母亲的暗色脉管里
秘藏在奔流的泰晤士河道
不会表示哀悼的水之畔
第一次死亡后,不会有另一次

羊齿山

此刻,在苹果树下,我年轻而自由自在,
在轻巧的房屋旁,草儿青青,我感到幸福,
幽谷之夜,繁星满天,
时间让我欢呼,登攀,
在他的眼里,我拥有金色的华年,
我是苹果城的王子,有马车簇拥,备受尊敬,
后来有一次我高傲地拥有了树林和花叶,
一串雏菊和一片大麦
生长在被风吹落的阳光的河边。

我年少不识愁滋味,在谷仓,快乐的场院,
远近闻名,我放声歌唱,把农场当家园,
太阳也只能年轻一次,
时间让我游戏,让我
在他仁慈的安排下金光璀璨,
青翠金黄的我是猎人和牧人,小牛唱歌,
跟号角呼应,狐狸在山上凄冷地号叫,

安息日的钟声缓缓地
在神圣溪流的卵石滩上回荡。

整日里阳光泻下来,阳光真可爱,干草堆
跟房屋一般高,烟囱里飘出乐曲,旋律
在鸣奏,水淋淋的,真可爱,
火焰翠绿如青草。
在夜色里,一片纯真的星光下,
我驰进睡乡,猫头鹰带着田庄飞走,
整夜里月光明亮,我在马厩里①有福了,听见
欧夜鹰驮着草垛飞翔,群马
闪电般奔入黑暗。

然后我醒来,农场像浪游者归来,披一身
白露,公鸡站在他肩上,天光大亮,
天地明朗,那是亚当和少女,
天空再一次聚拢来,
太阳就在这一天变成圆形。
这样,必定是在清纯的亮光和旋转的
场地最初诞生后,着魔的马群才热切地
冲出低低嘶叫的绿色马厩
奔向受宠的田野。

---

① 基督教称耶稣诞生在马厩里。

在狐狸和野鸡中，鲜活的房屋旁，刚刚
形成的云朵下，我感到荣幸，心里充实，
在一次又一次诞生的阳光中，
我漫不经心地奔跑，
我的心志窜过房屋般高高的干草垛，
我无所顾忌，顶着蓝天干活儿，时间总是在
和谐地转动着，只转出几首悠扬的晨歌，
青葱金灿的孩子们还没有
跟着他告别优雅。

我无忧无虑，在羔羊般洁白的日子里，时间
牵着我的手影带我上燕子聚集的阁楼，
月亮总是要升上夜空，
我没有驰进睡乡，
会听见他带着高高的田野飞翔，
却发觉田庄永远逃离了没有孩子的大地。
啊，在他仁慈的安排下我年轻而自由自在，
时间赋予我青春和死亡，
尽管我在镣铐中如大海般歌唱。

（屠岸、屠笛译）

阿伦·刘易斯

（Alun Lewis，1915—1944）

阿伦·刘易斯是诗人、短篇小说家。他生于南威尔士的一个矿区。早年他曾在威尔士的学院大学和曼彻斯特大学就读，后做过记者和教师。1940年，他在犹豫多时之后报名参了军。他的思想中是具有和平和反战倾向的。1944年，刘易斯在缅甸受伤而死。

刘易斯的第一本诗集《袭击者的黎明》出版于1942年。在作品中，他带着深厚的感情描绘了工业进程中的威尔士以及战时的英国状况。次年他又出版了短篇小说集《最后的视察》，其中的大部分作品反映了英国的军队生活。在东南亚参战的经历给了他深入观察生活的机会，扩大了他的视野，使他得以思考战争与人性等问题。他的不少诗作都表现了精神受到孤独与死亡的困扰，反映了心灵的扭曲。他的书信和短篇小说收入《在绿树中》，于1948年出版。1966年，他的诗歌与散文选问世。

歌
（见到尸体漂离好望角）

他离去后第一个月，
我麻木，病恹恹，
在他留下诺言的地方
生命不变质，也不死亡。
种子，爱的种子病恹恹。

第二个月，我的眼睛凹陷，
黑暗中一片绝望，
我的床像座坟墓，
他的鬼魂躺在这床上，
我心里充满忧伤。

他走后第三个月，
我感到我听见他讲：
"在第三十二天上
我们的行动稍有偏向——"
风暴把他的话语吹光。

他已经消失在大浪里，
他的船在海上颠簸摇晃，
他的航程的第四个月，
他呼叫着，充满悲伤：
"亲爱的，不要再把我思量。"

飞鱼像翠鸟那样
掠过海上迷乱的浪尖，
海鲸喷冒着蒸腾的水泉，
海鸥可没有窝巢
供我的情人摇晃着长眠。

我们从来没想到要买卖
这条能开花又落叶的生命，
我一动也不动，让他睡好，
尽管珊瑚礁一层又一层
已把无穷尽的悲痛筑成。

但是啊！我自己的累赘和呆滞；
我脑子里转换的季节凋零；
这一切迟钝，这一切苛酷，
在我的床上等着的临近，
死者逐渐地自我消泯。

再 见

我们必须说再见,亲爱的,
像情人那样告别,永远离去;
今夜留下来,整行装,贴标签,
让我们最后一次并卧在一起。

给煤气取暖器我投下最后一先令,①
看着你让衣服滑落双膝,
静静地躺着,我听见你的梳子声
调节着一株株树中的秋季。

我记起万千事物无声地
把木乃伊裹布缠绕我的头颅,
我给饮料瓶注满水;你说:
"我们付一镑钱租用这张床铺。"

又说:"我们将留一点煤气热

---

① 煤气取暖器的燃料供给由仪表控制,必须投入硬币才能供暖。

给下一位住客,留下干枯的花朵,"
你把脸转过去,害怕说出
那壮语:天长地久将属于你我。

你的吻合拢我的眼,你凝视——
上帝似在打莫名地恐惧的孩子;
也许是水在闪光并暗示
时间的酒杯及其中无用的清泪。

我们弃绝一切,除了自己;
自私只能在最后从这儿离去;
我们的喟叹是大地吐出的气息,
我们的脚印在雪上留下痕迹。

我们把宇宙当作家园,
我们把风当呼吸通过鼻腔,
我们的心脏是欢乐的巨塔,
我们跨过死亡的七大海洋。

做完了一切,愿你收好宝石戒——
我曾在街头拿它往你的手上戴;
我一定保存好肩章[①],那是你今夜
缝在我的旧战服上的,我爱!

---

① 肩章,缝在军人制服上标明军阶的布制标识。

查尔斯·考斯利

(Charles Causley, 1917—2003)

查尔斯·考斯利生于康沃尔郡,并在当地的学校读书,后做过建筑工人,并在一个伴舞乐队做钢琴演奏员。战争期间他曾在皇家海军服过六年兵役。退役后他回到家乡当了教师。

考斯利在海军服役期间即开始诗歌创作。1951年,他发表了诗作《再见,阿吉·维斯顿》,此后接连出版了多部诗集,包括《生还者离去》(1953)、《联合大街》(1957)、《水下》(1968)等。1975年他自己编选出版了《诗集:1951—1975》。1992年他编辑出版了诗歌选集。考斯利对海上生活十分熟悉,他的诗歌主题多与大海有关,他写了不少航海诗。他的诗作以传统的诗歌形式为主,语言简洁易懂,节奏明快流畅,许多诗歌采用了民谣体的形式,其中也反映出流行音乐对他的诗歌的影响,这同他在伴舞乐队的经历不无关系。考斯利热爱孩子,理解孩子,他的不少诗作是为孩子们写的,内容活泼,充满童趣,深受孩子们的喜爱。

在英国战士公墓,巴约[1]

我漫步,这里能言的坟墓中
躺着以泥土为衣的五千人,
此时历史以十次火之宴
已经把红色的天空吃尽。

我是基督的孩子,我喊,我拥有
铁腕掌握的面包和鱼[2]。
我用蜜糖和玫瑰来装饰
你们全部愿望的整洁的残余。

在你们睡眠的几何图上面
栗树和冷杉正在飘动,
还有薰衣草和雏菊正在
用花朵锻造英国的天空。

---

[1] 巴约,靠近法国西北部海岸,1944年6月诺曼底登陆后在这里发生过激烈战斗。
[2] 《圣经·新约·马太福音》第十四章:耶稣"吩咐群众坐在草地上,然后拿起五个饼和两条鱼,举目望天,感谢上帝,然后掰开饼,递给门徒,门徒又分给群众"。

把你们不可置信的骨头的
钢丝锯，转向鸣钟的城市，
起来读一读你们的雪的军衔
准确如死亡刻上了碑石。

在你们安适的头颅边我用
泥土的音节发出祷告。
在我哭泣和走开之前，我问：
"我该把怎样的礼物带到？"

他们答："把橡树和月桂①拿去。
把我们眼泪的财富拿去，
做个挥霍的情人。我们要求的
是你们送不出的那一件礼物。"

---

① 按传统习惯，橡树叶象征勇敢，月桂叶象征胜利。

基思·道格拉斯

(Keith Douglas, 1920—1944)

基思·道格拉斯是一位战争诗人,24 岁即死于第二次世界大战的诺曼底战场。他生于肯特郡,曾在牛津大学的默顿学院读书,师从当时的诗人和作家布伦顿教授。20 世纪 30 年代,他的不少诗作曾在一些刊物上发表。不久,第二次世界大战爆发,他随即奔赴北非战场,后在参加诺曼底登陆战役时牺牲。

道格拉斯生前仅有一本诗集问世,即出版于 1943 年的诗歌选。他描写北非沙漠战场经历的《从阿拉曼到赞姆干河谷》于 1946 年出版。1964 年,他的一本由泰德·休斯作序的诗集出版,使他获得了声誉。1979 年,他的诗歌全集问世。

道格拉斯早期的诗作具有抒情的意蕴,但很快他就抛弃了抒情的格调,认为那种风格过于幼稚,不能表现真实的生活。他希望寻找"诗歌的本性",并把这种本性同诗歌所引起的出人意料的感受联系起来。在《沙漠之花》中,他想要歌唱的是"别人的眼睛没有看到的东西"。他诗中的意象明晰而强烈,有一种绘画的效果,带有嘲讽的气质。他那些反映战争的诗作很少有英雄主义和爱国主义的色彩,更多的是在简洁有力的语言中表达他对死亡的思考和对伙伴的同情。

"勿忘我"

三星期过去了,参加战斗者过去了
又回来,走过恶梦一般的战场
我们重新找到了这地方,找到了
那个兵摊开四肢在阳光下静躺。

他那显示出恼怒的枪管投出
阴影。那天当我们来到这地方,
他击中我的坦克用一杆步枪
恰似一个恶魔的突然进入。

瞧,这里在炮火掩体下损坏了
他的女友的一张不体面的照片,
她留下了"斯苔菲""勿忘我"——
精确的老式德文字体的手迹。

我们看见他几乎很满足,
很谦卑,看来他已把代价付出,

而且为他的装备所嘲笑，那装备
结实而质地优良，而他已朽腐。

但是她今天将痛哭，当她见到
有毒的苍蝇在他的皮肤上爬动；
白纸一样的眼睛上蒙着尘土，
爆裂的肚子豁开一个大窟窿。

在这里爱人和杀人者结合起来，
他们有一个躯体，一副心肠。
曾经选中了这个士兵的死神
给了这位爱人以致死的创伤。

英勇行为

中校①用漫不经心的口气
对着麦克风把笑话讲说,
它通过无数耳机闯入了
遭厄运民族的万千耳朵。

也闯入遭厄运少年的耳朵,
这傻瓜举止完美的躯壳,
开门时碰到炮弹而倒下,
这动作是他上学时学到。

康拉德幸运地活过了冬天;
他写了一封信欢迎这幸福
吉祥的春天,只是他温和的
意愿受到了弹片的光顾。

乔治是不是喜欢小男孩?

---

① 英国陆军中校 J. D. 布雷尔于 1943 年 4 月在突尼斯的恩菲达维尔阵亡。

对此我们总有点疑惑，
但是谁会说：既然他中了弹，
我们决不讲我们的猜测。

中校说这是勇敢的行为，
但整个天空变得太炽烈，
而三位英雄什么也没听到，
聋了，带着钢和铝离别。

可多少枪弹大笑着喊叫，
多少炮弹为狂欢所压倒，
弹头猛钻入钢铁和土地——
（空气在议论着，私语悄悄。）

菲利普·拉金

（Philip Larkin，1922—1985）

菲利普·拉金是第二次世界大战之后英国的重要诗人、小说家和评论家。他生于沃里克郡的考文垂，曾在当地的国王亨里八世文法学院读书，后在牛津大学的圣约翰学院学习。1943年他毕业之后在什罗普郡的惠灵顿图书馆工作，并在一些大学里授课。

在牛津大学期间他与同学金斯莱·艾米斯和约翰·韦恩因在诗歌主张方面思想接近，共同组成了以抵制浪漫诗风的感伤与浮夸为主要宗旨的"运动诗派"，在诗歌形式方面反对过分运用修辞和比喻的技巧，在内容上则鄙视诗歌中普遍的说教与预言色彩，在当时产生过一定影响。

拉金的诗歌不仅排斥浪漫的格调，而且也有别于20世纪上半叶由艾略特和庞德等人带动的现代主义诗歌潮流。他认为现代主义把诗歌批评转向了一种行业，在抽象的概念中关注文化。而他则要返回实实在在的现实生活中去，不是去评判生活，给世人以指教或启迪，而是用冷静的头脑、敏锐的目光、客观的态度去查看英国的现实社会和人生。虽然他的诗直率、客观，但其中仍然不乏他对世态的戏弄与嘲讽，也饱含着他对扭曲的现代生活的复杂情感。

拉金的诗作很少有表面上的热情，他受到哈代诗风的影响，力求在平缓的情绪中，在闲谈式的口吻中准确、简明、务实、具体地表达出他的意象，读来硬实，不乏阴郁的格调，但其中往往隐含一种令人咀嚼的深意。拉金并不是一个炫耀和赞美诗歌的诗人，他发表的诗作也不多。但是，他始终坚持自己的诗歌方向，在孤独中寻求创新，使人们在他平淡的语言、灰暗的色彩、直白的叙事式诗歌风格中发现了厚重与沉甸甸的思索，反映了一个有责任感的现代诗人对现代生活表现出的真诚与忧虑。

拉金在20世纪40年代发表了两部小说，反响不错。他最初的诗作《北方的船》（1945）受到叶芝早期诗风的影响，情绪狂放，渲染辞藻，并未显示他后来的诗歌特色。1955年，他的《较少被欺骗的人》发出了他的真实声音，表现出他的诗歌创作的成熟。他早期的诗作也被收入当时运动派的诗歌选《新行列》（1956）中。1964年，他先后出版了《圣灵节婚礼》和《高窗》，真正为他带来了广泛的声誉。其中《圣灵节婚礼》描写诗人从赫尔去伦敦的旅途中的见闻与感受，被认为是他最杰出的作品。他的诗歌选集于1988年出版。70年代，拉金编选了《20世纪牛津英国诗歌选集》（1973）。

爆　炸

那是一个爆炸的日子，
一群影子朝向矿井口：
矿渣堆，在太阳光下睡觉。

矿工们穿着矿靴过小巷，
咳出刻薄的诅咒语和烟斗烟，
用肩膀挤掉新鲜的宁静。

有人去追猎野兔，没追着，
带着一窝云雀蛋回来，
给人看；把它们搁在草丛里。

他们蓄着须，穿长裤走过，
父亲们，兄弟们，绰号声，笑声，
穿过那高大敞开的厂门。

中午，来了一阵震颤；母牛

暂停了一忽儿嚼草；太阳
似乎被裹在热雾中，变暗了。

"死者在我们前头走了，他们
坐在上帝的家里，很舒服，
我们会面对面地见到他们的——"

据说，就像教堂里刻的字
那样清楚，一刹那之间
妻子们看见挨炸的男人们
比他们生前的样子要大——
像金币般发金光，不知怎的，
像来自太阳，向她们走来……

有人拿没碎的鸟蛋给人看。

高　窗

我看见一对年轻娃，
我猜他正在跟她做爱而她
在服用避孕丸或戴上子宫帽。
我知道这就是天堂。
每个老人都有过终其一生的梦想——
规矩呀，仪态呀，搁一边去，
像一架过时的联合收割机，
而每个年轻人长期地滑落到
寻欢作乐中，无休无止。我奇怪
是否四十年前有哪个人看着我，
想道，这就是生活；
管他什么上帝，或者在暗地里
恣意玩闹，大汗淋漓，或者不得不把
想到神父的事掩饰起来。他
和他的命运全都会长期地滑下去
像自由自在的该死的鸟儿。顿时
没词儿了，想到了高高的窗子：

包容着整个太阳的窗玻璃。
它外面是深蓝的天空，空无
一物，乌有之乡，没有涯际。

上教堂

有一回,我确信里面没什么动静,
便走进去,让大门砰的一声关严实。
又是座教堂:石板,草垫,长凳;
小本《圣经》;凌乱的花束,摘来是
为了做礼拜,已蔫了;有铜器等物
置在圣堂的一端;小风琴挺整齐;
那紧张的、发霉的、不可忽视的静寂,
天晓得酝酿多久了。没戴帽,我摘除
骑车裤腿夹,尴尬地表示敬意。

向前走,绕着圣水盂用手摸了摸。
站着看上面,那像是新的天花板——
打扫过?修复的?有人会知道:除了我。
我登上读经台,翻阅了少许圣诗篇,
字大得怕人,念出了"到此结束",
声音比自己原来想发的大得多。
短促的回声在窃笑。我回到大门口,

签了名,捐了爱尔兰六便士硬币,①
回想这地方实在不值得逗留。

我却停了步:其实我常常停步,
每回都像这一次,感到挺困惑,
想知道该寻求什么;也想弄清楚:
当教堂沦落到全无用处的时刻,
该把这转变成什么,可否长期
开放几座大教堂,在上锁的柜子里
展出羊皮纸文件,圣餐盒,银盘子;
其余的教堂就交给风雨和羊蹄?
该不该躲开它,当作不祥之地?

或许,天黑后,有可疑的妇人进来,
叫她的孩子们摸一块特别的石头;
或是采集治癌的药草;或是在
知情的某晚来观看死人行走?
这种或那种力量总会在游戏或
谜语中起作用,这似乎纯属偶然;
但迷信,正如信仰,必须消灭掉,
等到不相信也没了,还剩下什么?
野草,荒径,荆榛,扶垛,苍昊。

---

① 这种硬币在英格兰一钱不值。

一周又一周，形状越来越难认，
用途越来越不明。我不知道，
最后，到了最后，谁会来探寻
教堂的原址？有人来这里敲一敲、
记一笔，什么是十字架圣坛可知道？
是哪个贪求古物的废墟狂恋者？
或者是个圣诞迷，打算在这里
找些牧师的服饰、管风琴和没药①？
或者，这个人能否代表我自己。

感到烦，不知情，知道鬼魂的沉积
已消散，却还要穿过灌木林市郊
来到这十字形地方，因为长期地
保持着平稳，只能在分离中找到——
结婚，生育，死亡和对此的沉思——
当初正是为了这些而建造
这具特殊的外壳的？我心里不明白
这个发霉的大仓库有什么价值，
我倒喜欢在这里静静地待一待。

它是严肃的大地上严肃的房屋，
我们被强制聚在它交融的空气里，

---

① 《圣经·新约·马太福音》第二章：东方星象家（即东方三博士）到伯利恒赠给婴儿耶稣没药等物。

被承认，被当作命运而身穿袍服。
这一点永远绝对不会被废弃，
因为有的人总会意外地发现
他自身有一种饥饿，更加严肃，
他会被吸引到这里来，带着饥饿；
他听说这是个使人变聪明的地点，
也许只因为四周有许多死者。

一九一四①

这些长长的不整齐的字行

站在那里,耐心得

就像它们是从欧弗尔

或维拉公园延伸出来,②

帽子的顶部,太阳

照着蓄髭的一个个古老面孔,

它们咧嘴而笑似乎周围是

八月的河滩,假日的嬉戏。

关门的商店,遮阳帘上

褪色的,却被确认的一个个姓名,

一个个法寻和沙弗林,③

穿着黑衣服的孩子们在玩耍。

学着贵族和女王的口气喊叫,

---

① 本诗原作题目为 MCMXIV,是罗马字"一九一四",它们刻在一块块墓碑上以纪念1914年爆发的第一次世界大战的死难者。
② 欧弗尔是伦敦的板球场;维拉公园是伯明翰的足球场。
③ 法寻(值四分之一便士的硬币)是当时面值最小的硬币;沙弗林(值一英镑,金质)是当时价值最大的硬币。

铁皮广告牌吹嘘

可乐和卷烟，酒吧

整天把门儿大开。

乡村并不关心：

一个个地名全都

被花草湮没，田野使

"末日审判"界线① 模糊

在麦穗不安的静寂下；

衣着不同的仆人们

在巨宅中的小房间里，

豪华小轿车后面尘土飞扬。

永远不要有这样的无辜者，

永远不要有，自那以前或以后，

当他们变为属于过去，

没留下一句话——士兵们

告别整洁的花园，

千百万个婚姻

只存在一小段时间：

永远不要再有这样的无辜者。

---

① 至今仍可认出的中古时期农民的狭长耕地的界线，其土地所有权，记录在英王威廉一世（征服者）（1028？—1087）下令编制的名叫《末日审判书》的土地调查清册上。

床上的谈话

在床上谈话该是最惬意的事儿,
躺在一起回想到很远的时候,
这是两个人互相忠诚的标志。

越来越多的时间悄悄溜走了。
户外,风儿时断时续地动荡着,
在天上到处构筑又驱散云朵。

地平线上黑色的城市堆积起来。
没有谁为我们操心。在这个远离
孤立状态的独特地方没有迹象
表明为什么找到同时真诚而又
体贴的言辞或同时不虚伪而又
不刻薄的言辞变得越来越困难了。

救护车

封闭得像忏悔室①,救护车穿越
城市喧嚣的中午,不回望
自身引来的任何一瞥。
牌子上有标志,浅灰色,有反光,
救护车随时在马路边停歇,
及时造访一条条大街。

散布在台阶、路上的小孩,
从商店出来的妇女,闻到
各种客饭的香味,瞧见
一张失魂落魄的苍白的脸
突然从红色担架毯子上露面,
它正被抬着安放进车子来。

意识到我们干的一切事情
掩盖着那正在消解的空虚感,

---

① 忏悔室,罗马天主教教堂里封闭的小分隔间,神父在这里听信徒的忏悔。

一刹那之间把一切都抓住，
那么恒久，真实，又空幻。
锁闭的房门退后。"可怜儿！"
他们低声说，感到深切的不幸。

在死般静寂的气氛中被抬走，
会忍受突然关闭的失落感，
围绕着一种即将结束的事由；
和多年以来割舍不断的联系，
那独一无二的、家族和名流
偶然结成的联合体，这时候
终于开始瓦解。远离
爱心的交流，那交流处在
不能到达的房间的内部，
来往的交通断裂，终止联系，
把那剩下的后事赶紧带来，
把我们全带到冷漠的远处。

我记得，我记得

有一回，在新年初始的寒冷日子里，
沿着另一条路，我们来到英格兰，
停下来，看到人们拿着号码牌，
我们飞奔到通向大门的站台，
"考文垂！"我惊呼，"这是我出生的家园。"

我探出身子，斜眼寻找着那长期
曾属于"我的"城镇留下的痕迹，
却发现我已记不清，没法子分辨
这地方哪儿是哪儿，我们是不是
每年曾离开这存放破车的地方。

回家去度假？传来了汽笛的鸣响，
景物移动了。我坐下，眼看着靴子。
"你的根，"朋友笑道，"就出自那里？"
不，那只是我的童年未耗尽的地方，
我想反驳，那只是我出发的地点，

如今我有了这清晰绘制的地区。
首先是花园：在这里我没能发明
鲜花和水果的神学，好教人晕眩，
也没个老朽来跟我说说话，聊聊天，
在这里，我们曾有个华丽的家庭——

我情绪消沉也决不回到那里去，
男孩满身是肌肉，女孩挺胸脯，
他们有滑稽的福特车和农场，在农场
我是我"真实的自己"。我会让你看
蕨菜，我从不颤抖着坐在蕨丛边，
决定把它拔干净；她仰面平躺
在那里，成为"一团燃烧的迷雾"。
在那些办公室里，我写的蹩脚诗
没有被印成10点①铅字，也没有
市长的那位出色表兄来阅读。

他没有给我父亲打电话告诉他
在我们之前，若我们有预见的禀赋——
"从你的脸上看得出，你似乎期望
这地方是在地狱里。"朋友说。"那么，

---

① 10点：英文活字的一种字身大小。

我想这不是这地方的过错。"我说。

"像有些事情,压根儿没发生什么。"

（屠岸、章燕译）

日　子

日子是什么东西？
日子是我们生活的处所。
日子来了，一次又一次
把我们唤醒。
过日子要快活：
除了日子，我们去哪里生活？

啊，为了解决那问题①，
把牧师和医生请来，
让他们穿着长外套
奔过旷野而来。

---

① 那问题，指《哈姆雷特》中哈姆雷特的著名独白："活下去还是不活，那是个问题。"诗人从日子想到生和死的问题，所以下文提到管灵魂的牧师和管生命的医生。

伊丽莎白·简宁斯

(Elizabeth Jennings, 1926—2001)

伊丽莎白·简宁斯，英国当代女诗人，出生于英国林肯郡波士顿一个天主教家庭，早年求学于牛津圣安妮学院。她担任过图书馆助理员，做过广告和出版工作。她在20世纪50年代出版的诗歌作品有《诗篇》（1953）、《观看的方法》（1955）、《对世界的感觉》（1958）。康桂斯特（Conquest）把她的诗收入运动派诗歌集《新线》（1956）中，她因而被认为是运动派诗人。但她后来的诗作，如《复苏》（1964）、《心灵拥有群山》（1966），则是关于精神崩溃和医学疗救的高度个人化自白，在语调上已与运动派代表性诗人们的简洁与冷静大相径庭。她的诗集出版于1967年，后作了修订与增补，再版于1987年。她写作勤奋，不断有新作问世，如《神清气爽》（1970）、《受恩时刻》（1979），在《受思时刻》中，她抒写了她的受苦、孤独、友谊及宗教信仰，写了她对这些人生经验的平静而敏感地控制和坦诚地对待。此后她还出版有《庆典和挽歌》（1982）、《拓展领土》（1985）、《献礼》（1989）、《时间和季节》（1992）、《熟悉的精灵》（1994）。她也有散文著作问世。

初秋之歌

请看秋天哪,秋天带秋味
来到了。一切依然像夏天;
各种色彩完全没变化,绿叶
和白花的姿态宁静地茁长。
树木因果实而沉垂,田野
丰盈。处处盛开着花朵。

普鲁斯特①,他把时间收集到
一个孩子的蛋糕里,会懂得
这种模棱两可的概念——
盛夏依然在风靡而一缕
轻烟从大地袅袅升起,
证明秋摸索着向我们走来。

但每个季节都是一种

---

① 马塞尔·普鲁斯特(Marcel Proust,1871—1922),法国小说家,以长篇小说《追忆似水年华》而闻名。

浓浓的乡愁。我们给提名——
秋天和夏天,冬天,春天——
好像要从头脑里释出
我们的情绪并赋予外形。
我们缺少实在的东西。

但是,违反我意志,我被
带回到童年时代,那时候,
秋天是篝火,弹子,炊烟;
我倚在窗前,窗外有栏栅
挡住了来自空中的召唤。
我说到秋天,秋天突现了。

回　答

我总把回答保持得很短小，很亲近；
巨大的问题击伤我的心，我仍让
短小的回答做堡垒，以抵御恐惧。

我保存那来自光的巨大的空想；
我触摸、爱抚、钟爱细小的东西。
我把星星假设为整个黑夜。

但是巨大的回答吵闹着要移入
我的生命。他们胆大妄为，
叫嚣着要求承认、要求信任。

即令一切短小的回答正筑起
我的精神的护墙，我依然听到
巨大的回答正在致力于颠覆。

一切伟大的结论走近来了。

托姆·冈恩

（Thom Gunn，1929—2004）

托姆·冈恩是伦敦一名记者的儿子。他早年曾在伦敦的学院大学及剑桥大学三一学院就读，后在美国斯坦福大学获得奖学金，在那里师从具有古典主义倾向的美国诗人和批评家温特斯，受到他的影响。

1954年，冈恩出版了他的第一部诗集《好斗的术语》，该作品在诗歌的内在活力与诗歌的完美形式方面达到了某种平衡，注重以具体而细腻的意象来表现抽象的思维，具有17世纪玄学诗人多恩的重智性、重思辨和本·琼生的重形式美、重韵律美的典雅诗风，他因此被认为开创了现代玄学诗歌，是20世纪50年代反浪漫主义文风的"运动派"诗人之一。《运动的感觉》（1957）受到法国存在主义哲学家萨特的影响，将当代的生活题材糅合进古典的形式中。他在20世纪60年代初的作品曾一度流露出早期诗作中少有的沉思与柔和，音韵婉转，形式更为自由。60年代之后，冈恩移居美国，此时他的诗作常常颂扬运动的能量、行动的活力，甚至对暴力也加以赞赏。诗中常有战士、摩托车手、粗俗的小伙子的形象，结合了"运动派"诗风与美国"垮掉的一代"的诗歌风格。在1982年的诗集《通向欢乐之途》中，他公开了自己的同性恋行为。十年后出版的《夜里出汗的男人》(1992)收入了几首他描写死于艾滋病的人们的诗作,大胆而直接,对他们充满同情。

冈恩并不是一个拘泥于传统的诗人,他的诗风是有变化的,他经常探索当代题材下的新的诗歌形式。他诗中所具备的冷静的智性与强力受到公认,他被认为是第二次世界大战后的优秀诗人之一。

细看蜗牛

蜗牛努力向前走，穿过
绿夜，因为青草浸了水
而变得沉重，覆盖在他造成的
发光的路上，雨在这里
使土地的黑暗更黑暗。他
就在欲望的森林里爬动。

当他搜寻的时候，苍白的
触角微动。我无法说出
什么力量在运作，它装满
意志却什么事儿也不知道。
蜗牛的奋力是啥样的？我
想到的全部就是假如我
以后分开洞穴上面的
草叶，见到那废物堆里
细细的、断续的白色踪迹，
那我就决不可能想象出
那不慌不忙地行进需要
怎样的激情去耗费时光。

城市地图

我站在一座小山上看见
我脚下有一片光辉的地区,
醉汉在两点钟摇晃着走过;
过客暂住,水手离去。

往山下看去,我注意到
有几只胳臂在窗台上支撑;
在逃逸的火焰形成的网上
移动着潜在的、灰色的人影。

这儿我掌握着整个城市:
由光线照明的每一个形状
都是我的,或与我相符合,
某些闪烁的或稳定的光亮。

这地图是我愉悦的依据。
一夜夜,在极限与极限之间,

我看到一种疾病在蔓延,
我确认我的凭机缘的爱恋。

凭着反复出现的光线
我见到没有止境的可能性,
拥挤的,断裂的,未完成的一切!
我并不希望减少危险性。

泰德·休斯

（Ted Hughes，1930—1998）

泰德·休斯生于约克郡，是位木匠的儿子。他曾在剑桥大学的朋布罗克学院就读，先学习英国文学，后转学考古学和人类学。在剑桥他认识了美国女诗人西尔维亚·普拉斯，两人于1956年结为夫妇。但这场婚姻是不幸的。普拉斯于1963年自杀。

休斯的诗在英美现代诗歌中独树一帜，有着他自己独特的风格和独特的主题。其中最为突出的就是他的动物诗及其有关暴力的主题。休斯小时候喜爱钓鱼、捉小动物和小鸟，他时常能从中感受到与动物和野性的大自然的接近，他感受自然界中的美丽、奇幻，更体验到自然界中的强暴与力量。生物界中的弱肉强食，猛兽之间的残酷捕杀，这一切都给他的心灵打上了无法抹去的烙印。他在诗歌中以锋利的笔触、强烈的激情，描写自然、生物、动物及人的力量和它们之间的关系。他常常用一双敏感而锐利的眼睛，一颗灵动的心和潜意识中的感悟，把动物的天性与自然生物品格化、人格化，以写动物来表现他对人生、对人性、对人世的理解与认识。他观看自然，发现其中尽是掠夺者与牺牲品，而他反观人世，看到的是同样的情形，甚至更有过之。那些诗作看似远离生活和现实，实则正是西方现代生活的写照。大自然中的扭曲的暴力事实上就是西方社会中暴力泛滥、弱肉强食的真实反映。自然环境的恶化,自然面临的危机和人类社会面临的危机,这些现实使得人们对休斯的诗作产生了某种共鸣,尽管这种理解和共鸣并不使人愉快。

令人惊讶的是休斯那充满暴力和黑暗阴郁的诗作不仅震动着成人的心,而且也受到孩子们的喜爱。这或许是因为儿童对奇异与怪诞的事物有着天然的好奇。他写一种新型的儿童诗,将阴沉的格调融入欢快活泼的节奏中。的确,休斯的诗不仅主题吸引人,他诗中浓缩而鲜明的意象,精练而大胆的语言,铿锵有力的节奏,沉郁冷峻的格调,所有这些都为他的诗作增添了不同寻常的异彩。

休斯在1957年出版第一部诗集《雨中的鹰》,此后接连出版诗集多部。诗集《鸦》(1970)中的乌鸦在他的笔下成为一种象征,在"创造的恐怖中啼血尖叫",极具讽刺意味。他在20世纪70年代和80年代的诗作力图唤醒人们对环境的意识。1984年,休斯获得英国王室授予的"桂冠诗人"称号。90年代以来,休斯仍有诗作问世。他的《新诗选》于1995年出版。1998年出版的《生日书信》收集了88首诗作,描述了他与西尔维亚的关系。除诗作外,休斯还有评论、散文、戏剧、翻译等作品。

我自己的真正的家族

有一次我悄悄进入橡树林——我寻找一头鹿。
我遇见个老太婆——一身疙瘩的枯柴棒加破布。
她说:"你的秘密在我的小口袋里,我全有数。"

于是,她开始咯咯笑,我开始发抖。
她打开她的小口袋,我一而再地意识到——
一群人在围着我看,我在木桩上被捆牢。

他们说:"我们是橡树,是你真正的家族成员。
我们被砍倒,被撕裂,你连眼睛也不眨一眨。
你现在就将死去,除非你答应一个条件。

"每见到一株橡树被砍倒,你得发誓栽两株。
你若不发誓,黑色起皱的橡树皮会把你裹住,
让你植根在橡林中,你出生在这儿却永远不发育。"

这是我在树枝下做的梦,这梦改变了我。

我走出橡树林，回到人间伙伴的居处，
我走路像人类的孩子，我的心却成了一株树。

神　学

不，蛇并没有
引诱夏娃吃苹果。
那一切纯粹是
事情的误传。

亚当吃了苹果。
夏娃吃了亚当。
蛇吃了夏娃。
这是一条黑色的消化道。

同时，蛇在乐园里
睡着觉消化他的饭食——
微笑着倾听
上帝抱怨的叫喊。

蕨 类

这里有蕨类植物的叶,展示一种姿势,
像一位乐队指挥,他的音乐将暂停
将是一个休止符
对此整个地球庄严地舞蹈着。

老鼠的耳朵展示它的信任,
蜘蛛拿起她的遗产,
视网膜
用水的缰绳驾驭天地万物。

在它们中间,蕨类植物
庄严地舞蹈着,像一位凯旋的
武士头上的羽饰,在矮山下,
走进他自己的王国。

正月里的新月

一块碎片,飞速地
弹入睁大的眼球,
切断它的警告。

凝视时被分开的头颅
什么也没有感觉到,
只是稍稍倾斜。

哦,一道越来越暗的
带血鞭痕上
孤独的睫毛,哦,死亡之帆!

冰冻
在超越尘世的
以太中。

雪莱微弱的尖叫

试图解冻而零度

本身正失去知觉。

素食者

害怕那带着贵妇人仪态的野兔,
害怕那母猪的大肚子和公猪的褐色尖牙。

害怕那诱捕着撕扯着食物的公牛舌头,
还有那无情地动着的绵羊嘴巴。

绊倒在"永恒"的石头门槛上。

死盯住空无一物,
无力走动,他听到了一群野草的猎狗。

满月和小弗丽达

冷冷的小型夜晚缩进狗叫声
和吊桶的当啷声里——
你正在听着。
蜘蛛网,在露珠的抚触下绷紧了。
提起的水桶,静止的,满溢的——镜子
引诱第一颗星颤动。

那边巷子里一群母牛正在回家,用它们
温暖的呼吸织成的花圈环绕矮树篱笆——
一条暗色的血河,许多卵石,
平衡着没有溢出的牛奶。

"月亮!"你突然喊起来,"月亮!月亮!"

月亮退回了几步像一位美术家惊奇地注视着一
件作品,
那件作品惊奇地面向着他。

耗子的歌

一
耗子的舞蹈

耗子落入了陷阱,它落入了陷阱,
它发出满口破铁罐般的吱吱尖叫来骂天骂地,
有效的口衔。
它停止尖叫了,它喘着气
不能想象出什么来
"这东西没有面孔,它准定是上帝"或者
"没有回答也是一种回答"。
铁嘴巴,像整个地球那样强有力,
要偷偷地夺取地球的脊梁骨,
要用吱吱的尖叫使天塌地陷,
要在每人头颅里排除大脑而塞进扭结又散开的
耗子尸体,
继续吱吱尖叫的耗子,

妄图脱身逃跑，带着一声声吱吱尖叫，
但是它长长的尖牙挡住了出口——
门牙向夜空裸露着，威胁着星座，
黑暗中闪光的星座，拉开距离，
保持着远距离，
当耗子使尽办法的时候。
耗子顿时明白了。它俯身，不叫了。
鼻尖上有一点哀求的血痕。

二

耗子的幻象

耗子听见风正在说某些事情在麦秆里，
在夜的旷野里——旷野延伸到篱笆，使旷野的
寂静变瘦，
丧偶的大地
连带大地上那些懂得怎样喊叫的树

耗子看见农场上粗大的横梁和大块石头
晃动着像水上的反光。
风正在推进，从海湾
通过有刺的旧铁丝，通过被战壕围住的入口，穿
过耳朵的大门，深入一天天的精心设计，
上气不接下气地吹到孤独的白雪晶体上

耗子吱吱尖叫

"别走啊"蒲公英这样叫,出自愚蠢的头脑

"别走啊"院子里的炉灰这样叫,炉火没有前途,结果只有进地狱

"别走啊"大门边破裂的木槽这样叫,木槽是星光和零度的宿命论者

"留下吧"成排的星星这样说

强迫耗子的脑袋俯向神。

三

耗子的逃跑

天空震颤着,一朵火焰像鞭子般展现,
星星在窝里颠簸。
一群禽鸟蛋的睡眠的灵魂
在影子的射击下退缩——

那是耗子的影子
正在横渡着进入动力
永远不会被埋葬

角状的耗子的影子
把给予狗的带血的礼物
扔在这里门旁边

当它挤掉了地狱。

安东尼·西蒙·史维特

(Anthony Simon Thwaite, 1930—)

安东尼·西蒙·史维特是诗人、评论家,诞生于切斯特,求学于牛津大学基督教堂学院,后在学术界、教育界工作,曾任职于日本、利比亚、科威特。曾任BBC(英国广播公司)董事,该公司《收听者》周刊的文学编辑,综合评论刊物《遭遇》的编委。他出版的诗集有《家庭真相》(1957)、《空无一物的石头》(1967)、《给狐狸的一份》(1977)。对拉金的忠诚使他从主题到题材都亦步亦趋。他的《维多利亚时期的声音》(1980)取材于维多利亚女王时期的一些次要知名人物。他的《诗集1953—1983》出版于1984年。

星期天下午

在星期天下午,
入冬了,空中下着雪,
人们像一群拥挤的鸟,
坐在火车站快餐室里。
他们互相认识,
有人交谈几句话,
大部分人坐着,凝视着
咖啡壶和石头小面包①。

今天没多少次火车开过。
没多少人在等候火车
或等候任何事物,
除非等待着时光的流逝。
闷热浑浊的空气贴着窗玻璃;
远处,穿过汽车喇叭声和一阵阵风,
一列快车耸耸肩使劲地

---

① 外皮粗硬的小圆果子面包。

驶进不远处的铁道侧线。

这里没有人说再见：
眼泪，答应写信，
旅行，跟他们无关。
这里有另外一些事情值得
仔细考虑，直到黑暗引起
一些常有的沉重的思索，
关于黑夜里某个地方的思索，
一点儿暖和和干爽。

在星期天下午，
关于这很少的几班车开往哪里
扬声器没什么话可说。
旅客稀少。
同样稀少的仍然是这些人，
他们坐在这里躲避下雪，
空度时光，
直到黑夜开始。

艾伦·查尔斯·布朗琼
(Alan Charles Brownjohn,1931—)

艾伦·查尔斯·布朗琼是诗人,生于伦敦,求学于牛津大学墨顿学院,曾任教于多所学校,后成为专业作家。他最早的诗歌小册子是《仅仅是旅行者》(1954),后出版了第一本诗集《栏杆》(1961)。1983年出版《诗集1952—1983》。布朗琼的诗富有个性特征,一方面令人感到愉快,另一方面是冷嘲的、彬彬有礼的。诗人彼得·坡特(1929—)说,布朗琼的诗在审视当代社会、家庭、文学生活时"把聪明才智和公民责任感"统一起来。布朗琼也为儿童写作,出版了《布朗琼的动物们》(1970)。

火　车

火车将在下一年的明天到达，
信号灯费劲地攀登成符号，
出入口向轨道洞开，
野草在铁路中间长满。

侧耳倾听的空气中一阵喊喳声，
还有心脏的有力的搏动声
变响了，远离轨道接合桥，
避开了夏季的沉静的炎热。

绕着远处急切的弯曲处
火车头和客车厢出现。
但是在一个酷热的下午
你等待的希望会变成恐怖。

面临着完全成熟的渴望，
你会发现再没什么事可做了，

只好从嘈杂声中缩回去,走开,
当一个个恶棍怒喝的时候。

杰弗里·希尔

（Geoffrey Hill，1932—2016）

杰弗里·希尔是诗人、演讲家。他早年曾就读于牛津大学的凯布尔学院。他曾是利兹大学的英文教授、剑桥大学的客座教授，后任教于波士顿大学。

希尔早年受到玄学派诗歌风格的影响，认为玄学诗歌能够在简洁而富于感性的语言中传达出热烈的情绪和直接的感受，并因此获得一种智性的活力。他自己的诗歌中也具有这样的特点，语言准确，含意深刻。他善用修辞，比喻丰富，但并不是没有节制的。准确而浓缩的意象虽然近似紧张、沉默和冷峻，但能引起读者的强烈共鸣。他的诗中往往透露出一种怀疑的气质。他曾说："我希望诗歌在不确定的结局中结束，因为我感受到某种怀疑，一切事物都是令人怀疑的。"在他的早期诗作《献给未堕落的人》（1959）和此后的《罗格王》（1968）中，这些诗风已经有所展露。

希尔最成功的作品是他出版于1971年的《麦锡安圣诗》。它由三十首散文诗构成，歌颂8世纪英国西中部的国王奥法，然而远古的往事与现实往往是结合在一起的，童年的诗人、成年后的诗人有时与奥法王合为一体，主观与客观物我为一，构成宏大而深远的历史想象，其独特的意境与风格在英国诗歌中是不多见的。它对历史、传统、秩序、强力等进行了复杂、丰富、多层、多侧面的思考,具有浓厚的宗教意识和神秘色彩。长诗《查尔斯·培格的施舍之谜》(1983)探讨了法国诗人培格的生活、信仰与死亡,充满了暗示和沉思,被称为"间接的精神自传"。1996年,他出版了更具宗教气息的《迦南》,将英国比作上帝所赐予的福地。诗中思索了英国的政治与宗教的历史。《诗选》于1985年问世。

希尔是一位雄心勃勃的诗人。他的诗虽艰涩难懂,但令人深思和回味。他被认为是20世纪下半叶英国的重要诗人之一。

纪念简·弗雷瑟
　　——一次弥补的尝试

当白雪如羊群堆在羊栏，
风刮着向每扇门户求乞，
远方的群山冷冻得发蓝，
寒冷的尸衣覆盖着沼泽地——

她忍着长期的折磨。每日
我们看到她冥想着死亡，
像一只猛禽向猎物俯视。
水壶的水汽充满了卧房。

潮湿的帘子紧贴着窗棂
把时间密封。她的身体
冻僵，似乎要冻僵我们，
把万物联上昏迷的休息。

世界能动弹以前她谢世。

三月里，坚冰解冻在溪流，
流水翻动着太阳的发丝。
枯死的球花在桤木上颤抖。

九月之歌 ①

出生 19.6.32——被逐 24.9.42.

你们可能是不受欢迎的,你们不是
不可触摸的。没有在合适的时候
被忘记或者被忽略。

据估计,你们死了。事情在进行,
做够了,直到结束。
这么多毒气和穿皮靴踢出的脚,具有独创性的
恐怖,这么多习以为常的喊叫。

(我已经为自己
作了一首挽歌这
是真的)②

九月在葡萄藤上长肥。玫瑰花瓣

---

① 这首诗写于 1968 年,写的是德国法西斯用毒气屠杀犹太人的死亡集中营。
② 希尔诞生于 1932 年 6 月 18 日。

从墙头纷纷落下。无害的火
冒出的烟飘进我的眼睛。

这就足够了。这实在比足够还要多。

珍妮·约瑟夫

(Jenny Joseph, 1932—2018)

珍妮·约瑟夫，英国诗人，诞生于伯明翰，曾就读于牛津大学圣希尔达学院。她的第一部诗集是《不曾盼望的季节》（1960）。此后又出版了《下午的玫瑰》（1974）、《思考的心灵》（1978）、《越过笛卡尔》（1983）、《鬼魂和另一伙》（1992）。她善于用寓言、戏剧独白、神话等来阐明不那么令人愉快的日常生活中的人情世故，具有非浪漫主义的精确性。

警 告

当我成了个老妇我将穿紫衣,
戴一次不时行的、不适合我的红帽,
我将花费养老金,去购买白兰地,夏季手套
和缎子凉鞋,而说没钱买黄油了。

我将坐在人行道上,当我感到疲倦时,
将在商店里攫夺样品,按警铃,
沿着公用栏杆靠拐杖奔跑,
下定决心节制饮酒。

我将穿着拖鞋到户外雨中去,
在别人的花园里采摘花朵,
学会啐唾沫。

你可以穿上骇人的衬衣,长得更肥胖,
一下子吃掉三磅香肠,
或者一星期内只吃面包和腌菜,

把钢笔、铅笔、啤酒杯垫子及其他东西贮藏在盒子里。

但现在我们必须有衣服使我们保持干燥,
必须付房租,不在大街上发誓赌咒,
给孩子们立一个好榜样。
我们会有朋友共进午餐,看报纸。

是不是我现在就该稍稍地实行一下?
这样,认识我的人就不会惊奇骇坏,
当我突然变老并开始穿紫衣的时候。

谢默斯·希尼

(Seamus Heaney, 1939—2013)

希尼是北爱尔兰的杰出诗人。他生于北爱尔兰的德里郡,父亲是一位农民。他早年曾在贝尔法斯特的女王大学就读,在那里获得了头等奖学金。20世纪60年代,希尼经常参加并组织贝尔法斯特的青年诗人集会,成为贝尔法斯特诗人群中最令人瞩目的一位。他先后在多所大学任教,先是在女王大学,后于1971年来到加里福尼亚大学。1984年他被聘为哈佛大学的修辞学和演讲学教授。1989年他出任牛津大学的诗歌教授。

希尼最初的诗集《自然主义者之死》发表于1966年。三年后另一本诗集《进入黑暗之门》问世。这些初期的诗作反映了他早年在北爱尔兰的乡村生活。在叶芝诗歌悦耳的音律和天才的、创造性的想象之后,希尼的诗作开辟了另一种风格——朴实、直白、真实、自然。他熟悉田间的生活,在诗作中他以不多的词汇、沉默的气氛、白描的手法绘出一幅幅质朴的自然图景。其中有劳作的农民,有田里的硬土,有雪橇,有耙子,有泥铲……作为诗人他并不去刻意地表现这些事物,而是让现实自己凸现在读者的眼前,好似凡高画笔下矿工的一双鞋子,在无声的语言中向人们倾诉着生活的本质。希尼赋予他的主题和他笔下的客观对象以极大的自由。这里人们看不到高昂的激情、喧哗的议论。自然对于他来说并不仅仅意味着湖泊和森林，大自然在他眼里就是"牛和马施过肥的草中的黑土／栗子壳儿爆裂开时发出的声音"。这些并不是"当你远离乡村，最终／站在空旷的城市中心"时回忆起的场景，而是生活的真实。他的诗歌语言简洁，用词准确，声音清晰而有力。

希尼后来的诗作内容广泛，思考的问题更加扩展。他在诗歌中不仅表现人物，描写生活的细节，也反映人们的政治活动和宗教斗争。他在诗中探索语言背后的文化、历史及政治的内涵。语言更为浓缩，带有辛辣的嘲讽。此时的作品有《外出过冬》（1972）、《北方》（1975）及《农活》（1979）。希尼在20世纪80年代和90年代的诗作内容更加丰富了。1984年他出版了一部中世纪爱尔兰民谣《斯温尼·阿斯特雷》，此后，为纪念他母亲去世而作的动人的十四行组诗《山楂提灯》（1987）问世。他在90年代的作品有《观看事态》（1991）、《斯温尼的飞翔》（1992）等。希尼的两部诗歌选集《诗选1965—1975》和《诗歌选集：1966—1999》分别于1980年和1999年出版。除诗歌作品外，希尼还有评论和演讲集《先入之见》（1980）和《语言的支配》（1988）。1995年希尼获得诺贝尔文学奖。

挖　掘

在我的食指和拇指之间
搁着一支矮墩墩的钢笔；安恬如一支手枪。

我的窗下，铁锹插进满含沙砾的泥土，
发出清晰的刮擦声：
我爸正在挖掘。我向下看。

看到他绷紧的腰臀在花畦间
弯下又伸直，花了二十年时间，
穿过土豆垄沟有节奏地俯身又俯身，
他是在挖掘。

粗笨的靴子踏在柄上，长把儿
靠紧膝部内侧，被使劲地撬动着。
他把表层厚土连根铲掉，把锃亮的锹刃
深深地插进去，拨散新生的土豆，我们捡起来，
放在手里，喜爱那又凉又硬的玩意儿。

天哪！老爷子真能使铁锹，
正像他的上一辈老爷子一样。

我爷爷一天挖的泥炭
在托纳①泥炭沼里比任何汉子挖的都多。
有一回我给他送去一瓶牛奶，
瓶口乱塞着纸团。他直起身子
把牛奶喝光，马上又干起来，
干净利落地把泥炭截短，切成小块，
把草泥抛在肩后，向下呀再向下，
寻找优质泥炭。挖掘。

土豆地里冷的气味，潮湿泥炭沼的
嘎吱声和噼啪声，锹刃在活土豆根上
短促的切割声在我头脑里觉醒。
但我没有铁锹像他们那样跟着人干。

在我的食指和拇指之间
搁着一支矮墩墩的钢笔。
我要用它挖掘。

---

① 托纳，地名，在爱尔兰。

铁匠铺

我所知道的全部是一扇通向黑暗的门。
门外,旧车轴和正在生锈的铁箍;
门里,铁砧在捶击下发出的急促的歌唱,
无法预测的、变化多端的扇子形火星,
或一块新蹄铁在水中变硬时发出的嘶嘶声,
铁砧总该是处在屋里的中心位置上,
像独角兽般有个尖角,另一端呈方形,
放在那里不得移动:一座祭坛,
坛边,他费尽力气,为了成形和音乐。
有时,穿着皮围裙,鼻孔里露出鼻毛,
靠着窗框探身向外,他回想起来往车马一排排
飞驰而过的地方马蹄声嘚嘚,
然后咕哝着转身进来,用猛击轻打
锻造货真价实的铁器,把风箱拉起来。

惩 罚[①]

我能够感觉到
她脖子后面那条
带子被猛地一拉,风
拂过她裸露的前胸。

风把她的乳头
吹成琥珀色珠子,
风掀动着她肋骨上
易碎的衣服。

我能够见到她的
沉入泥炭沼的身躯,
压在她身上的石头,
浮在上面的大小树枝。

[①] 1951 年,德国温德比的一处沼泽中发现一个沾满泥炭的女孩尸体。据考证,这女孩生活在公元 1 世纪后期。一块布蒙住她的眼睛,脖子上围着一个套圈。左边头发被剃掉了,身上放置了桦树枝和一块大石头,为了使她的躯体下沉。这是个年仅 14 岁的女孩,她得到的仅是不充分的冬季饮食。据罗马历史学家塔西陀的记载,日耳曼人惩罚通奸女子就是将其剃去头发,然后驱逐出村子或者杀死她们。

石头和树枝下最初
她是一株脱了皮的幼树
被发掘了出来,
橡木骨头,小木桶脑袋:
她被剃了发的头
像黑色的麦茬地,
泥污的布条蒙住她的眼,
她的套索是个环圈
储存着
爱情的记忆。
犯通奸罪的幼妇啊,
在他们惩罚你之前,
你有亚麻色的头发,
处于半饥饿状态,你的沥青般
污黑的面孔那时是美丽的。
我的可怜的替罪羊,
我几乎爱上你,
但我知道,我那时也只能会
投掷沉默的石头。
我是狡猾的隐秘窥探者,
窥探你头上那曝了光的
已经变黑的沟壑,
你的肌肉组织

和你为数有限的全部骨头。

我曾经缄口不语,
当你的叛逆的姊妹们①
头上被涂以沥青,
在栅栏旁哭泣,
我将会默许
这种文明的暴行,
然而知道这是严厉的、
宗派的、私情的报复。

---

① 这个14岁女尸的"叛逆的姊妹们"指的是20世纪70年代在北爱尔兰的贝尔法斯特街头栅栏旁,一些爱尔兰女郎被"爱尔兰共和军"(谋求北爱尔兰脱离英国的反政府武装组织)剃发、剥光衣服、涂沥青、戴上手铐,以惩罚她们竟敢同英国大兵谈恋爱。

克瑞格·瑞恩
（Craig Raine, 1944— ）

克瑞格·瑞恩生于德勒姆郡，曾在牛津大学的埃克斯特学院读书，后成为牛津大学的讲师。1971—1981年，他边教书边在《新评论》《四开本》《新政治家》等几个杂志社当记者，撰写评论。1981—1991年，他在费伯－费伯出版社做诗歌编辑。1991年，他又返回牛津大学的新学院任教。

瑞恩的第一本诗集《洋葱头，记忆》出版于1978年，该诗集一经出版便引起众多争议。他的下一部诗集《火星人寄一张明信片回家》同样招致众多的议论。在这两本诗集中，他运用了大量的个性化的隐喻。初读他的诗歌，人们不免感到扑朔迷离，朦胧而难解。然而，耐心细致的读者会发现他诗歌中的深层意蕴。他的诗作有一种俄国批评家史克洛夫斯基提出的"陌生化"效果，即把日常的生活进行转换，使这种生活远离人们，就像他的《火星人寄一张明信片回家》中传达出的意境那样，他像是从外界，甚至从外层空间来到这个世界，用陌生的眼睛来观察生活，因此表现出某种超现实主义的氛围。当时的一些诗人追随他的这一诗歌风格，成为"火星人诗派"，其中有诗人芬顿。虽然瑞恩的诗歌因其怪异的隐喻受到一些人的指责，但他的诗并不是随意的，而是经过思考的产物。瑞恩也喜爱以儿童的目光来观察人世，用看似不经意的意象并置和转换达到特殊的效果。他后来的作品《富有》（1983）则有别于他的前两部作品，更贴近生活和现实。

尽管瑞恩的诗不好懂，但并不缺乏读者。许多人都因其新颖别致而被吸引。

火星人寄一张明信片回家

卡克斯顿①书籍是长着许多翅膀的机械鸟群,
有些书由于其中的符号而被珍藏——

那些符号促使眼睛融化,
或者使人身发出尖叫声却没有痛苦②。

我从来没有见到一只苍蝇,除了
有时候它们飞落在人的手上。

雾就是这样的时刻:天空倦于飞行,
让它的软机器安放在大地上。

于是世界变得朦胧,爱读书,
像薄纸下面的雕板。

---

① 卡克斯顿(1422?—1491)是英国印刷商,他创办了英国第一家印刷所。
② 外星人注意到书籍在读者身上引起的效果,但他不认识表述"哭"和"笑"的字眼。

雨就是这样的时刻：大地成为电视。
它有着使色彩暗下去的性能。

型号 T① 是一间里面装着锁的房间——
钥匙② 转一下把世界释放出来
以便运动，快得有一场电影
可看，看任何漏掉的东西。

但时间拴在腕子上
或收在盒子里，焦急地发出滴答声。

在家里，一件烦恼的仪器在睡觉，
当你把它拿起时，它粗重地呼吸着。
假如那精灵哭起来，他们就把它
放在嘴唇边，用声音安慰它，

哄它睡觉。然而，他们又用手指
挠它痒痒，故意弄醒它。

只有孩子们被允许公开
吃苦头。大人们进入惩罚室，
只有水，没有任何东西可吃。

---

① 型号 T 指美国福特汽车公司 1908—1927 年生产的 T 型发动机小汽车。
② 钥匙指汽车的点火开关钥匙。

他们锁上门,单独忍受。

噪音。没有人被豁免,
每个人的痛苦有一种不同的气味。

在夜里,当一切色彩消失的时候,
他们成双成对地躲起来,
并且读懂他们自己——
有色彩的,而他们的眼睛闭着。

洋葱头,记忆

离过婚,但最终重新做朋友,
我们一起走在老地方,
天气好,明朗,蔚蓝,纯净。
我们笑着,停下来
把这些史前的、锯齿状的、
被抛在淤泥地拖拉机的车辙间的
微型恐龙切成小块。

在草地上,一个小范朋克[①]
抓住栗树间没点亮的枝杈形吊灯摇荡过去,
公然蔑视镇政府用大钉钉牢的栅栏——
那树干周围的一排栅栏,
上面有铁锈色的血斑。
茁壮、发黏的阴茎弯曲起来,浪漫故事。
一阵强风——古老的旗帜在旗杆上熊熊燃烧。

[①] 范朋克(1883—1939),美国电影演员,以演蛮勇的角色出名。他的儿子小范朋克(1909—2000)也是电影演员。这行诗中所说的是一个像老范朋克那样的少年。

在乡村的面包烤房里
脸色苍白的婴儿们
从奶味的蜷伏体转化为硬皮尸体，
从童床转化为棺材——没有废话。
在一瞬间一切都过去了，
太悄没声地……

今夜马蹄莲卷起
有金色交织字母的手帕，
鬈曲的，洗熨过似的鲜洁。
那些壳质的菖兰，诡秘地
展示深红色花朵的肉质
在翡翠装甲板的内部。
未烹的鲱鱼眨着一只泪眼。
蜡烛颤抖着。
奥伊斯特拉赫父子[①]穿着晚礼服，
鞠躬而一脚擦地后退，在"爱美"[②]磁带上。

户外，树木都向后弯曲
以取悦于风：那闪光的剑
草倒伏在它的肚子上。

---

① 大卫·奥伊斯特拉赫（1908—1974）和他的儿子伊戈尔·奥伊斯特拉赫（1931— ）都是俄罗斯著名小提琴家。
② "爱美"（Emi）是英国产录音磁带的牌子名。

英国山楂的有褶边的内衣不做抵抗。
冰箱里，一块心形果冻
努力保持一种平衡的感觉。

我把洋葱头切成片。你缝好一件衣服。
这是静静的回声——肉体——
白皙的肌肉在白皙的肌肉上，
紧包的皮肤，
结束于一阵缎子衣服的沙沙声。
一粒纽扣，用烂纱线缝上的，只为了解开它。
那是洋葱头，记忆，
它使我哭。

因为一切都可说，又无话可说，
钟在它自己面前举起手，
结结巴巴地轻声说，试图完成一句话——
而我们，在一起而又分开，
重复那记在心里的未完成的手势。

后来，我因洗涤而立刻犯大错误——
无头的躯干，无面孔的情人，我的朋友们。

詹姆斯·芬顿

(James Fenton, 1949—)

詹姆斯·芬顿是诗人、记者、书评家和歌词作家。他生于林肯郡,曾在达勒姆接受教育并在牛津大学的玛德林学院就读。在牛津大学时,他获牛津大学设立的纽迪盖特诗歌奖。芬顿曾编辑《新政治家》杂志,为它写文学及政治述评,并在《周日时报》当过戏剧评论员。1984年至1986年,他为《泰晤士报》写书评。1994年,他被聘为牛津大学的诗歌教授。

20世纪70年代,芬顿在德国、柬埔寨、越南、菲律宾、韩国等地做过驻外记者。他亲身经历了那里的战争,目睹了那里人们的苦难生活,这段经历促使他思考并反省战争所带来的灾难。他创作了一系列作品反映他那段经历,其中最重要的是《战争回忆录》(1982)。此外他还有诗集《马尼拉信封》(1989)以及《一切不公正的地域》(1988)等。1994年出版的《走出危险》获得惠特布里德诗歌奖。2007年,他获得女王诗歌金奖。《德国式安魂曲》是一首挽歌,深切悼念第二次世界大战时期惨遭纳粹屠杀的德国犹太人,令人触目惊心。芬顿的诗歌描写细腻,充满智性的活力。他的作品多具备讽刺的风格。在这首诗中,人们也不难看出其中包含的喜剧因素,但得到的效果却更加强烈。芬顿的诗作被认为受奥顿的影响较大。

风

这是风,在谷田里吹的风。
大批老百姓在逃离巨大的灾难,
沿着长长的山谷、弯曲的干河床逃去,
穿过美丽的风灾逃奔而去。

家族,宗族,民族以及他们的牲畜
已经听到、见到了一些东西。一种期待
或一种巨大的误解已经扫掠过小山顶,
以火与剑的故事使灌木树篱的耳朵倾侧的小山顶。

我看见一千年在两秒钟内通过。
土地已丧失,语言出现又发生分叉。
这位君主去了东方,找到了安全。
他的兄弟到了非洲去寻找一盘芦荟。

多少世纪,几分钟以后,一个人会问:

剑柄怎么会从铁匠铺流落出去这么遥远?
在某处他们会唱道:"我们像糠一样
被风吹来。"这是在谷田里吹的风。

德国式安魂曲

那不是他们建造的东西。那是他们拆毁的东西。
那不是房屋。那是房屋与房屋之间的空地。
那不是存在着的街道。那是不再存在的街道。
那不是萦绕在你心头的记忆。
那不是你已经写下的东西。
那是你已经忘掉的、你必须忘掉的东西。
你必须继续忘掉、终生忘却的东西。
不管运气好不好,遗忘该发现一种仪式。
你会弄明白,在这番事业中你不是单干者。
昨天那些家具似乎在责备你。
今天你在寡妇短程车[①]中找到了你的位置。

那公共汽车正在南门等待着
送你去你的祖先的城市,
它坐落在对面的小山上,城墙上有闪光的山花饰。
鲜明得就像这富有魅力的街区,你的家。

[①] 短程车,到墓地去的公共汽车的俗称。

你感到害羞吗？你应该。那几乎像一场婚礼，
你抱着花束并把你的面纱稍稍一拉。哦，
令人惊骇的女傧相，在这开始的第一天
你对她们稍稍有一点怨恨是很自然的。
但是那一切会过去，而且墓地并不远。
驾驶员来了，啪的一声把一根牙签吐进街沟里，
他的舌头仍然在牙齿间搜索着。
瞧，他没有注意到你。谁也没有注意到你。
那一切会过去，年轻的小姐，那一切会过去。

那是多么令人欣慰呀，一年一次或两次，
集合起来，忘掉过去的时代。
在那些特殊的日子里，女士们和先生们，
当身着上浆白衬衫的男士们聚集在坟墓旁，
一位睨视着的身着西装背心的男士走近讲坛。
那好像是幸存者之间庄严的契约。
市长已经代表共济会①在那上面签了字。
牧师已经代表所有其他人在那上面盖了章。
什么也不需要再说了，还是那样更好——

对寡妇来说，还是不再生活在恐惧中好些，
对男青年来说，还是在扶手椅之间自由走动好些，
那些弯曲的人影（在坟墓间晃动着、

---

① 共济会，一种互助性质的行会，有各种复杂的秘密仪式。

照看着夜明灯、取代菊花的人影)
不是鬼便好,
他们回家去更好。
公共汽车在等待着,在上层露台上,
工人们正在拆除死者的房屋。

但是既然这么多人死了,这么多人,这么快,
那就没有城市会等待这些罹难者前去。
他们把姓名牌从破损的出入口卸下来,
把它们随着棺材带走。
于是广场上、公园里充满了年轻墓地的雄辩声:
新鲜泥土的气味,临时做成的十字架,
以及在黄铜和搪瓷身上不能实现的种种趋向。

"医师格莱兹契姆,皮肤专家,用十四至十六小时,或者按指定,做手术。"
萨格拿格尔教授被埋葬了,他带走了四个学衔和两个非正式会员资格,
留下了叫技工从后门进出的叮嘱。
你的叔父的坟墓告诉你说,他曾经住在四层楼上,左间。
你被告知说,请按铃,他就会乘电梯下来,
开那电梯需要一把钥匙……

会走下来,总是会走下来,

带着微笑像稀粥,从来不多说话。
几年来他是怎样地消瘦了啊。
你的身躯是怎样地高出于窄笼①里的他啊。
他现在还在变瘦啊……

但是,来。痛苦必定会有期限。那么,罪恶也会有。
看起来,回忆的源泉却是无限期的。
所以一个人会说,也会想:
当世界处于最黑暗的时刻,
当黑翅膀掠过屋顶的时刻,
(谁能推测上帝的意图?)即使在这时候,
在这座壁炉里,始终、始终烧着一把火。
你看到那碗橱吗?一个牧师的藏身洞②!
在堆放废物的屋子里几代人都得到了庇护和食物。
哦,假如我开始——假如我开始告诉你
我们所经历的一切的一半,四分之一,少少许,那该多好!

他的妻子点头,一个隐秘的微笑,
像一阵微风,有足够的力量把一张枯叶
吹过两块铺路石的微风,从椅子传到椅子。
连问讯者也被迷住了。
他忘记追问要点。

---

① 窄笼,钢丝网隔开的电梯。
② 藏身洞,原指罗马天主教牧师在遭受迫害时期的秘密藏身处。

那不是他想要知道的。

那是他不想要知道的。

那是他们不讲的。

卡洛尔·安·达菲

（Carol Ann Duffy，1955— ）

卡洛尔·安·达菲，苏格兰诗人、剧作家，生于格拉斯哥，童年时移居斯塔福德郡，1977年毕业于利物浦大学哲学系。毕业之后她居住在伦敦和曼彻斯特，成为一名自由职业作家。达菲目前是曼彻斯特城市大学的当代诗歌教授。2009年她被授予英国"桂冠诗人"的称号，成为首位获此殊荣的女性诗人，也是获此殊荣的首位苏格兰诗人。

1985年，达菲发表她的首部诗作《站着的女裸体》，表现出她对于戏剧独白这一诗歌样式的浓厚兴趣。该作品获得苏格兰艺术协会奖。此后的作品《出售曼哈顿》（1987）、《平时》（1993）、《狂喜》（2005）等均频繁获得各种诗歌奖项。她在诗中常运用元音韵、行内韵等诗艺技巧来表达个人的内心情感。诗作大多涉及怀旧、欲望、幻灭、回忆、性别、暴力、压迫等主题，抒情诗中包含着悲哀的情调，也表现出讽刺的意味和叙事的风格，这成为她的诗歌的独特个性。达菲的诗歌在近年的英国诗坛中很有影响。

偷 窃

我偷过的最不寻常的东西？一个雪人。
午夜。他看上去很壮观；一个高大、白色的哑巴
在冬日的月光下。我需要他，一个伴侣，
其心智正如我头脑里冰的薄片
那样冷。我从头部开始。

麻木不仁地脱离比让步好，不去获取
你所需要的东西，他有一吨重；他的躯干
冻得坚硬，贴近我胸口，一股凛冽的寒气
穿透我的内脏。部分的惊颤是明白
孩子们在早晨会哭叫。生活是艰难的。

有时候我偷窃我不需要的东西。我驾车兜风，
毫无目的地，破墙闯入民房，只为了看个究竟。
我是个肮脏的鬼，留下一团糟，也许顺手拿个照相机。
我注视我戴着手套的手转动着球形门把手。
一个陌生人的卧室。镜子。我这样叹息——唉。

这需要一些时间。在院子里重新堆好后，
他不像原来的样子了。我奔跑起来，
用脚踢他。再踢。再踢。我的呼吸
撕成了碎片。似乎疯了。于是我孤独地
站在一堆堆雪中间，厌倦了这个世界。

无聊。尤其是，我厌烦到要吃掉我自己。
有一次我偷窃了一只吉他并且想到我可以
学习弹奏。有一回我偷盗了一尊莎士比亚胸像，
抽打它，但是雪人是最不寻常的。
你不懂我说的一个词，你懂吗？

西蒙·阿米蒂奇

（Simon Armitage，1963—）

西蒙·阿米蒂奇是英国诗人、戏剧家、小说家，他的诗作代表了后现代主义文化影响下的英国诗歌的一个重要方面。

他出生于约克郡，曾在牛津就读，并在英国广播公司主持过五年的英语诗歌节目。后来他在利兹大学和美国伊阿华大学任教。他现为设菲尔德大学的诗歌教授。1989年，他出版了第一部诗集《急遽增长！》，引起极大反响，他由此成为备受关注的新一代英国诗人。作品反映了他当缓刑监督官时的生活经历以及工业化的都市生活。他的诗歌常采用约克方言的节奏，语言富于智性，直接而有力，充满自信，有时甚至是急促而鲁莽的。在表现当代人的生活和思想情感方面，他的作品充分展示了后现代文化的渗透。其中有不少诗作是以对话的形式写成，商业及媒体用语、广告词、俚语、体育用语、酒馆里的谈话等等都进入了他的诗作中。其中直接而富有冲击力的语言表现形式，给人印象深刻。诗中略带混乱的意象碎片及复杂心理和情感的表达都显示了鲜明的反传统倾向，引起众多的批评。此后他于1992年发表了《小孩》和《元大都》，二者均产生广泛影响。他此后的作品有《死海之诗》（1995）、《云中杜鹃林》（1997）等。他的作品多次获得诗歌奖。

急遽增长！

它开始于一间房屋，既然如此，那就是
一排屋子的末端，
但它不会停止。它立刻
成了一条林荫道，
它傲慢地形成弧状绕过力学研究所，
向左拐弯
到主干大道上，一眨眼
它很快就成为
一座小镇，有四家较大的票据交换银行，
一家日报
还有一支足球队在争取提高级别。

它继续前行，没有注意到计划条例，
绿化带，
在我们认识它以前，它已经摆脱我们的掌握：
变为城市、国家，
半球，宇宙，锻造成所有的领域

一直到突然地,
幸运地,通过黑洞的眼睛
它被拉到一旁
飞速地射进邻近的银河,显得
比一只台球
还要小,还要光滑,但是比土星更重。

人们在街上拦住我,在付款台前排队时
纠缠我
问:"这是什么,这东西这么小,
这么光滑
但它的体积比环状行星还要大?"
它就是字词
我向他们保证。但是他们不会拥有它。

给他失去的情人

现在他们再不会成为
对方的麻烦

他把事情一件件仔细想来，认真对待
那些从未发生的，所有失去的

再也无法结束的事情。
比如说——比如说，

他从未剪一撮她的头发保存起来，或用发刷
梳理她那流行的发式，他从不知晓在亲密的同伴中

提起她的名字时能不脸红。
他们从未像交叠的餐具般睡过——

像两只汤勺或叉子一起完美地窝成杯子状，
或尽量享用那些阴郁的天气——

在一道道电闪中走入瓢泼大雨,
或正当别人开车行驶时换挡变速。

他从未伸出他的手指尖
去阻止她的两片嘴唇

喋喋不休地告诉人各种消息,
或把水果品尝,

或为他自己拾起她的梨子样的心。
或拿起她的手搁在他自己的心上

这心紧握在她手中,成为又小又黑的
吓坏了的小鸟。心在那里疼痛。

或者说过好听的话,
或者把说过的写下。

他从未在阴郁的远途中急忙奔赶在午夜前
返回家中,或哄着她为她解开另一个上衣纽扣,

再解开一个,
或晓得她

最爱的颜色,
她爱吃的美味,

他从没帮她洗澡或递过毛巾,
或用软香皂为她搓身,给她洗头发

弄成个蛋卷冰淇淋或肥皂泡的
蜜蜂窝,或鲁莽行事,或举止不当

本来他可以这样做,或在没梳子的地方
弄个梳子,或穿过阴郁的远途回家

一面拥抱着一颗受到刺伤的疼痛的心,
心在那里疼痛,或帮她把手放到

他那颗小蝴蝶似的心上
这心扑腾着两个蓝色心瓣。

他几乎从未叫喊过,
也未曾描述过

她的心灵的撞击,
或从未在丝绸衬衣下

用他的手爱抚她的乳房，
左边的一个像一滴从哭泣的心

流下的肉体的泪水，
心在那里疼痛，

或者用他的拇指轻擦她坚硬的乳头，
或沉醉地吸吮着她肚脐中流出的浆汁。

或把她的名字命名为北极星，
或像一团火焰，如守夜灯

护着她的脸颊，
或留下来过夜，

或带领她回到他家，
或说道："别让我说我喜欢你

是怎样的感觉。
我恰恰可能这样做。"

他从未做出防火设计，
或松开她的手，好像她的手

是一个硬球
银箔做的

而且发现那里面隐藏着生命线,
测量着他自己沿着这条线的生命轨迹。

说过一些话却从没当真——
甜蜜的区区小事有人或许会提及。

而且还留下一些他本该说而没说的话,
是关于心的,心就在那里疼痛,常常疼痛。

(屠笛译,屠岸校)

后　记

60年前我有一个梦想：出版一本我翻译的英国诗选。20世纪40年代中期，我读了《沫若译诗集》，在对他的开拓性工作敬佩之余，也感到他的某些译文不大令人满意，从而有"彼可取而代之"的狂妄想法。这个想法在我脑子里一直挥之不去。但到了50年代，这个妄想受到了抑止。到了60年代起的十年浩劫期间，这个妄想完全消失。可是，"江山易改，本性难移"，到了70年代末，这个妄想"复辟"了。不过，要实现它，仍有很多困难。90年代中期，译林出版社忽然给了我一个出版的可能，这对我无异于"天赐良机"，我自然抓住不放了。

我对英国诗歌的爱好开始于少年时。我译的第一首英国诗歌是斯蒂文森的《安魂诗》，译于1940年秋天，那时我16岁。在整个40年代，我写诗和译诗同步进行。在大学里我学的是铁道管理，但我喜爱的却是文学——诗歌。除英文外，我学过法文、日文、俄文，但都没有学好。虽然没有学好，却也助我除关注英文诗歌外也关注别种语言的诗歌作品。从40年代初到50年代初,我翻译英国诗歌和其他国家的诗歌作品(大都通过英译转译)约五百余首。我把这些译诗抄录下来,足有五大厚本。它们都是我所喜爱的诗作。在我所钟爱的英国诗人中,莎士比亚和济慈是我的爱之最。之后,除了偶有译作外,从50年代中到70年代末,我的译诗工作停止了。"文革"期间,我遭到两次抄家,我的五大本译诗手抄稿被抄走。幸而造反派中有宽厚之人,在浩劫将近结束时把五大本译诗还给了我。对于这"失而复得"的优待,我万分庆幸。新时期以来,我重新拿起了写诗和译诗的笔,直至一发而不可收。从80年代到90年代,我对旧译诗做了修改加工,又新译了数百首英国诗歌。2001年我访问英国归来后,又译了不少从英国带回的、过去陌生的诗歌。现在,收在这本《英国历代诗歌选》中的译诗,就是我从20世纪40年代初直到21世纪初的英国诗歌汉译的选集。

这本选集收入英国诗人155位,诗583首(包括无名氏的民谣9首),时间跨度为中世纪末到当代,大体能反映英国诗歌(以抒情诗为主)的发展轨迹。我的选诗标准,不排除个人爱好,但自然考虑到诗人的重要性,作品的价值、影响和在文学史上的地位。(遗珠之憾是免不了的。)我认为这两者的结合对选译者(不是单纯的选家)是合适的。自己不喜爱的诗,是不可能译好的。"任务观点"是翻译艺术的克星。济慈创造的关于诗歌创作的美学概念"客体感受力"（negative capability），我认为，同样适用于诗歌翻译。只有出于爱，衷心地喜欢，才能全身心地投入，实现两个灵魂（作者的，译者的）的拥抱、融合，才能入乎其中而出乎其外，用另一种语言再现原作的"形"和"神"的合一。我的译作还没有做到这一点，但我一直努力这样去做。这里，我把自己经过这样的实践，觉得可以拿出去的译作呈献给读者。对作者负责和对读者负责必须统一，这正是我所信奉的"译德"。

在第五届国家图书奖评委会上，季羡林教授针对参评的译著说："文学翻译作品不可能完全没有误译，但误译不能太多。"多和少的分界在哪里，只有凭有经验的学者去掌握。作为译者，我的能力有限，在做了尽可能的努力之后，还是不能保证绝对无误。一些英国现代、当代诗歌作品，十分晦涩。即使英国读者，解读也有歧义。我的译文，很可能有误译处。这本书中译错的地方及译得不妥之处必定会有，而且可能不少，我期待着读者和方家的批评指正。

本书有两篇序。一篇由老诗人、翻译家绿原兄撰写，我衷心感谢他的好意。另一篇《多彩的画面，交响的乐音》由女儿章燕撰写。她的专业是英美文学（以诗歌为主）教学和研究。我趁她赴英国做访问学者的时机，请她收集资料撰写这篇序文。我访问英国时，女儿为我提供一些我从前没有接触过的英国诗人的作品，其中有好些人是英国浪漫主义时期及现代主义时期诗坛上的活跃者。我选择他们的部分诗作译出，收到本书中。

本书中的诗人简介绝大部分由章燕编写。

在翻译进程中，借鉴过部分先行者的汉译，如卞之琳先生。不及一一列举。在此表示我衷心的感谢。

在翻译进程中，得到杨德豫兄、吴钧陶兄、黄杲炘兄、傅浩兄，特别是"译林"的李景端兄的关怀或帮助，在此谨致衷心的感谢。

屠　岸

2004年9月14日于北京